DE OPSTANDIGEN

Sándor Márai, geboren op 11 april 1900 in het Hongaarse Kassa (nu Košice, Slowakije), studeerde letterkunde in Leipzig, Frankfurt en Berlijn. Vanaf 1929 schreef hij vele romans, verhalen, gedichten, essays en toneelstukken en werd hij een gevierd auteur in Hongarije. Gedurende de nazitijd leidde Márai in Boedapest een teruggetrokken leven, in 1948 ontvluchtte hij zijn land vanwege het communisme. Deze vrijwillige ballingschap duurde de rest van zijn leven. Zijn boeken werden in Hongarije verboden en verschenen vrijwel onopgemerkt in het buitenland. De laatste jaren van zijn leven leidde hij met zijn vrouw en aangenomen zoon een eenzaam bestaan in San Diego, waar hij op 22 februari 1989 zelfmoord pleegde. Márai wordt door literatuurliefhebbers algemeen beschouwd als een van de belangrijkste Europese schrijvers van de twintigste eeuw. Van Márai verschenen bij Wereldbibliotheek eveneens de romans *Gloed* (2000), *De erfenis van Eszter* (2000), *De gravin van Parma* (2004), *Kentering van een huwelijk* (2005) en *De nacht voor de scheiding* (2006). In 2002 verscheen het autobiografische *Land, land!…*

Sándor Márai

De opstandigen

Uit het Hongaars vertaald door
Henry Kammer

Vijfde druk

WERELDBIBLIOTHEEK · AMSTERDAM

De vertaler ontving voor deze vertaling een werkbeurs van
de Stichting Fonds voor de Letteren

Eerste druk juni 2003
Tweede druk juli 2003
Derde druk oktober 2003
Vierde druk januari 2004
Vijfde druk oktober 2006

Omslagontwerp Nico Richter

Oorspronkelijke titel *Zendülők*
© Erven Sándor Márai
© 2003 Nederlandse vertaling: Henry Kammer en
Uitgeverij Wereldbibliotheek bv, Amsterdam
Spuistraat 283 • 1012 vr Amsterdam
Oorspronkelijke uitgave: Pantheon (Boedapest), 1930
De Nederlandse vertaling is gebaseerd op de door de auteur herziene editie uit 1988, verschenen bij Vörösváry-Weller Publishing, Toronto

www.wereldbibliotheek.nl

isbn 90 284 2189 0

Ter nagedachtenis aan Lola

Twee hartenazen

Ábel, de zoon van de dokter, lag met een barstende hoofdpijn op bed, kletsnat van het zweet, alsof hij koorts had. Hij keek naar het open raam, waarin de hoekige contouren van de straat – een boom, een dak, drie ramen – langzaam vervaagden. Uit de schoorsteen tegenover het huis steeg een dunne rookzuil op. In de kamer waar hij lag, een laag vertrek met een gewelfd plafond, was het nog donkerder dan buiten op straat. Door het geopende raam stroomde de zoele warmte van het voorjaar de kamer in, en buiten, in de nevelachtige schemering, verspreidden de gaslantaarns een groenig licht. Zoals op voorjaarsavonden wel vaker gebeurt, was er een bijna onzichtbare mist over de stad gedaald, waardoor het licht van de straatlantaarns een vreemde kleur kreeg. In de keuken stond het dienstmeisje zingend de was te strijken. Af en toe ging ze met het ijzer de gang in om het een paar maal boven haar hoofd door de lucht te zwaaien, zodat de gloed van de kooltjes werd aangewakkerd. De vurige kringen die ze hierbij met het gloeiende ijzer beschreef, werden door het glas van het openstaande raam weerspiegeld, alsof iemand in het donker met een zwavelstok over een stuk hout streek.

Ábel lag nog steeds verkrampt voor zich uit te staren. Hoewel zijn vrienden – 'de bende' zoals de jongens hun vriendenkring noemden – al om drie uur 's middags waren vertrokken, voelde hij zich nog steeds ziek en misselijk. Het was alsof hij abrupt uit een vreselijke droom was ontwaakt. Nu hij weer bij bewustzijn was, zou alles spoedig in orde komen; hij hoefde alleen maar goed wakker te worden, zijn vleugels uit te slaan en vlijtig en geduldig carrière te maken. Bij die laatste gedachte grijnsde hij gekweld, waarna hij langzaam rechtop ging zitten en wachtte op het moment dat het gevoel in zijn ledematen zou terugkeren. Zijn benen bungelden over de rand van het bed en hij staarde dromerig voor zich uit. Na een tijdje verhief hij zich met lome bewegingen van het bed en liep naar de wastafel om tastend in het donker de lampetkan te pakken en het niet meer geheel fris ruikende warme water over zijn bezwete haar en voorhoofd te gieten, waarbij hij zijn hoofd boven de waskom hield. Nog druipend van het water strompelde hij met toegeknepen ogen naar de deur en tastte naar het lichtknopje. Hierna ging hij aan de tafel zitten om met een wollige handdoek langzaam en in gedachten verzonken zijn haar af te drogen.

Op het nachtkastje tikte de wekker. Het was zeven uur, zijn vrienden zaten al op hem te wachten. Vier uur lang had hij onbeweeglijk met een barstende hoofdpijn in bed gelegen. Hij draaide zijn hoofd naar links en naar rechts met de gekwelde gelaatsuitdrukking van iemand die een te nauwe boord draagt en die tussen wijsvinger en duim vat om het onaangename, schurende gevoel weg te nemen. Moeizaam slikkend ging hij opnieuw naar de waskom om zijn handen te wassen, wat mondwater in een glas te doen en zijn mond te spoelen. Het dienstmeisje in de keuken had waarschijnlijk gemerkt dat het licht in zijn kamer brandde, want opeens verstomde haar gezang. Ábel knoopte zijn boord los en ijsbeerde door de kamer. Voor achten zou zijn tante niet terugkomen. Ze had hem lang geleden, toen hij nog klein was, dikwijls gezegd dat ze haar hele vermogen aan hem zou nalaten. Dit 'vermogen' was naar haar zeggen op een plaats verborgen waar 'beurslui en agenten' geen toegang toe hadden. Zijn tante had om de een of andere reden een hekel aan de beurs, maar ze had hem nooit goed uitgelegd waarom. In zijn kinderlijke verbeelding was de beurs een donkere grot met een nauwe ingang, waarvoor Ali Baba en de veertig rovers slag leverden met een paar vastberaden, dappere mannen die tot de tanden bewapend hun geld verdedigden. In de verhalen van zijn tante speelde de onheilspellende betekenis van de vrijdag een belangrijke rol. Ze sprak dikwijls over haar vermogen en zei soms op veelbetekenende toon dat ze vandaag naar een 'bepaalde plaats' was gegaan om te controleren of het nog wel in veiligheid was. Ábel hoefde zich geen zorgen te maken over de toekomst, hij zou al haar geld erven, zodat hij van het leven alleen maar goeds te verwachten had. Op een keer had hij zijn tante bespied om erachter te komen wat die 'bepaalde plaats' was. Het bleek een blikken doosje in haar nachtkastje te zijn, dat uitsluitend oude, reeds lang ongeldig geworden lommerdbriefjes en waardeloze loten bevatte. Nee, het kapitaal van zijn tante kon hem niet helpen.

Hij ging voor de spiegel staan en staarde verstrooid naar zijn grauwe, onuitgeslapen gezicht. Het is de vraag, dacht hij, of geld in dit geval überhaupt nog kan helpen. Er zijn waarschijnlijk dingen in het leven die niet meer goed te maken zijn, noch door geld noch door alles wat je met geld kunt kopen, zoals vrijheid, gezondheid en vakanties in verre landen. Abel ging weer aan zijn schrijftafel zitten en trok de bureaula open, waarin schoolschriften en beschreven vellen papier ordelijk op elkaar gestapeld lagen. Hij nam op goed geluk een gedicht van de stapel en begon het te lezen. Hij las het gedicht volledig geconcentreerd halfluid voor, met zijn bovenlichaam licht voorovergebogen. Het ging over een hond die in de zon lag. Wanneer had hij dat eigenlijk geschreven? Hij wist het niet meer.

Het dienstmeisje kwam binnen om te vragen of hij 's avonds zou mee-eten. Ze leunde nonchalant tegen de deur, met haar handen op haar heupen en nogal vrijpostig glimlachend. De scholier monsterde haar van top tot teen en haalde zijn schouders op. Om het meisje hing een scherp, zurig keukenluchtje, dat uit de plooien van haar rok opsteeg en zijn neusslijmvlies prikkelde. Hij vroeg of zijn tante al terug was. 'Die komt pas om acht uur terug,' antwoordde ze.

De laatste tijd was het alsof hij allerlei gebeurtenissen die zich ooit in zijn leven hadden voorgedaan, gelijktijdig opnieuw kon beleven. Het was alsof de geestelijke verandering die hij doormaakte alles wat hij ooit had beleefd, uit de diepte van zijn geheugen omhoogbracht, zodat hij op een en hetzelfde moment zichzelf als kleine jongen met zijn vader terugzag en de voor eeuwig verstomde stem van zijn moeder opnieuw hoorde. Ook beleefde hij nogmaals hoe tante Etelka zich op verschillende tijdstippen in zijn leven liefdevol over hem heen boog als ze hem wilde verzorgen of vertroetelen. Verbaasd keek hij om zich heen. Het dienstmeisje volgde niet-begrijpend zijn blik.

In zijn kamer was het een enorme chaos. De bende had alles vernield. Onder het bed lagen uit elkaar gerukte boeken. In een plasje likeur, dat uit een omgevallen fles was gelekt, lag een gebundelde jaargang van het moppenblad *Fidibusz*. Het boek, dat zich had volgezogen met de kleverige vloeistof, verspreidde een misselijkmakend, zoetig luchtje. Op de pluchen zitting van een stoel was de afdruk van een modderige schoenzool te zien. Kussens lagen her en der op de vloer.

Hij had om elf uur 's morgens eindexamen gedaan en na afloop op de binnenplaats van de school op de drie overige leden van de bende gewacht, die na hem werden geëxamineerd omdat het examen in de alfabetische volgorde van de namen werd afgenomen. Hierna waren ze rechtstreeks naar zijn ouderlijk huis gegaan. Béla, de zoon van een handelaar in koloniale waren, had vanuit Ábels huis zijn vader opgebeld om hem te vertellen dat hij was geslaagd en dat hij niet thuis kwam eten. Tibor had zijn ouders niets laten weten; het bericht dat hij was gezakt kon zijn doodzieke moeder beter 's avonds of de volgende dag vernemen. Dit feit was sowieso onbelangrijk. Het legde zo weinig gewicht in de schaal dat ze er niet eens over spraken. Over zes weken zouden ze in dienst gaan, of ze zich nu vrijwillig aanmeldden of niet, en zelfs al liep de opleiding een beetje uit: eind augustus zouden ze aan het front zijn.

Hij ging op zijn bed zitten en keek naar het meisje. Als ik niet zo laf was, dacht hij, zou ik haar tegen me aan trekken en mijn hoofd op haar borst leggen. Als een man in moeilijkheden verkeert, kan hij zich het beste troosten met een vrouw. Het is jammer dat ze zo naar de keuken ruikt. Ik kan daar niet tegen omdat ik tot een patriciërsfamilie behoor. Mijn grootvader bezat een landgoed en mijn vader is arts. Alles valt te verklaren. Het is afschuwelijk dat ik zo geremd ben, maar een geur kan soms sterker zijn dan het verstand. Best mogelijk dat ik voor haar ook niet lekker ruik, zoals blanken volgens de Chinezen stinken. Er zijn nu eenmaal van die barrières tussen mensen.

Het meisje diende sinds een jaar bij hen en had met haar weelderige vormen dikwijls zijn verbeelding geprikkeld. Tijdens zijn dromen en zijn geregelde, heimelijk bedreven masturbatie was ze dikwijls zijn ideaal en lustobject geweest. Ze had een niet onknap, bleek gezicht met zachte, ronde vormen en ze droeg haar blonde vlechten op een grappige manier boven op haar hoofd.

Toen het meisje de kamer begon op te ruimen vroeg hij, onwillekeurig zijn stem dempend en zich schamend voor de kinderlijke wens, of ze een glas melk voor hem wilde halen. Met kleine teugjes genoot hij van de koele, zachte drank van zijn kinderjaren. Zijn vrienden en hij hadden al dagenlang wijn en sterkedrank gedronken, zoete, kleverige spiritualiën die hij met enige bravoure naar binnen had gegoten, hoewel zijn maag ze niet begeerde en slecht verdroeg. De melk was een weldaad en herinnerde hem aan die andere wereld, aan het paradijs dat voor hem voorgoed gesloten was. Terwijl het meisje de kamer opruimde en het bed opmaakte, nam hij een schone boord uit de kast en borstelde zijn jas af. Het meisje veegde een pak speelkaarten bij elkaar, dat verspreid onder de tafel lag. Opeens schoot hem te binnen dat hij geen geld meer had. In de zakken van zijn broek en jas vond hij slechts drie munten, wat hem aanvankelijk verbaasde omdat zijn tante hem, voordat hij naar school was gegaan om examen af te leggen, onder de indruk van het plechtige moment een bankbiljet had toegestopt. Hij moest even nadenken, maar opeens herinnerde hij zich weer waaraan hij het gekregen geld had uitgegeven. Na de feestelijke lunch die zijn tante voor hem en zijn vrienden had aangericht, waren ze meteen een kaartspelletje gaan spelen dat 'ramsjen' wordt genoemd, en daarbij had hij flink wat geld verloren. Vaag herinnerde hij zich dat hij eigenlijk geen zin had gehad om te kaarten, maar iemand Tibor, Ernő of een van de gebroeders Garren had zo lang aangedrongen dat ze ten slotte toch waren gaan spelen. Hij stopte het restant van het geld in zijn zak en riep tegen het meisje dat ze niet met het avondeten op hem hoefden te wachten omdat hij waarschijnlijk pas laat zou thuiskomen. Op het moment dat hij de kamer wilde verlaten, zag hij opeens een speelkaart op de grond liggen, de hartenaas. In gedachten verzonken raapte hij de door het vele gebruik vuil en vettig geworden kaart op om hem op de stapel door het meisje bijeengeveegde kaarten te leggen, die ze ordeloos op de tafel had gedeponeerd. Tot zijn verbazing zag hij dat de bovenste kaart van de stapel eveneens een hartenaas was. Hij lichtte de kaart met twee vingers voorzichtig van de stapel, draaide hem om en om en vergeleek hem zorgvuldig met de kaart die hij van de vloer had opgeraapt. Een pak Hongaarse speelkaarten bevat normaliter slechts één hartenaas. Het merkwaardige was dat de twee azen sprekend op elkaar leken, ze waren allebei even vettig, versleten, gekreukt en morsig, en hadden precies dezelfde blauwige achterkant, zodat het niet was uit te maken welke van de twee vals was. De scholier ging weer aan zijn bureau zitten en rangschikte het pak kaarten naar de vier kleuren. Hij ontdekte nog twee klaverenazen en verder twee schoppen- en twee ruitentienen. De vier valse kaarten waren troefkaarten bij het eenentwintigen, een spel dat ze meestal na het ramsjen speelden. De valse kaarten verschilden in geen enkel opzicht van de echte kaarten van het spel. De bedrieger was voorzichtig te werk gegaan, zodat het best mogelijk was dat ze al maanden met valse kaarten hadden gespeeld, want aan de valse kaarten was niets bijzonders te zien. De dokterszoon herinnerde zich nog hoe hij het spel kaarten indertijd uit de bureaula van zijn vader had gepikt. Het waren geen nieuwe kaarten geweest, ze waren jaren geleden aangeschaft en dikwijls gebruikt.

Oerwoud en broeikas

Hij stopte het spel kaarten in zijn zak en ging naar de kamer van zijn vader, maar voordat hij dat deed, wierp hij zonder enige bijgedachte nog een blik achterom in zijn eigen kamer, die ooit het domein van zijn moeder was geweest. Een mens weet heel nauwkeurig wanneer hij een landstreek of een kamer voorgoed verlaat. Zijn familie bewoonde het huis al sinds drie generaties en dit vertrek was altijd de kamer van de vrouwen en de kinderen geweest. Misschien was dat er de oorzaak van dat tussen de sierlijke, van een vrouwensmaak getuigende, in lichte kleuren geverfde meubelen van kersenhout onder het lage, gewelfde plafond altijd de zwakke geuren van remedies tegen kinderziektes hingen, van zaken als kamillethee, vioolwortel, amandelmelk en honingwijn. Zijn moeder had slechts kort, misschien niet langer dan drie jaar, in het huis gewoond, maar zoals flacons met sterke oosterse parfums die per ongeluk een dag blijven openstaan een kamer minstens voor een jaar met hun geur doordrenken, zo had ook de herinnering aan zijn moeder het hele huis doordrongen. Bepaalde voorwerpen die aan haar hadden toebehoord leefden in het huis hun eigen, onaantastbare leven, zoals een glas, een naaitafel en een speldenkussen. Het was alsof deze voorwerpen zich onder een glazen stolp bevonden, afgezonderd van de overige voorwerpen in huis. Hoewel iedereen dit voelde, werd er door niemand ooit over gesproken. Als hij aan zijn moeder terugdacht, zag hij haar bijna als een heel zwak, jonger zusje, en hij wist dat de jonggestorven vrouw in de herinneringen van zijn vader precies zo voortleefde. Hij keek over zijn schouder naar de kamer waar hij was geboren en waar zijn moeder was gestorven, daarna deed hij het licht uit.
 De kamer van zijn vader zag er in het vage licht van de straat-

lantaarn uit alsof er nog maar kort geleden een doodskist had gestaan – de kist van een persoon aan wie de achtergebleven familie uit vrees voor al te heftige emoties nauwelijks durfde terug te denken. Ook de voorwerpen in de kamer hadden iets onwerkelijks, alsof ze aan een overledene hadden toebehoord en na zijn dood tot niet meer verplaatsbare relikwieën waren gestold. Toch leefde zijn vader nog, althans waarschijnlijk. Vermoedelijk bevond hij zich op dit ogenblik in een veldlazaret en was hij bezig een soldaat op de operatietafel een been af te zagen. Of hij zat in zijn kamer in de buurt van het front zonder bril een sigaret te roken en zijn baard te strelen. De operatiestoel in de dokterskamer was door tante Etelka uit piëteit en om esthetische redenen met een gehaakte doek afgedekt, zodat hij meer op een ouderwetse schommelstoel leek dan op een hulpmiddel van een medicus. Ábel deed het licht niet aan. Hij bleef in de deuropening staan, stopte zijn handen in zijn zakken en betastte met zijn bezwete vingers de speelkaarten. Een gloeiende hitte verspreidde zich door zijn lichaam. De kaartmanie dateerde van de kerstdagen, toen de periode van bandeloosheid en buitensporigheden van de bende was begonnen. Het was heel goed mogelijk dat iemand van meet af aan vals had gespeeld. Zelf had hij alles verspeeld, zijn lesgeld, de giften van zijn tante en de bedragen die zijn vader hem af en toe zond, alles. Zou de winnaar vals hebben gespeeld? Of had een van de verliezers, wetend dat de gelegenheid om te kaarten bijna voorbij was, zijn toevlucht tot bedrog genomen? Hij sloot zijn ogen en liet de gezichten van zijn vrienden in zijn gedachten de revue passeren.

De laatste dagen moest hij voortdurend aan zijn vader denken, zoals vaker was voorgekomen in het verleden. In zijn dromen zag hij hem aan zijn bed staan en zich ernstig en met een bedroefde gelaatsuitdrukking over hem heen buigen. Ieder mens heeft een vader en ieder mens is ergens geboren, wat viel daar nog meer over te zeggen? Misschien zou hij ooit, als de oorlog voorbij was en hij die had overleefd, als hij al een buikje had en een snor en in een andere stad op straat liep, plotseling blijven staan omdat hij zijn vader op zich af zag komen. Terwijl zijn vader hem naderde, zou zijn gezicht steeds groter worden, als in de film, onmenselijk groot, en als ze vlak bij elkaar waren gekomen, zou hij een reusachtige mond openen en iets tegen hem zeggen: één enkel woord slechts, waarmee de betekenis van het leven volledig zou zijn verklaard. Het zou een ervaring zijn, te vergelijken met de aanblik van een ontwakende stad: bij het aanbreken van de dag worden de huizen geleidelijk zichtbaar, eerst nog vaag vanwege de schemering, maar daarna steeds duidelijker; na een poosje is elk boomblaadje te zien, worden de deuren van de huizen geopend, gaan de mensen de straat op en praten met elkaar. Soms brengen ze hun lippen naar elkaar toe en sluiten ze extatisch hun ogen.

Het was koel in de kamer. In de glazen vitrine blonken de medische instrumenten van de dokter. Zijn studiemateriaal bewaarde hij in een la: dunne plakjes menselijke hersenen. Kort voor de oorlog had hij een boek geschreven over pathologische veranderingen van dit orgaan en dit vervolgens op eigen kosten uitgegeven. In de bibliotheek bewaarde hij nog enkele honderden exemplaren van deze studie. Ook toen hield hij al geen spreekuur meer, de enigen die hem nog wel eens bezochten waren drie patiënten, die hij uit zijn praktijk had overgehouden: een rechter, een vrouw met een beverig hoofd en een excentrieke zigeunerviolist, die altijd tegen etenstijd verscheen en met zijn vioolspel de maaltijden opluisterde. De dokter behandelde die drie patiënten alsof het familieleden waren. De drie bezoekers hadden veel respect voor zijn vader. Meestal zaten ze in dezelfde kamer als hij, na het avondeten, als familieleden die bijeen zijn gekomen om elkaar vriendelijke complimentjes te maken. De vrouw met het bevende hoofd en tante Etelka zaten tijdens deze bijeenkomsten meestal te haken en de rechter troonde met een ernstige gelaatsuitdrukking en een afwachtende blik onder de grote kroonluchter, met Abel op zijn schoot. De zigeunerviolist stond altijd met zijn strijkstok in zijn hand en zijn viool onder zijn arm lichtelijk zijwaarts gebogen naast de piano, in de nonchalante houding waarin beroemde kunstenaars dikwijls op ansichtkaarten staan afgebeeld. Urenlang brachten ze zo zwijgend door, alsof ze op iets wachtten, terwijl zijn vader met zijn preparaten in de weer was en totaal geen aandacht aan hen besteedde. Tegen elven beduidde hij hun met een handbeweging dat ze konden gaan, waarna ze een diepe buiging maakten en vertrokken. Het kwam slechts zelden voor dat zijn vader tijdens deze zonderlinge bijeenkomsten iets zei. Als dat toch gebeurde, keerden de drie patiënten zich met een eerbiedige, bijna pijnlijk ernstige gelaatsuitdrukking naar hem toe om te luisteren wat hij te zeggen had, wat meestal niet meer was dan: 'Het was vandaag behoorlijk koud.' Als ze zijn mededeling vernomen hadden, verzonken de bezoekers weer hoofdknikkend in hun diepzinnige overpeinzingen. De dame met het beverige hoofd verzekerde de aanwezigen heftig knipperend met haar ogen dat ze het eens was met deze constatering en de rechter en de zigeunerviolist overpeinsden met gefronste wenkbrauwen nog geruime tijd de diepere betekenis van deze uitspraak. Ábels kinderjaren waren een aaneenschakeling geweest van dergelijke avonden.

Hij herinnerde zich nog twee scènes die zich in de dokterskamer hadden afgespeeld. Een daarvan was diep verborgen onder al zijn andere herinneringen. Op een keer, toen hij een jaar of vier, vijf was, zat hij in zijn eentje op de vloer te spelen. Opeens kwam zijn vader binnen, ging naast hem op de grond zitten en begon zonder enige aanleiding een Frans liedje te zingen:

Au claire de la lune
Mon ami Pierrot

Hij kende het lied, want tante Etelka had het hem geleerd. Vaders mond ging open en dicht en zijn gezicht was in een merkwaardige grimas vertrokken, terwijl de Franse woorden vreemd sissend tussen zijn grote tanden door sijpelden. Ábel begreep dat zijn vader goed wilde maken wat er sinds zijn geboorte was gebeurd: het zwijgen, de eenzaamheid en de onoverbrugbare afstand tussen hen, kortom de vreemde, verlammende sfeer waarin ze na zijn moeders dood hadden geleefd. Hij wilde dit alles ongedaan maken door naast hem neer te hurken en een grappig liedje te zingen. Zou hij gek zijn geworden? dacht hij. De stem van zijn vader aarzelde even, maar toch zong hij nog:

Non, je ne prête pas ma plume
Á un vieux savetier...

maar daarna zweeg hij en keken ze elkaar verbaasd aan. Op de Grote Markt stond een standbeeld: een reusachtige bronzen soldaat die zijn wapen op de borst van een tiran richtte. Het zou Ábel op dat moment niet hebben verbaasd als het beeld van zijn voetstuk was gestapt en op handen en voeten in volledige wapenrusting over het plein was gaan kruipen, zo onwerkelijk was de situatie. *Vieux savetier...* herhaalde hij met trillende lippen om zijn vader te troosten, met wie hij opeens zielsveel medelijden had. De dokter stond ten slotte moeizaam op, ging naar de tafel en snuffelde wat tussen zijn boeken, alsof hij iets zocht. Toen hij merkte dat Ábel zijn bewegingen gadesloeg, haalde hij zijn schouders op en verliet haastig de kamer. Hierna durfden ze elkaar lange tijd niet aan te kijken, alsof ze door een gezamenlijke, vernederende leugen waren verbonden, die niemand doorzag.

Veel later, misschien wel tien jaar, was Ábel op een keer de dokterskamer binnengekomen terwijl zijn vader daar in de lichtkring van zijn bureaulamp een preparaat zat te bestuderen. Het gebeurde op een winterdag, kort na de middag. Hij bleef in het halfduister staan, maar zijn vader beduidde hem met een wenk dat hij naderbij moest komen. Het preparaat bestond uit twee dunne glazen plaatjes, waartussen een blauwachtige droge massa was geperst, met vlekken en lijnen als op topografische landkaarten. De benige vinger van zijn vader gleed over de zich steeds weer vertakkende lijnen op die eigenaardige landkaart. Op plaatsen waar het preparaat oneffenheden vertoonde aarzelde de vinger even om vervolgens voorzichtig alle bochten van een kromme lijn te volgen en ten slotte bij de rand van het plaatje, waar de lijn ophield, op het glas te kloppen.

'Dit is mijn mooiste preparaat,' zei zijn vader.

Ábel wist dat de vinger van zijn vader over een plakje hersenschors gleed. Het preparaat onder het glazen plaatje had alle kleuren van de regenboog en werd door tal van griezelige, kronkelige lijnen doorsneden. Wat een landkaart! dacht hij. De dokter boog zich dieper over het glasplaatje, zodat het felle licht van de lamp op zijn gezicht viel, dat een nieuwsgierige, bijna gekwelde uitdrukking had. Zijn gespannenheid en zijn smartelijke, ja machteloze nieuwsgierigheid vervormden zijn gewoonlijk zo gedisciplineerde gelaatstrekken tot een grijns. Onwillekeurig boog Ábel zich ook voorover. De vinger volgde opnieuw, tastend en kleine cirkels beschrijvend, een kromme lijn, totdat hij op een knooppunt terechtkwam waar de lijn zich in verschillende richtingen vertakte. De dokter had iets van een geoloog die op een landkaart de weg niet kan vinden, of van een arts die ongeduldig en machteloos het lichaam van een patiënt betast om achter het geheim van zijn ziekte te komen.

'Dit weefsel is afkomstig van een Roetheense boer,' zei zijn vader peinzend. 'De man heeft zijn hele familie uitgeroeid, zijn ouders, zijn vrouw en zijn twee kinderen. Het is mijn mooiste preparaat.' Opnieuw boog hij zich over de blauwige, verdroogde substantie en terwijl hij dat deed, verdween de smartelijke, gespannen nieuwsgierigheid van zijn gezicht, dat opeens leeg en uitdrukkingsloos werd. Met zijn benige hand schoof hij het preparaat opzij en met een levenloze blik staarde hij voor zich uit.

's Avonds speelde zijn vader altijd viool. Hij sloeg geen avond over en als hij aan het spelen was, had niemand toegang tot zijn kamer. Na het avondeten trok hij zich terug om een uur lang met het koppig tegenstrevende instrument te worstelen, waaraan hij uitsluitend krassende en piepende geluiden wist te ontlokken. Hij had nooit les gehad omdat een zonderling schaamtegevoel hem ervan weerhield bij iemand muziekles te nemen. Hij speelde zo erbarmelijk slecht dat Ábel meende dat hij af en toe opzettelijk fouten maakte. Hoewel de dokter heel goed wist dat zijn pogingen om viool te spelen tot mislukking waren gedoemd, duldde hij niet dat men zijn spel bekritiseerde. Tot ongenoegen van zijn huisgenoten trakteerde hij zijn omgeving met grote regelmaat op het naargeestige geluid van zijn viool. Deze avond aan avond herhaalde worsteling met het instrument hadden op Ábel een even destructief effect als hij zou hebben ondervonden van de wetenschap dat zijn vader zich in de eenzaamheid van zijn kamer aan een schandelijke hartstocht overgaf, waar zijn huisgenoten de spot mee dreven. Zodra hij de eerste krassende geluiden van de viool hoorde, sloot hij zich in zijn kamer op, waar hij in het donker bleef zitten. Hij stopte zijn vingers in zijn oren en staarde met samengeknepen lippen voor zich uit, wachtend op het moment dat de kwelling voorbij zou zijn. Het kwam hem voor dat zijn vader al spelend een laaghartige en vernederende handeling verrichtte.

Sinds de dokter naar het front was vertrokken, lag zijn viool boven op de instrumentkast.

Ábel dacht er dikwijls over na hoe het zou zijn als zijn vader zou sneuvelen. Hij stelde zich diens dood als een soort aardverschuiving voor. Tot dusver was de dokter aan het front echter niets bijzonders overkomen. De enige verandering die Ábel aan zijn gedrag had opgemerkt, was dat hij tijdens zijn verlofdagen, die hij thuis doorbracht, nog zwijgzamer was dan vroeger.

Opeens trok Ábel zijn hoed zo ver mogelijk over zijn ogen en verliet de kamer, maar niet zonder dat hij onwillekeurig een buiging in de richting van zijn vaders bureau had gemaakt.

In het trappenhuis kwam hij zijn tante tegen. Ze droeg een fraaie japon, die nogal contrasteerde met de zuchten die ze slaakte onder het lopen. Kennelijk was ze nogal vermoeid. Ábel gaf zijn tante een kus. Ze raadde hem aan een jas aan te doen en vroeg of hij niet te laat thuis wilde komen. Heel even speelde hij met de gedachte zich in haar armen te werpen en alles op te biechten.

Het trappenhuis maakte door de in een halve cirkel afdalende, brede traptreden en de aan de wand hangende gravures van oude stadsgebouwen een voorname indruk. Over de trap lag een veelkleurig boerentapijt, dat als loper fungeerde. Het glazen portaal was vroeger de wachtkamer van zijn vaders praktijk geweest, zodat er altijd de lucht van vreemde mensen hing – een geur die zelfs de penetrante jodium- en etherluchtjes uit de medicijnkast van zijn vader overheerste. Ernő's vader rook gewoonlijk naar stijfsel en onbewerkt leer en Béla's vader werd altijd door een muf luchtje van oosterse specerijen, haring en rauwe vruchten omgeven. In de woning van Tibors ouders hing de geur van ziekte en armoede, die met lavendel wat draaglijker was gemaakt. Bovendien rook je er de scherpe lucht van gelooid leer. De beroepen van de vaders vulden de woningen met hun specifieke geuren. De woning van de Garrens was praktisch reukloos, als een oude baljapon die lang in de kast heeft gehangen. De gebroeders Garren hadden iets geheimzinnigs en niemand wist precies wat er in hun ouderlijk huis gebeurde. Als Ábel aan zijn ouderlijk huis dacht, was het altijd alsof hij de lichte, nuchtere geur van ether rook en bovendien nog een mengeling van opdringerige en bedwelmende andere geuren. Elk hoekje van de woning was voor hem met een bepaalde geur verbonden, en als hij zich door het kompas der geuren liet leiden, kwam elke kamer hem duidelijk voor de geest.

Zijn tante bewaarde haar huismiddeltjes en schoonmaakspullen – terpentine, spiritus, salmiakgeest, wasbenzine, chloor en petroleum – in de donkere gang tussen de keuken en de eetkamer. Ze zorgde ervoor dat er van alles een grote voorraad aanwezig was, want door de oorlog waren dergelijke middelen moeilijk verkrijgbaar. Ook die ochtend, toen Ábel haar in het trappenhuis tegenkwam, was ze net teruggekeerd van een van haar geheimzinnige speurtochten naar schaarse artikelen. In haar gehaakte boodschappennet, dat ze altijd bij zich droeg als ze naar de stad ging, torste ze de buit van die ochtend: twee kilo stijfsel, wat rijst en enkele pakjes versgebrande koffie. Op haar met weelderig haar omgeven schedel prijkte een zwarte hoed met een zwarte voile ter nagedachtenis aan een onbekende dode. Toen de jongen haar een kus gaf, voelde hij haar gelige, spitse neuspunt, die koud aanvoelde, tegen zijn wang. Ze was in de verte familie van zijn vader. Aanvankelijk was het de bedoeling geweest dat ze slechts een poosje bij hen zou logeren, maar na de dood van zijn moeder was ze niet meer weggegaan en had ze de rol van huishoudster en pleegmoeder op zich genomen, zonder voor haar diensten enige betaling te verlangen. Hoewel ze de indruk wekte elk ogenblik weer te zullen vertrekken, was ze de onverstoorbare toeverlaat van het verweesde gezin. Ábel mocht haar graag. Ze behoorde tot de 'oude' wereld, zoals hij het placht uit te drukken. Hij mocht haar vooral zo graag omdat ze altijd zachtjes sprak en zich met de taaie, onbarmhartige liefde van kinderloze vrouwen vastklampte aan de twee mensen waarop ze haar leven had gegrondvest: zijn vader en hij. Ze was een oude vrijster die in plaats van honden of katten mensen hield. Ábel wist dat ze zonder aarzeling haar leven voor hen zou opofferen. Toch konden ze al sinds geruime tijd niet goed meer met elkaar praten.

Het huis waarin ze woonden, een gebouw met een laag dak en lage kamers, had eigenlijk meer weg van een broeikas dan van een huis. De atmosfeer was altijd vochtig en bedompt. De gele voorgevel onder het dubbele dak maakte een gedrongen indruk en de rode dakgoot contrasteerde sterk met de gele muren. Aan weerskanten van de glanzende, groengeverfde deur die de binnenplaats afsloot, hingen ijzeren lantaarns. Ook de tuin, die, zoals gewoonlijk bij oude stadshuizen, slechts een oppervlakte van enkele vierkante meters had en aan drie kanten door hoge brandmuren werd omsloten, leek op een kas. 's Zomers was de tuin met dicht, weelderig gras begroeid. Sinds de dood van zijn moeder woonden ze met z'n drieën in dit huis: tante Etelka, zijn vader en hij. Ábel bedacht later dat zijn tante misschien ooit van zijn vader gehouden had. Misschien had haar dweepzieke bewondering voor zijn vader ooit een andere lading gehad. Over dat soort dingen werd echter door niemand in huis gesproken. Zijn herinneringen aan zijn jeugd waren als de indrukken die een onweer bij een jong kind achterlaat. Heel even wordt het bijna donker in de kamer, maar de dreigende wolkbreuk blijft uit. Het licht breekt door de wolken en scheurt ze uiteen, waarna alleen de spanning van het wachten overblijft.

'Je hebt lang geslapen,' zei zijn tante. 'Ik had eigenlijk willen wachten tot je wakker was. Jullie hebben ook brandewijn gedronken, nietwaar? Drink liever geen sterke drank, dat is op jouw leeftijd niet gezond. Ik ben al oud, Ábel, en kan het weten. Het enige wat ik van je vraag is dat je een beetje op jezelf past. Je gaat nu het volle leven in, jongen. Pas op dat je geen verkeerde dingen doet. Jongens zijn daartoe licht in staat, vooral 's nachts. Hoe laat begint het banket? Al kom je nog zo laat terug, laat me even weten dat je weer thuis bent. Stel je voor, de stijfsel is alweer duurder geworden! En de eieren ook! Als je vader weer eens komt, moet hij maar wat levensmiddelen meebrengen. Morgen zullen we hem een brief schrijven, hij moet toch ook weten dat je geslaagd bent. Geef me een zoen.'

Ze boog zich naar de jongen toe en drukte haar wang tegen de zijne. Heel even bleven ze in die houding staan. Mensen leven samen zonder iets van elkaar af te weten. Op een dag voelen ze dat ze elkaar niets meer te zeggen hebben. Zijn tante behoorde tot de 'oude' wereld, evenals zijn moeders meubels, de tuin, zijn vader, het dagelijkse vioolconcert, de boeken van Jules Verne en de gang naar de begraafplaats met zijn tante met Allerzielen. Die wereld was zo sterk dat geen enkele uitwendige kracht in staat was haar te vernietigen, zelfs de oorlog niet. Toch was er een jaar geleden door een kier iets binnengedrongen wat volkomen onvoorzienbaar was geweest, en op dat moment had hij gemerkt dat er ook nog een andere wereld was, die hij de 'nieuwe' wereld noemde. Sindsdien was alles anders geworden. Wat eerst zoet was geweest, was bitter geworden, en wat bitter was geweest galbitter. De broeikas was in een oerwoud veranderd. En de tante in een dode of nog minder.

Hij sloeg de glazen deur achter zich dicht, zodat de bel begon te luiden. Het geluid zweefde door de lucht en drong alle vertrekken van het stille huis in. Vanuit de ingang van de binnenplaats keek hij nog even achterom. Zijn tante stond met gevouwen handen achter de glazen deur en keek hem na.

De koperen slang

Uit de ramen van de schouwburg straalde licht en voor de zijingang stond een auto te wachten. Ábel stak de Hoofdstraat over en besloot Ernő's vader op te zoeken.

De schoenmaker was anderhalf jaar geleden met een ernstige schotwond in een van zijn longen van het front teruggekeerd. Sindsdien gaf hij voortdurend bloed op. Hij woonde in het souterrain van een smal hoog huis in de nauwe Visserssteeg. Om de onderaardse ruimte, die hem zowel tot werkplaats als tot woning diende, vanaf de straat te betreden moest je een trap van vijf lage treden afdalen. De ingang van zijn werkplaats was met borden omgeven, die hij eigenhandig met kunstzinnige penseelstreken van opschriften had voorzien. Deze teksten, die zonder uitzondering in warrige bijbeltaal waren gesteld en met duistere beelden en woordcombinaties doorspekt, riepen de passanten op om een eenvoudig leven te leiden en Christus als leidsman te nemen. JONGELING, HOUD HET SCHILD VAN JE GELOOF HOOG! maande een van de borden. Een ander bord verkondigde: GOD SCHEPT GEEN BEHAGEN IN UW BUITENGEWONE KENNIS, POSITIE, KRACHT OF KWEZELACHTIGHEID, MAAR ALS GE JEZUS IN UW HART TOELAAT, ZAL HIJ UW VERLEDEN MET DE MANTEL DER LIEFDE BEDEKKEN EN U OP DE GODDELIJKE ZALIGHEID VOORBEREIDEN. Een ander bord verkondigde: GELIJK DE KOPEREN SLANG, ONZE GROTE REDDER, VERHEF U TOT ELK HART, OPDAT DE DOOR HET LEVEN BEDROGENEN DOOR UW OMARMING TOT GENEZING KOMEN. En met koeien van letters: DE DOOD VANGT NIET ALTIJD OP HET STERFBED AAN. VELEN ONDER ONS GAAN REEDS BIJ HUN LEVEN IN EEN DOODSHEMD GEKLEED. TEN DODE GEDOEMDE! LEG VANDAAG NOG UW HAND IN JEZUS' HAND, OPDAT GIJ GEEN REDEN MEER TOT DOODSANGST ZULT HEBBEN.

Af en toe bleven verbaasde passanten staan om de borden te lezen, waarna ze hoofdschuddend doorliepen.

In de schoenmakerswerkplaats drong het daglicht maar ternauwernood door, zodat het er zeer schemerig was. Een pannetje met lijm, dat op een vuurtje stond te pruttelen, vulde de kleine ruimte met een bijtende, zurige walm. De schoenmaker zat aan een lage tafel, die door een carbidlamp werd beschenen. Op het eerste oog scheen hij geen mens maar een groot, behaard insect dat op het lichtschijnsel was afgekomen. Toen hij de jongen zag, legde hij alles wat hij in zijn hand en op schoot had – een vel ongelooid zoolleer, een schoenmakersmes, een stuk pikdraad en een versleten, gele schoen – zorgvuldig op de tafel. Pas daarna stond hij op om een diepe buiging te maken.

'Gezegend zij de naam des Heren, die ons in ons geloof sterkt en over onze vijanden triomfeert.'

Ábel genoot er altijd van dat de schoenmaker zijn plechtige en hoogdravende welkomstwoorden op de vanzelfsprekende en terloopse toon uitsprak waarop men zegt: Ik ben blij u te zien. Klein en verschrompeld als de man was, kon je duidelijk aan hem zien dat hij geleidelijk door zijn ziekte werd verteerd. De leren voorschoot die hij droeg, leek zo zwaar om zijn hals te hangen dat hij bijna vooroverviel. Zijn ene been was korter dan zijn andere – het gevolg van een ongeluk dat hem nog voor de oorlog was overkomen. Uit zijn magere, benige gezicht sproot een lange snor, die zich ineenvlocht met zijn warrige baard en zijn lange, piekerige haar, dat alle kanten uit stak en zijn schedel als een pruik van ijzerdraad omgaf. Zijn diepliggende, grote zwarte ogen schitterden onrustig.

'De jongeheer is zeker op zoek naar mijn zoon Ernő,' zei hij, Ábel met een gebaar van zijn opvallend kleine, wasachtig bleke hand een zitplaats aanbiedend. Zijn bewegingen getuigden van een zekere natuurlijke voornaamheid. Zelf ging hij niet zitten, maar hij bleef leunend op zijn korte, kromme stok voor zijn bezoeker staan. 'Mijn zoon Ernő is niet thuis. Eerlijk gezegd kunnen we ook moeilijk van hem verwachten dat hij in de toekomst nog dikwijls in de woning van zijn ouders verwijlt. De jongeheren zijn vandaag voor hun examen geslaagd en hebben daarmee voor God en de wereld een hogere rang verworven in de heersende klasse.'

Hij sprak zo eentonig, met zo weinig stembuigingen, intonatie of emotie, dat het leek alsof hij een gebed of een litanie uitsprak.

'Vandaag heeft mijn onwaardige zoon Ernő een plaats gekregen tussen de zonen der heersende klasse,' vervolgde hij. 'Kennelijk lag het niet in Gods bedoeling dat mijn zoon Ernő zijn ouders tot steun zou zijn op hun oude dag. Het is Zijn wens dat mijn zoon tot de heersende klasse zal behoren en daardoor in de toekomst mijn vijand zal zijn. Het zou dwaas en hoogmoedig zijn mij tegen de tegen de wil des Heren te verzetten. Mijn zoon heeft vandaag een hoge rang in de heersende klasse verworven, zodat hij noodzakelijkerwijs de vijand zal zijn van zijn laaggeboren ouders, van zijn verwanten en van talloze andere mensen.'

Hij hief zijn handen, alsof hij een menigte zegende, en liet ze daarna weer zakken. 'Wie in het doen en laten der mensen de bedoeling van de Schepper herkent, begroet ziekte, onheil, ja zelfs familietwisten met vreugde. Mijn zoon Ernő is zwijgzaam en veracht de welsprekendheid waarmee de Almachtige mij heeft gezegend opdat ik mijn plicht kan doen. De rivieren hebben zich geopend en de bergen zijn ingestort. Het lijdt geen twijfel dat het uur der uren is aangebroken, waarin ook de heersende klasse een bloedig offer brengt. Terwijl miljoenen doden in naamloze graven liggen en de heersende klasse een onvrijwillig offer brengt aan de aarde en de waters, is het mij, nietig schepsel, vergund verder te leven.'

'Inderdaad, meneer Zakarka,' zei Ábel, 'maar zou ik Ernő nu even kunnen spreken?'

'Ja, zo is het,' vervolgde de schoenmaker onverstoorbaar. 'Bedenkt u eens hoe belangrijk dit is. Meestal was het zo dat de heersende klasse dankzij haar hoge ontwikkeling en veelzijdige bekwaamheid gevrijwaard was van de tuchtigingen des Almachtigen. Aardbevingen, overstromingen, branden en oorlogen konden haar niet deren, tenzij de Heer haar met het Kaïnsteken had gemerkt. Tot nu toe was het zo dat er op de wereld twee klassen bestonden, die langs elkaar heen leefden en weinig gemeen hadden, gelijk de sprinkhanen en de beren. Bedenk dat het laatste uur is aangebroken. De zonen van de heersende klasse en de leden van de lagere klasse liggen broederlijk naast elkaar in haastig gedolven graven, met kalk bestrooid. Het vuur grijpt steeds meer om zich heen en vernietigt de hele wereld, en de profeten staan op om hun boodschap te verkondigen. Ook ik ben door de Heer als boodschapper aangewezen, opdat de mensen mij zullen horen en volgen.'

De gestalte van de schoenmaker wierp in het flakkerende licht van de carbidlamp een lange schaduw op de vloer. Zo nu en dan kreeg hij een hoestbui en dan zei hij, als hij weer kon spreken: 'Met uw verlof', waarna hij naar een van de hoeken van de werkplaats strompelde om langdurig slijm op te geven.

Ábel zat voorovergebogen in zijn stoel. Hij wist dat hij moest wachten totdat de schoenmaker alles had gezegd wat hij op zijn lever had. Op een plank aan de muur lag een bijbel tussen een paar geblutste mokken en aan de muur hing een kruisbeeld van een meter hoog met een Christus, zo groot als een kind. De schoenmaker schuifelde wankelend en zwaar leunend op zijn stok door de werkplaats. Toen hij was uitgehoest, vervolgde hij met schorre stem: 'Wat mijn zoon Ernő betreft' – na deze woorden stopte hij zijn handen onder zijn leren voorschoot – 'de jongeheren zijn zo goed geweest hem in hun midden op te nemen, waarvoor hij hun eeuwige dankbaarheid verschuldigd is, ook als de jongeheren er straks niet meer zijn. Dankzij zijn zwakke lichaam en zijn erfelijke ziekte zal mijn zoon Ernő immers naar alle waarschijnlijkheid de zo welwillende jongeheren overleven. Zij zijn namelijk geschikter om het heldhaftige voorbeeld van hun vaders te volgen dan mijn arme zoon. Hieruit blijkt dat ziekte en zwakheid geen toevalligheden zijn maar een doel hebben. De jongeheren zullen binnenkort naar een plaats gaan waar de mensen, in het aangezicht van de dood, allen gelijk zijn, maar mijn zoon Ernő zal hier blijven. Als het uur der beproevingen verstreken is, zal hij een voornaam heerschap worden, want op degenen die gespaard blijven rust de bijzondere genade des Heren. Ik hoop dit nog te beleven.'

Na deze woorden knikte hij licht en hoffelijk en maakte hij bijna verontschuldigend een buiging, alsof hij te kennen wilde geven dat hij slechts het werktuig van de Heer was en zich niet anders kon gedragen dan hij deed.

Ábel richtte zijn ogen op het kruis aan de muur, terwijl de schoenmaker met een strenge gelaatsuitdrukking zijn blik volgde.

'De jongeheren zijn heel goedgunstig jegens mijn zoon geweest, vooral de zoon van de heer Prockauer. Ik mag dat niet vergeten. De jongeheer Prockauer heeft nog wel niet zo'n hoge positie bereikt als zijn vader, maar dankzij de wereldlijke reputatie van zijn vader bevindt hij zich nu al op zo'n grote hoogte dat zijn vriendschap mijn zoon blijvend tot eer zal strekken. Ernő weet wat hij de jongeheren verschuldigd is. Dat hij nooit met mij over zijn dankbaarheid heeft gesproken, is waarschijnlijk het gevolg van zijn zwijgzaamheid en mijn bescheiden begripsvermogen, dat niet in staat is de diepere betekenis van de woorden der hoge heren te doorgronden. Doch wat de wakende verzwijgt, komt dikwijls uit de mond der slapende. Mijn zoon heeft in zijn slaap verscheidene malen de voornaam van de jongeheer Prockauer geroepen.'

'Van Tibor?' vroeg Ábel, die zijn mond droog voelde worden.

De schoenmaker strompelde naar het met een gordijn afgeschermde gedeelte van het souterrain dat hem tot woonkamer diende. 'Hier lag ik, aan het voeteneinde,' zei hij, met één hand het gordijn openschuivend en op het bed wijzend, dat van een grote la was voorzien. 'Ik slaap altijd op de vloer, die veel harder is dan een bed, om mijn zoon in staat te stellen zich op de levenswijze der hoge heren voor te bereiden. Terwijl we daar lagen, heb ik hem in zijn slaap verscheidene malen de naam van de jongeheer Prockauer horen roepen. Als een slapend mens de naam van een ander mens roept, betekent dit dat hij lijdt. Ik kan niet zeggen wat de oorzaak was van het lijden van mijn slapende zoon toen hij de naam van de jongeheer riep.'

Hij schoof het gordijn weer dicht, alsof hij iets bedekte wat beter onzichtbaar kon blijven.

Dat is dus Ernő's slaapkamer, dacht Ábel. Hij had zich nooit durven voorstellen waar Ernő sliep, wat de schoenmaker en zijn gezinsleden aten en welke onderwerpen ze aan tafel bespraken. De afgelopen week was hij enkele malen in de werkplaats geweest, maar steeds tijdens Ernő's afwezigheid, en bij geen van die gelegenheden had de schoenmaker hem het hoekje achter het gordijn laten zien. Daar sliepen Ernő en zijn vader dus, terwijl de schoenmakersvrouw waarschijnlijk 's avonds in de werkplaats een bed voor zichzelf opmaakte.

'Misschien riep mijn zoon de naam van de jongeheer Prockauer omdat hij hem zo dankbaar was,' vervolgde de schoenmaker. 'De jongeheer overlaadt mijn zoon al sinds lange tijd met zijn gunsten. Al in de lagere klassen van de school mocht mijn zoon de afgedragen kleren van de zoon van de kolonel mee naar huis nemen, en later, toen de jongeheer met vergeeflijke lichtzinnigheid zijn studie verwaarloosde, gaf de kolonel mijn zoon de eervolle opdracht zijn zoon bij het leren bij te staan. De vrijgevigheid der hoge heren kent geen grenzen. Ik heb het aan de goedheid van de kolonel te danken dat ik aan het front ben gelouterd.'

'Wat bent u?' vroeg Ábel, zich naar voren buigend.

De schoenmaker richtte zich op. 'Gelouterd. Het tijdstip waarop wij alles zullen kunnen verklaren ligt nog in het verschiet. Gelouterd worden kan alleen hij die is vernederd. Meneer de kolonel, wiens zoon zo goed is geweest voor mijn zoon, heeft me in staat gesteld de loutering deelachtig te worden door me als vervanger aan te stellen van de voltrekker van de doodvonnissen, die tijdelijk afwezig was. Hierdoor had ik driemaal de gelegenheid om te worden gelouterd.'

Hij strekte zijn armen naar voren.

'Wie het leven schenkt, is niet kieskeurig in de middelen waarmee Hij het leven neemt. Bedenkt u eens wat we niet allemaal aan kolonel Prockauer te danken hebben. Mijn zoon mocht zijn zoon onderwijzen en kon zich in diens kleren op passende wijze bewegen in de wereld der hoge heren, waartoe hij thans zelf ook behoort, terwijl ik, zijn vader, aan hem te danken heb dat ik driemaal de loutering deelachtig ben geworden die de Heer de wereld heeft bereid. Met deze twee handen... Wist u dat niet, jongeheer?'

'Is dat werkelijk waar, meneer Zakarka?' vroeg Ábel, terwijl hij opstond. Hij was absoluut niet geschokt maar alleen hogelijk verbaasd.

'Driemaal. Heeft mijn zoon dat niet aan de jongeheren verteld? Misschien wilde hij niet opscheppen over de loutering van zijn vader, terecht overigens, want het geeft geen pas dat de arm geborene hoogmoedig wordt als de hoge heren hem in hun oneindige goedheid in hun midden opnemen. Driemaal ben ik erin geslaagd de loutering deelachtig te worden. U moet weten dat de oorlog, waarmee God ons in Zijn goedheid treft opdat wij onze schuld beseffen, een mens slechts zelden de gelegenheid biedt om gelouterd te worden, al vallen er nog zoveel doden. Een wapen hanteren en daarmee iemand van een zekere afstand doden, is bijvoorbeeld heel iets anders dan iemand met blote handen om het leven brengen, ik bedoel: zonder tussenkomst van een werktuig. Het maakt verschil of we onze handen om de hals van een medemens leggen en zijn wervels breken of dat we hem met een scherp voorwerp verwonden. En met een ontploffingsmiddel een loden kogel in het lichaam van een ver verwijderde tegenstander drijven, is weer iets heel anders. Deze verschillen zijn heel belangrijk. Gelouterd worden kan een mens alleen wanneer hij onmiddellijk, zonder tussenkomst, doodt. Bovendien waren alledrie de betrokkenen hoge heren.'

'Wie waren het?' wilde de jongen weten.

Ze stonden nu vlak tegenover elkaar. De schoenmaker boog zich naar de jongen toe.

'Uit vaderlands standpunt bezien verraders. Het was een buitengewone gunst van meneer de kolonel dat hij me heren heeft toevertrouwd en geen gewone mensen. Ik zal hem er eeuwig dankbaar voor zijn. Zoals gezegd, mijn gezin is het gezin van meneer de kolonel eeuwige dankbaarheid verschuldigd. Overigens heb ik gehoord dat de toestand van mevrouw Prockauer verslechterd is.'

'Wanneer heeft u dat gehoord?' vroeg Ábel haastig.

Hij had onmiddellijk spijt van de vraag. De blik van de schoenmaker dwaalde even door de werkplaats, maar boorde zich meteen daarna in zijn gezicht. Ábel sloot onwillekeurig zijn ogen voor de vlammende blik van de man, alsof hij in een te fel licht keek. De toestand van Tibors moeder was al dagenlang zorgwekkend. Haar slechte toestand wekte eigenaardige gevoelens bij de jongens op, waarover zij echter met geen woord repten. De kolonelsvrouw was al drie jaar lang bedlegerig, en hoewel haar toestand zo nu en dan verbeterde, weigerde ze op te staan. Haar oudste zoon, die een paar maanden geleden als vaandrig van het front was teruggekeerd met maar één arm, werd niet moe te beweren dat zijn moeder best kon lopen, maar dat ze dat niet wilde. Hij beweerde dat ze 's nachts, als hij en zijn broer sliepen, opstond en door de woning dwaalde. Als het waar was dat er zich een verandering in de toestand van Tibors moeder had voorgedaan, moesten ze snel handelen omdat de kolonel in dat geval elk ogenblik thuis kon komen. Hij waagde het niet de schoenmaker aan te kijken, die vlak voor hem stond en in het halfdonker langer scheen te zijn dan gewoonlijk. Ábel wist dat hij even groot was als de man, maar toch was het net alsof hij tegen hem opkeek. Langzaam doofde de gloed in de ogen van de schoenmaker en zowel Ábel als hij sloeg de ogen neer.

'Het zijn mijn zaken niet,' zei de schoenmaker. 'Ik verzoek u nederig dit niet aan de heer Tibor door te vertellen. De oudste zoon van kolonel Prockauer is hier geweest omdat hij, evenals de jongeheer, mijn zoon Ernő wilde spreken. Tijdens ons gesprek kwam het ter sprake.'

'Wat kwam er ter sprake?'

De carbidlamp begon te flakkeren. De schoenmaker strompelde naar de lamp en draaide de vlam voorzichtig wat lager.

'Wat er tijdens een gesprek gewoonlijk ter sprake komt. De jongeheer Lajos – misschien veroorlooft u mij hem aldus te noemen, als frontsoldaat is hij mijn strijdmakker geweest – heeft een aanzienlijk offer voor het vaderland gebracht. Zo nu en dan zoekt hij me op en bij die gelegenheden praten we over van alles. De jongeheer Lajos zei onder andere dat de jongeheer Tibor problemen heeft. Ik mag in dit verband niet verzwijgen dat de jongeheer Lajos bij het grote zoenoffer niet alleen zijn arm heeft verloren, maar ook een deel van zijn geest. Dikwijls herinnert hij zich naderhand niet meer wat hij heeft gezegd, en als hij iets zegt, wil hij er later niet meer aan herinnerd worden. Tijdens ons gesprek zei hij het niet onmogelijk te achten dat de toestand van de weledelgestrenge mevrouw zou verslechteren. "We moeten ons op het ergste voorbereiden," zei hij, "dat staat voor mij vast." '

Ábel had geen enkele zekerheid over de toestand van de kolonelsvrouw. Het was best mogelijk dat de eenarmige zich maar wat verbeeldde. Sinds de oudste zoon van kolonel Prockauer van het front was teruggekeerd, gedroeg hij zich soms eigenaardig. Wat hij vroeger meed en verachtte – het gezelschap en de liefhebberijen van zijn broer – scheen hem nu juist in hoge mate te bekoren. Geleidelijk hadden ze hem alles verteld. Hij had als eerste met de acteur kennisgemaakt. Ábel probeerde zich te herinneren hoe het precies was gegaan. Alle jongens hadden de acteur al heel vaak gezien, maar de eenarmige was de eerste die werkelijk met hem kennis had gemaakt en hem aan zijn vrienden had voorgesteld.

Waarschijnlijk had Lajos weer eens zijn mond voorbijgepraat. Hij had de schoenmaker natuurlijk verteld dat Tibor in de nesten zat, wat betekende dat hij hun gemeenschappelijk geheim op z'n minst gedeeltelijk had verraden. Het was zaak erachter te komen wat hij de schoenmaker precies had verteld. Zakarka was een echte flapuit, hoewel niet in de normale zin van het woord en ook niet tegenover iedereen. Ábel wist van Ernő dat de schoenmaker geen kroegloper was en zijn levensbeschouwelijke verhandelingen over de nieuwe verhouding tussen de armen en de rijken slechts aan bepaalde uitverkorenen ten beste gaf.

Dat het niet helemaal pluis was in de bovenkamer van de schoenmaker, had Ábel allang vermoed, maar de manier waarop de man over zijn visioenen vertelde was zo rustig en ingehouden dat hij zijn woorden niet dwazer vond dan de uitlatingen van andere volwassenen, althans zolang hij in 's mans nabijheid verkeerde. Al vertelde iemand de vreemdste dingen, als hij dat op de juiste plaats en op een suggestieve manier deed, leken ze volkomen logisch en zinvol. Toen hij erover nadacht, merkte hij zelfs met enig ongenoegen dat de dwangvoorstellingen van de man iets aantrekkelijks hadden en niet eenvoudigweg terzijde geschoven of genegeerd konden worden. Hij voelde zich tot Zakarka aangetrokken, zij het ook op een andere manier dan tot Ernő of tot Tibor, en natuurlijk ook anders dan tot de acteur, maar die andersoortige bekoring had iets dwingends, zodat hij zich af en toe genoodzaakt voelde bij de schoenmaker op bezoek te gaan.

De schoenmaker was Ernő's vader, en Ernő hoorde bij de bende, ja was zelfs een van de belangrijkste leden ervan. Hoewel de zwijgzame en gesloten schoenmakerszoon nooit het initiatief tot iets nam, scheen hij achteraf bezien van elke handeling de auctor intellectualis te zijn geweest. Dat de schoenmaker aan het front niet alleen had gevochten, maar ook beulsdiensten had verricht, was uiteraard nieuw voor Ábel. Hij verwonderde zich erover maar was niet geschrokken. Hij keek naar de handen van de schoenmaker, waarmee de man zijn 'louteringen' had bewerkstelligd, maar voelde afkeer noch walging. Daarvoor was het verhaal te onbegrijpelijk, hij kon er met zijn verstand niet bij. Alles in zijn leven was veel te snel gegaan, zijn kinderjaren, de 'broeikas', het vioolspel van zijn vader en daarna iets wat door de mensen 'oorlog' werd genoemd; een zaak die grote veranderingen in hun leven had gebracht, maar niet in het zijne. Het zijne was pas veranderd toen de ruiten van de broeikas waren versplinterd en hij zich plotseling in de wereld der volwassenen bevond, met leugens en zonden beladen, zo bang als een wezel en op leven en dood met de leden van de bende verbonden, die nog geen jaar eerder net zulke kinderen waren geweest als hij en toen in een andere, zachtmoedige wereld hadden geleefd, waarin nog geen gevaren bestonden. Tijd om zich af te vragen wat de volwassenen intussen deden, hadden ze niet gehad. Eerst waren hun vaders opgehaald, daarna hun oudere broers. De verschrikkelijke, nauwelijks te bevatten daden die ze aan het front bedreven, interesseerden de jongens niet. Dat Ernő's vader daar ook mensen had opgehangen, was alleen extra informatie, waarmee hij niets kon beginnen. Het was iets wat alleen de vaders en de broers aanging. Je hoorde wel meer vreemde verhalen. De wereld waarin hij tot dan toe had geleefd, was ingestort en nu dwaalde hij door een oerwoud. Misschien zou hij over een paar weken of maanden zelf wel mensen moeten ophangen. Dat meneer Zakarka dat had gedaan om gelouterd te worden, was zijn zaak. Iedereen reinigt zich op zijn eigen manier.

De schoenmaker had het er vaak over dat de mens 'gelouterd' moest worden. Ábel voelde zich tot dit idee aangetrokken, maar hij begreep niet precies wat de man ermee bedoelde, hij wist alleen dat de gedachte uit de bijbel afkomstig was. Ábel luisterde graag naar de bijbelse uitdrukkingen die de schoenmaker gebruikte. De manier waarop hij sprak, werkte op hem als een opwindende zangstem; een stem die weliswaar vals was en oversloeg, maar in zijn oren toch levendig en welluidend klonk. Zakarka leek enigszins op een straatpredikant. Op een keer had hij zich 'een profeet van geringe rang' genoemd. Bij die woorden had hij zijn ogen neergeslagen.

Soms had hij het gevoel dat de schoenmaker van al hun doen en laten op de hoogte was. Hoewel hij zijn onderaardse werkplaats slechts zelden verliet, wist de man verbazingwekkend veel van de stad. Het was alsof hij door onzichtbare boodschappers op de hoogte werd gehouden, en zo nu en dan liet hij met een paar woorden blijken dat hij alles in de gaten hield. In het bijzijn van zijn zoon was hij echter altijd erg gesloten. Als Ernő binnenkwam, maakte de schoenmaker een diepe buiging en daarna zweeg hij. Hij sprak altijd met respect over zijn zoon, ook in diens aanwezigheid, maar richtte nooit het woord tot hem. Ábel keek peinzend naar de schoenmaker. Zoals altijd wanneer hij hem bezocht, schrok hij er na een poosje voor terug om open kaart met hem te spelen. Ook daarstraks, toen hij nog op straat liep, had hij de bijna onweerstaanbare drang gevoeld om naar Zakarka te gaan en hem alles op te biechten. Misschien moet ik hem vragen de lamp te doven, dacht hij. In het donker gaat het spreken veel gemakkelijker.

De vriendschap met de schoenmaker dateerde nog maar van enkele maanden geleden, voor die tijd wist hij niets van Ernő's vader af. Als hij aan Zakarka dacht, kon hij nauwelijks geloven dat de man krankzinnig was. Hij leek geen leeftijd te hebben. Het was alsof de schoenmaker dichter bij hem stond dan andere volwassenen, ja alsof hij nog steeds in de overgangsfase tussen kindertijd en volwassenheid verkeerde, evenals hijzelf en zijn vrienden. De schoenmaker was kind noch volwassene en bevond zich tussen de goede en de slechte wereld in, net als hijzelf. Ábel voelde dit zo duidelijk dat het bijna een geheim leek; een geheim dat hij alleen kende. Hoewel hij bang was voor de schoenmaker, had hij dikwijls het gevoel dat hij de enige was die hem zou kunnen helpen. Uiterlijk gezien behoorde de schoenmaker tot de volwassenen, maar Ábel kon zich niet aan de indruk onttrekken dat hij zich had vermomd en een valse baard droeg.

Nooit kon hij beslissen of de schoenmaker zijn vriend of zijn vijand was. Als Zakarka een beeld van de wereld gaf, deed hij dat ongenuanceerd en met dikke penseelstreken. 'Er zijn twee klassen,' zei hij altijd. 'De heersende klasse en de klasse der armen. Alleen wie gezondigd heeft, kan gelouterd worden.' Als hij dit zei, dreunde zijn stem als die van een profeet. De doffe klanken van zijn hese, monotone stem vulden het hele souterrain.

'Zoals ik zo-even al zei,' eindigde de schoenmaker plotseling zijn monoloog, 'mijn zoon Ernő bevindt zich met de jongeheren in het café. Volgens de traditie mag hij nu immers openlijk alle plaatsen bezoeken die door de volwassen heren worden gefrequenteerd.'

Hij maakte een buiging, ging weer zitten en pakte een schoen, alsof er niemand meer in de werkplaats was. Ábel ging naast hem staan en keek enige tijd hoe de man, diep voorovergebogen, met een priem razendsnel kleine gaatjes maakte langs de rand van een stuk zoolleer. Hij was naar de werkplaats gegaan om de schoenmaker alles op te biechten, ook wat er tussen Tibor en de acteur was voorgevallen. Het was zijn bedoeling geweest Zakarka om hulp te vragen nu ze allemaal in gevaar verkeerden, maar opeens schrok hij daarvoor terug. Wat eenmaal uitgesproken is, kan nooit meer teruggenomen worden en gaat zijn eigen leven leiden. Hij wachtte nog even en nam toen zachtjes en verlegen afscheid, maar de schoenmaker nam geen notitie meer van hem. Pas toen hij al bij de trap was, riep hij hem iets na. Toen Ábel zich omdraaide, zag hij dat de schoenmaker lachte.

'We zullen allen gelouterd worden,' zei hij met opgeheven priem. Zijn gezicht straalde.

De toneelspeler

Misschien worden we inderdaad allemaal gelouterd, dacht hij. Hij slenterde langzaam langs een muur, bijna doelloos, alsof hij alleen maar wat rondzwierf. De leden van de bende vroegen zich op dit moment vast al af waar hij bleef. Het pak speelkaarten in zijn zak leek wel van lood, zo zwaar was het. Het was een warme avond met een verontrustend nevelige atmosfeer. Toen hij nog lag te slapen was de stad door een lauw regentje besproeid, dat de straten een vochtige glans had gegeven, maar tegen de avond was vanuit de bergen de wind gaan waaien en die had het wegdek weer droog geföhnd. Er hing een vochtige zoelte in de straten – de zoelte die van regen verzadigde aarde in het voorjaar naar de stad zendt als de alles vochtig makende ochtendmist is opgetrokken.

Ábel was in april achttien jaar geworden, maar de meeste mensen hielden hem voor jonger. Op de gang van het gymnasium, voor de vergaderzaal, hingen klassenfoto's van vroegere leerlingen. Dikwijls had hij voor die foto's gestaan en zich erover verbaasd hoe weinig zijn leeftijdsgenoten en hijzelf leken op de leerlingen die tien of twintig jaar eerder eindexamen hadden gedaan. Hun voorgangers waren zonder uitzondering lange, stoere, breedgeschouderde jongemannen, van wie sommigen een snor hadden, lang genoeg om opgedraaid te worden. Vergeleken bij hen zagen Ábel en zijn vrienden eruit als kleine kinderen, als jongetjes met een korte broek. Ze waren tenger en hadden nog kindergezichten. Het leek wel alsof de leerlingen elk jaar wat kleiner en kinderlijker werden. Na enig zoeken vond hij de foto die genomen was in het jaar dat zijn vader eindexamen had gedaan. De mensen die hij op de foto herkende: Kikinday, de rechter, Kronauer, de regimentsarts en zijn vader, zagen er als volwassenen uit. Meneer Kronauer had een puntige snor en droeg een ruitjesbroek. Zijn vader was ook al een echte man, met brede schouders. Het enige verschil met tegenwoordig was dat hij toen nog geen baard droeg, maar dat had gemakkelijk gekund, al was hij toen vierentwintig jaar jonger. Ábel vroeg zich af hoe hij eruit zou zien met een baard of een snor, maar hij verwierp de gedachte meteen met een bittere grijs. Het had geen zin je zoiets voor te stellen want hij was nog een echte melkmuil met volkomen onbehaarde wangen en bovenlip. Ook zijn handen waren nog klein en kinderlijk. Misschien degenereerde de mensheid elk jaar wel een beetje. Het was natuurlijk ook mogelijk dat dit de normale ontwikkeling van de mensheid was. De Japanners, een volk dat ouder is dan het onze, zijn kleinere mensen dan wij.

Twee jaar geleden was hij serieus boeken gaan lezen, zonder enig systeem, alles wat hij in handen kreeg. Daarna, op zijn zestiende, was hij ook wat gaan schrijven. Toen hij de door hem geschreven regels op papier zag staan, was hij geschrokken en had hij het vel in een la weggestopt. De dag daarop had hij het weer te voorschijn gehaald en de regels nogmaals gelezen. Wat hij had geschreven was geen poëzie maar ook geen proza geweest. Geschrokken had hij het vel papier verscheurd, maar hoewel het corpus delicti verdwenen was, had hij zich nog dagenlang angstig gevoeld. In die tijd leefde hij nog in de 'innerlijke' wereld. Hij durfde er met niemand over te spreken. Wat had hem bezield? Waarom had hij dat geschreven? Wat betekende het dat een mens een pen ter hand nam en iets opschreef, zodat er een paar regels kant en klaar op het papier verschenen? Waarom had hij dat gedaan? Zouden schrijvers ook zo te werk gaan? Hij sprak erover met Péter, maar die haalde zijn schouders op, hoewel Ábel het sterke vermoeden had dat hij ook schreef.

Op een keer kreeg hij een boek in handen dat iemand van het front had meegenomen. Het was een Russisch boek met Russische letters, een roman, geschreven door een onbekende auteur. De gedachte ontroerde hem. Ergens in Rusland leefde een onbekende die personages, scènes en tragedies uit het niets te voorschijn toverde en op papier bracht. Op die manier – met het boek dat hij nu in zijn handen hield – kon die onbekende de grote afstand overbruggen die hem van zijn lezers scheidde. Péter Garren had hem verteld dat hij weleens wat in zijn droom had geschreven. Zou hij dat verzonnen hebben?

Dikwijls stond hij voor de etalage van de boekwinkel om – enigszins geïmponeerd – naar de uitgestalde boeken te kijken. Ze bevatten een geheim dat niet zozeer de tekst zelf betrof, maar meer de reden waaróm ze waren geschreven. Hierover kon hij met niemand praten, ook met Ernő niet, hoewel hij het een paar keer had geprobeerd. Ernő vond heel andere dingen belangrijk dan hij, hij had het juist over de inhoud van de boeken. Ábel wist dat die inhoud van secundair belang was. Het ging erom waarom die boeken waren ontstaan. Omdat de auteur het prettig vond om te schrijven? Hij achtte het veel waarschijnlijker dat het voortbrengen van literatuur een pijnlijk proces was. Bovendien, wat een schrijver eenmaal op papier heeft gezet, raakt hij kwijt, dat gaat zijn eigen leven leiden. Het enige wat hem daarna nog rest is een smartelijke herinnering, alsof hij heimelijk een misdaad heeft begaan waarvoor hij ooit, veel later, nog eens ter verantwoording kan worden geroepen.

Soms schreef hij ook gedichten. Hij beschreef dan het uiterlijk van een bekende of de strekking van een gesprek dat hij op straat had opgevangen. Van dit alles was niemand op de hoogte, noch de bende noch zijn tante. Tibor was enkel in sport geïnteresseerd, en daarnaast in toneelkunst en vrouwen. Béla had enkel belangstelling voor mode en vrouwen, en de eenarmige uitsluitend voor vrouwen. Tamás Garren was geheel gefixeerd op klinkende munt en hazardspelen. En Ernő, waar was die in geïnteresseerd? Die vraag kon hij niet beantwoorden. Hij wist dat Ernő verwoed schaakte en een uitstekende aanleg voor wiskunde had, maar het geheim, de reden waarom iemand 's nachts achter zijn bureau ging zitten om op papier te zetten wat hij had gehoord of gezien, interesseerde hem in geen geval.

's Nachts zat hij eenzaam in zijn kamer over zijn papieren gebogen, maar als hij dan zo bezig was moest hij opeens denken aan zijn vaders dagelijkse pogingen om viool te spelen, waarop hij woedend opstond, naar bed ging en het licht uitdeed. Hij wist dat wat hij deed niet 'echt' was, maar net zoiets als het vioolspel van zijn vader. Schrijven bestond immers niet alleen in het vastleggen van wat je overdag had gezien of gehoord. Alle dingen hadden een verborgen ratio, een geheim, een zin, een verband met andere dingen, en dát was wat de schrijver moest ontdekken, wat hij onder woorden moest brengen en op papier vastleggen. Op een dag kreeg hij *Oorlog en vrede* in handen. Toen hij bij de passage was aangeland waarin de prins, teruggekeerd van het slagveld, zijn overleden vrouw ziet, die door haar gelaatsuitdrukking vraagt: Wat hebben jullie met me gedaan? – huiverde hij. Hij voelde dat de schrijver daarmee iets had uitgedrukt wat eigenlijk niet onder woorden was te brengen, iets wat alle aspecten van het menselijk leven met elkaar in verband bracht. Wat hebben jullie met me gedaan?

De straat waarin hij liep, kwam op de Hoofdstraat uit. Door haar zwakke straatverlichting had de stad veel weg van een ziekenzaal. Op de promenade slenterden talrijke verliefde stelletjes. De schouwburgvoorstelling was al begonnen. Voor de ruime kruidenierswinkel van Béla's vader stonden een paar officieren met de apotheker te praten, die een bochel had en alle familiegeheimen van de stad kende. De mannen keken naar de passerende meisjes en de apotheker amuseerde de militairen met vertrouwelijke informatie over de dames. Zo nu en dan barstte het groepje mannen in een schaterlach uit. De militairen waren met verlof en hadden allen ernstige oorlogsverwondingen opgelopen. Een van hen droeg nog zijn frontuniform. Ábel zag hoe de apotheker proestend van het lachen zijn hand voor zijn mond hield.

Tegenover de schouwburg, voor het café, stond de acteur. Hij leunde met zijn rug tegen een reclamezuil en legde de eenarmige op luide toon iets uit. Toen hij Ábel zag naderen, zei hij met veel nadruk: 'We staan al een hele tijd op je te wachten, engel.'

De acteur was in het begin van de herfst met het toneelgezelschap in de stad aangekomen. Hij beweerde dat hij daarvóór een contract in de hoofdstad had gehad, maar dat de schouwburg daar failliet was gegaan. Hij was vijfenveertig jaar, maar zei altijd dat hij vijfendertig was. Niemand geloofde dat, ook de leden van de bende niet, die overigens kritiekloos en gretig naar zijn verhalen luisterden. De acteur vervulde binnen zijn gezelschap de rol van danskomiek, maar hij noemde zich balletmeester. Het gezelschap, dat ook over operettediva's en jeunes premiers beschikte, was contractueel verplicht elk seizoen een paar operavoorstellingen te geven. Bij die gelegenheden hielp de acteur de spelers met het instuderen van de dansnummers.

De acteur was een zwaarlijvige man met een buikje en een onderkin, wat zelden het geval is bij dansers. Het publiek was dol op hem omdat hij de wijze waarop hij zijn rol vervulde door plaatselijke roddelpraatjes liet beïnvloeden. Zijn paardenhoofd was met een kastanjebruine pruik bedekt en zijn kin stak ver vooruit. Verder was hij zo bijziend dat hij op het toneel niet eens het boven het podium uitstekende gedeelte van het souffleurshokje zag. Uit ijdelheid droeg hij echter nooit een bril tijdens de voorstellingen, trouwens ook niet in het 'gewone leven', zoals hij het uitdrukte.

Zijn naam was Amadé, Amadé Volpay, zoals op de toneelaffiches stond, en hij sprak altijd alsof hij een hete aardappel in zijn mond had. In zijn ruime, luchtig gesneden kostuums, die op geraffineerde wijze zijn corpulentie verhulden, leek hij niet half zo dik als hij in werkelijkheid was. Bovendien droeg hij onder zijn kleren ook nog een speciaal voor hem gemaakt korset, waarmee hij zich voor de voorstelling zo strak insnoerde dat het bloed hem naar het hoofd steeg. Eigenlijk bestond er tussen hem en zijn publiek slechts één misverstand: zijn corpulentie, die hij voortdurend ter sprake bracht. In lange en overtuigende vertogen hield hij bekenden en onbekenden voor dat hij eigenlijk helemaal niet dik was. Onder die verhandelingen legde hij met behulp van meetlinten en medische tabellen uit dat hij zo slank als een den was en in elk opzicht een ideaal mannenfiguur had. Intussen logenstrafte zijn uitpuilende buik, die hij in het vuur van zijn betoog vergat in te houden, alles wat hij zei.

Om zijn woorden kracht bij te zetten, bewoog hij zich op straat met balletpasjes voort, zodat het leek alsof hij op balletschoenen liep. Hij torste zijn zware lichaam met verende, kleine trippelpasjes, alsof het vederlicht was en elk ogenblik door een windvlaag kon worden weggevoerd. De acteur schoor zijn onderkin altijd zo grondig dat van de baardharen alleen een glimmend blauw vlak overbleef, en niemand had hem ooit ongeschoren gezien. Die onderkin smeerde hij na het scheren met een of andere crème in en vervolgens bestrooide hij hem met *poudre de riz*. Ten slotte deponeerde hij de ontsierende uitstulping, als was ze een afzonderlijk lichaamsdeel, zorgzaam in de uitsnijding van zijn omgeslagen boord. Met zijn mollige, bleke handjes raakte hij zijn onderkin af en toe bijna teder aan, alsof hij zich ervan wilde vergewissen dat die zich nog op zijn plaats bevond en in goede gezondheid verkeerde.

De acteur bracht zijn vrije tijd altijd op straat door, meestal in het drukke gedeelte van het stadscentrum, tussen de kerk en het café, vanwaar hij de artiesteningang van de schouwburg goed in de gaten kon houden. Hij was daar bijna elk uur van de dag te vinden, heen en weer slenterend en omgeven door bewonderaars, terwijl hij hele verhandelingen hield. Na het middageten trok hij zich echter terug achter het middelste raam van het café, waar elke passant hem kon zien zitten en hij iedereen kon observeren. Van het kaartspel was hij geen liefhebber en hij dronk geen druppel alcohol. Opvallend was dat hij de omgang met zijn collega's meed. Uit zijn kleren steeg de zoete, bedwelmende geur van kaneel op en hij was op straat altijd door een wolk van deze lucht omgeven. Wie voor hem liep, merkte onmiddellijk dat Amadé Volpay in de buurt was.

Om zijn vlezige vingers droeg hij twee ringen: een zegelring met een rode steen en een trouwring. Nooit ontkende hij dat hij ongetrouwd was. De ringen droeg hij enkel voor de schijn.

Toen de toneelspeler in de stad verscheen, had de bende zich al gevormd. Er doen zich in elke menselijke gemeenschap raadselachtige kristalliseringsprocessen voor. Eigenlijk zaten de jongens pas vanaf het vierde leerjaar in dezelfde klas. Ernő was de enige die alle acht klassen van de school had doorlopen. Béla, de zoon van de kruidenier, die een slechte leerling was, had op drie verschillende scholen gezeten voordat hij Ernő's klasgenoot werd, en hij was zelfs een jaar lang in de hoofdstad onderwezen. Hij was leerling geweest op verschillende internaten, waar de leerlingen met z'n dertigen in één zaal sliepen. Als kind had hij een kostschooluniform en een sabeltje gedragen. Tibor had zich in de vierde klas bij hen gevoegd, toen zijn vader, een kolonel, naar de stad was overgeplaatst. Ábel zat pas vanaf de derde klas op een openbare school, daarvóór was hij thuis onderwezen. Péter en Tamás Garren waren in de stad geboren en leken daarvan eerder onderdelen dan inwoners te zijn.

Die vierde klas bestond uit vijftig leerlingen, van wie er uiteindelijk zeventien zouden overblijven die eindexamen deden. De oorlog, waarover ze nooit spraken – ze deden eenvoudig net alsof hij er niet was –, eiste ook in het verborgen hoekje van het leven dat een klas van een middelbare school in een provinciestad is, zijn tol – bijna onzichtbaar en heimelijk, maar uiterst hardnekkig. Bij het uitbreken van de oorlog waren ze met z'n vijftigen geweest. Nu, vier jaar later, hadden er zeventien leerlingen eindexamen gedaan. Velen waren om onduidelijke redenen van school gegaan. De boerenzoons waren vertrokken om de plaats van hun vader in te nemen. Vele anderen hadden het lesgeld niet kunnen betalen. Weer anderen waren om onduidelijke redenen weggebleven, misschien wegens ziekte. Er waren de laatste jaren ook heel wat leerlingen van de school gestorven. Hun uitvaart werd opgeluisterd door een schoolvlag met een rouwwimpel en klaaglijk zingende koren. In de stad werd beweerd dat er de afgelopen jaren al een miljoen mannen aan het front waren gesneuveld, maar er werden ook grotere aantallen genoemd: twee en zelfs drie miljoen. Zij die nog op school zaten, leefden onopvallend en stil tussen de bergen, ver verwijderd van het oorlogsrumoer. De stad leek op een rups, die zich volledig heeft ingesponnen en stilletjes sluimert in haar cocon. De oorlog bereikte de leerlingen als het ware slechts via haarvaten, waardoor een reusachtige pomp het leven uit de stad wegzoog en in plaats daarvan de atmosfeer van de oorlog naar binnen blies, een zeldzaam, dodelijk gas, dat in sterk verdunde toestand de stad bereikte maar nog altijd genoeg kracht had om ledematen te verlammen, longen te verschroeien en zwakkeren te vernietigen. Bij het uitbreken van de oorlog waren ze met z'n vijftigen geweest, maar als ze straks naar de fotograaf gingen, zouden ze slechts met z'n zeventienen zijn.

Twee jaar lang, tot de zevende klas, hadden de jongens die thans de bende vormden zich nauwelijks om elkaar bekommerd. Ze leefden in dezelfde ruimte maar toch apart, zonder dat ze veel contact met elkaar hadden. Tibor gaf zich over aan de geneugten van de sport, Ábel aan die van de literatuur, terwijl Ernő geheel door zijn huiswerk in beslag werd genomen. De gebroeders Garren, Péter en Tamás, waren hooguit corresponderende leden van het gezelschap. Het is niet gemakkelijk om te zeggen wat mensen met elkaar verbindt, vooral niet als ze nog jong zijn en hun vriendschap nog niet met materiële belangen is doorweven. Béla zat in de achterste bank en behoorde jarenlang tot de lagere regionen van de klas. Meer dan een paar woorden had hij in die tijd niet met Ábel of Péter gewisseld. Ábel zocht soms toenadering tot Ernő, maar hij kreeg steeds een por of een moeilijk te omschrijven afwijzing, die hem voor lange tijd de lust benam opnieuw contact te zoeken met de schoenmakerszoon. Over het algemeen is het geen wederzijdse sympathie die mensen tot elkaar brengt, maar het besef dat ze elkaar nodig hebben, wat meestal een onaangenaam, ja bijna kwellend gevoel geeft.

Ábel had drie jaar lang in een bank op de derde rij, aan de kant van de deur gezeten. Ernő's plaats was achter hem en Tibor zat aan de rechterzijde van het lokaal, in de voorste bank. Op een keer – het was in het begin van het vierde leerjaar – dwaalde Ábels blik tijdens de natuurkundeles verveeld over het plafond en daarna over de rijen banken. Opeens zag hij dat Tibor zich onder zijn bank had geïnstalleerd en daar dromerig en afwezig met zijn hand onder zijn kin zat te lezen. Ábel was niet erg geschokt door deze vorm van wangedrag van zijn medeleerling, eigenlijk interesseerde het hem niet wat Tibor deed. Hij wendde dan ook zijn blik af en keek naar iets anders. Tot zijn verbazing merkte hij echter dat zijn aandacht opnieuw naar Tibor werd getrokken en dat hij niet in staat was in een andere richting te kijken. Hij liet zijn blik over zijn medescholieren dwalen, die slaperig zaten te suffen, en ontdekte op het raam een paar dikke, blauwe herfstvliegen. Toen hij er zeker van was dat Tibor degene was die hem aantrok, wendde hij zich nieuwsgierig in zijn richting. Misschien was er iets aan de jongen te zien wat hem tot nu toe was ontgaan. Misschien had hij die dag zijn haar anders gekamd dan gewoonlijk of droeg hij een bijzondere das. Hij monsterde de lezende jongen oplettend, maar zag niets opvallends aan hem. Tibor had zijn haar kort laten knippen, alsof hij al soldaat was. Hij droeg een kakikleurig overhemd en een groen vlinderdasje. Onder het lezen wreef hij met zijn hand verstrooid over zijn slaap. Opeens pulkte hij in zijn neus en haalde er iets uit, dat hij zonder zijn ogen van zijn boek af te wenden tussen zijn duim en zijn wijsvinger fijnwreef. Met zijn andere hand bladerde hij intussen in zijn boek. Kennelijk las hij iets heel boeiends, waarschijnlijk een boek over sport – over voetballen of paarden. Ábel sloeg de lezende jongen belangstellend gade, zonder te begrijpen wat de reden van zijn belangstelling was. Hij bekeek Tibors oren. De vingers van de kolonelszoon, waarmee hij over zijn slaap wreef, waren gekromd als haken, maar de vorm van zijn hand was toch rond en zacht. Hij bezag Tibors gezicht, waarvan de zijkant schuin naar hem was toegekeerd. Het scherp gesneden jongensgezicht was het zachtere evenbeeld van het gelaat van kolonel Prockauer, dertig jaar jonger en met kleine sproetjes bezaaid. Met gefronste wenkbrauwen nam Ábel de lezende jongen nauwkeurig op. Later zou hij menen dat hij op dat ogenblik alles wat hij over Tibor wist verstandelijk had verwerkt en geïnterpreteerd. Hij wist bijvoorbeeld allang dat Tibor in zijn nek, vlak boven zijn bovenste ruggenwervel, waar zijn blonde haar in een scherpe hoek bij elkaar kwam, sproeten had. Het was of de lichte huid daar met vliegenpoep was bezaaid.

Opeens kwam Tibor in beweging. Hij schoof het boek onder zijn bank en keek geïnteresseerd rond, als iemand die na een periode van bewusteloosheid bij kennis komt. Even zag Ábel hem recht van voren. De weerbarstige mond van zijn klasgenoot verried verongelijktheid en verveling. Op hetzelfde ogenblik ging er een schok door Ábel heen.

Toen hij 's middags alleen was in zijn kamer, maakte hij een tekening; daarna duwde hij het tekenbord weg en knoeide wat met tekeninkt. Tussen twee bewegingen voelde hij de verrassing opnieuw en zelfs nog duidelijker dan die morgen.

Een week later had de bende zich gevormd. Materiaal met weinig samenhang kan in een oogwenk kristalliseren, zonder dat iemand weet wat aan dat proces voorafgaat. Niemand weet welke kracht mensen bijeendrijft en met elkaar verbindt, hoewel ze elkaar kort daarvoor nog maar nauwelijks kenden. Dergelijke verbindingen zijn verontrustender dan schuldbesef en hechter dan de relatie tussen ouders en kinderen, tussen geliefden of tussen plegers van een moord. Vanuit de vier hoeken van het lokaal stevenden ze op elkaar af – ongeduldig en haastig, alsof ze jaren op dit moment hadden gewacht en elkaar van alles te zeggen hadden. Wisselden ze een week eerder nog praktisch geen woord, nu waren ze onafscheidelijk. Béla, op wie ze tot dan toe een beetje hadden neergekeken, sloot zich haastig bij hen aan omdat hij bang was geïsoleerd te raken.

Toen de net geformeerde bende op de hoek van de gang stond te praten, nam Ernő zijn bril af, waarop de bendeleden gelijktijdig zwegen. Tibor stond in het midden van de groep. Hij wilde iets zeggen, maar de woorden bleven in zijn keel steken. Daarop spraken ze geen woord meer en slopen terug naar hun plaats.

Ze stonden voor de draaideur van het café. Heel even hield Ábel nog de hand van de acteur vast. De Romeinse keizers waren absolute heersers geweest. Amadé heeft iets van Nero, dacht hij. Nero trad ook in theaters op. Amadé is de eerste volwassene die ik mag tutoyeren, alsof ik zelf ook volwassen ben. Hij beweert dat hij wel eens in Barcelona is geweest. Misschien is dat wel een leugen. Ik zou graag willen weten of hij de waarheid spreekt. Vader zit nu aan tafel. Misschien heeft hij vanmiddag wel vier net zulke dikke benen geamputeerd als de acteur heeft. Daar heb je Lajos, die een arm kwijt is. Vandaag draagt Amadé een lichtbruine das. Dat is de vierde das die ik van hem zie. Daar is meneer Kikinday, die door de mandarijn ter dood is veroordeeld. Amadé heeft ook nog een donkerblauwe das met witte stippeltjes en een gele zijden das met groene strepen. Zijn vierde das, ook van zijde, is een witte, met grote blauwe stippen. Tante Etelka heeft zo'n bloes, witte zijde met grote, blauwe stippen, maar die draagt ze nooit meer. Een jaar geleden nog wel. Amadé ruikt alweer naar kaneel. Ik speelde met het dochtertje van de conciërge in de tuin. Op een gegeven moment gingen we naar de schuur en daar speelden we dat ik haar strafte. Ze moest op haar buik gaan liggen en ik schoof haar rokje omhoog, daarna sloeg ik haar net zolang op haar blote billen tot ze helemaal rood zagen. Opeens kwam tante Etelka de schuur in en toen ze zag wat we aan het doen waren, gaf ze me een pak slaag. Ik was toen vier jaar oud en het meisje drie. Tante Etelka was toen veertig jaar. Op een keer vergat ze de kast waarin ze haar ondergoed bewaarde dicht te doen. Ik trok er een soort lap uit en begon daarmee te spelen. Ik bond de lap om mijn hoofd, alsof ik een kamermeisje was met een kapje. Tante Etelka kreeg een kleur toen ze me zo zag, griste de lap uit mijn handen en gaf me een tik op mijn vingers. Nu weet ik dat de 'lap' waarmee ze wegholde haar net van de wasserij teruggekregen bustehouder was. Hoe kon ik weten dat die lap mijn tantes bustehouder was? Niemand had me dat ooit verteld. Waarom wilde mijn tante trouwens verbergen dat ze borsten heeft? Amadé draagt vandaag zijn mooiste pruik. Wat heeft hij warme handen! Zijn handpalmen zijn zo zacht dat het topje van mijn wijsvinger in het kussentje onder zijn wijsvinger verdwijnt. Wat staat die pruik hem goed. Toen ik het valse haar van mijn tante achter de boeken in de boekenkast vond, dacht ik haar eindelijk te kunnen ontmaskeren. Tante droeg weliswaar geen pruik, maar ze had allerlei haarstukjes. Ik vond ook twee dikke, glanzende vlechten. Misschien vertel ik dat vanavond wel aan Tibor of aan Amadé. Misschien aan geen van beiden, maar alleen aan Ernő. Als ik het aan Amadé vertelde, zou hij, met een variatie op een kinderrijmpje, antwoorden: 'Draai het wieltje nog eens rond, ik gaap je aan met open mond', waarna hij zijn mond zou openen om zijn vlezige tong uit te steken, zoals hij zo dikwijls doet, tussen zijn dikke lippen door. Nu lacht hij en kan ik zijn gouden tanden zien.

Op het moment dat hij dit dacht, liet de acteur zijn hand los en brachten ze de draaideur in beweging die toegang gaf tot het café, waar zich op dat uur van de dag alleen mensen met een bedenkelijke reputatie bevonden, zoals in alle provinciale koffiehuizen omstreeks die tijd. Alleen in de afgescheiden ruimtes waar kon worden gekaart was enig leven te bespeuren. In een van die ruimtes zaten twee handelsreizigers en de redacteur van het plaatselijke nieuwsblad, een klein mannetje dat zijn haar zorgvuldig in het midden had gescheiden en overdreven chic was gekleed. Tegenover de deur zat meneer Havas, de voormalige directeur van de molen en de eigenaar van de plaatselijke bank van lening. Hij hield enkele speelkaarten in zijn hand en op zijn kale schedel glinsterden zweetdruppels. Zo nu en dan stak hij zijn hand in de zak van zijn jas om een rode zakdoek te voorschijn te halen en daarmee zijn voorhoofd af te vegen. Op het moment dat ze hem passeerden, annonceerde hij juist een 'suite' en een 'grote bank'. De acteur en Ábel bleven staan om hem te groeten. Havas maakte een beweging alsof hij wilde opstaan, maar zijn kolossale lichaam verhief zich geen millimeter van zijn stoel. Hij wenste Amadé en Ábel veel geluk bij het kaarten. 'Ga maar gauw, jullie vrienden zijn er al,' zei hij. Zijn gezicht had een uitdrukking van verstrooide vreugde en hij richtte zijn aandacht onmiddellijk weer op zijn kaarten. 'Carré!' zei hij tegen zijn medespelers.

In de ruimtes waar gekaart werd was de atmosfeer merkbaar bedompter dan in de veel ruimere vertrekken in het voorste gedeelte van het café. Dat kwam waarschijnlijk doordat de kleine hokjes moeilijk waren te ventileren en de spelers hevig zweetten. De lucht werd nog extra bedorven doordat de spelers hun sigarenpeuken eenvoudig op de grond gooiden. Sommigen spuugden daarna op de gloeiende peuken, zodat de langzaam dovende, zachtjes knetterende tabak een scherpe rook produceerde, die zich vanaf de vloer geleidelijk door de hele ruimte verspreidde.

De leden van de bende zaten in een van de achterste hokjes, evenals vroeger, toen ze vanwege hun leeftijd nog niet openlijk het café konden bezoeken. De acteur ging aan het hoofdeinde van de tafel zitten, terwijl Ábel naast Ernő plaatsnam.

'Iemand heeft vals gespeeld,' zei Ábel rustig.

Hij haalde de speelkaarten te voorschijn en spreidde ze op de tafel uit.

'Het heeft geen zin dit uit te stellen,' zei hij, met verbazing merkend dat zijn stem heel rustig klonk. 'Toen ik hiernaartoe op weg was, wist ik nog niet wat ik moest doen, ik wist niet eens of ik het überhaupt wel zou zeggen, maar nu heb ik het toch gedaan. Ik weet niet of de bedrieger allang vals speelt of er net mee is begonnen. Hij werkte met vier valse kaarten: een hartenaas en een klaverenaas en twee tienen, een schoppentien en een ruitentien. Als we onze kaarten inkeken en even niet opletten, stopte hij vlug een van zijn valse tienen tussen zijn kaarten om eenentwintig punten te krijgen. Of hij sprokkelde met drie kaarten tien punten bij elkaar, weigerde daarna een nieuwe kaart en voegde stiekem een aas aan zijn kaarten toe. Moet je die kaarten van hem eens zien, ze zien er aan de achterzijde precies zo uit als de onze! Je kunt niet eens zien welke kaarten echt zijn en welke vals.'

Ernő staarde omhoog, zette zijn bril af en fronste zijn wenkbrauwen, Béla, wiens bleke, pafferige gezicht vol pukkels zat, kneep zijn monocle, dat hij die dag voor het eerst openlijk droeg, wat vaster in de hoek van zijn oog en Tibor vertrok zijn lippen, maar klemde zijn tanden stijf op elkaar.

'Laten we onmiddellijk naar mijn huis gaan!' zei Béla. 'Nu meteen! Doorzoek mijn laden, kasten, boeken en de zakken van mijn kleren! Snij desnoods de voeringen open. Doorzoek de hele woning. Fouilleren mogen jullie me natuurlijk ook, dat kun je hier in het café al doen.'

'Je bent gek,' zei Tibor. 'Ga zitten, man!'

Hij zag opvallend bleek en zijn voorhoofd was zo wit als een doek. Zijn lippen beefden.

'Tibor heeft gelijk, je bent gek,' zei Ábel. 'Geen haar op mijn hoofd die eraan denkt je te fouilleren. Niemand wordt gefouilleerd. Lajos heeft niet eens meegespeeld maar alleen toegekeken. Kijk eens, hier is het bewijs. Twee azen en twee tienen. Iemand heeft met valse kaarten gespeeld, die hij in zijn zak of zijn manchet had meegebracht. Een van ons is een bedrieger.'

'Praat wat zachter,' zei de eenarmige.

Ze schoven wat meer naar elkaar toe. 'Het vervelende is,' vervolgde Ábel met gedempte stem, 'dat we nooit zullen weten wie die bedrieger is. Begrijpen jullie dat? Nooit. We kunnen elkaar wel gaan controleren, maar we zijn allemaal verdacht. De enige aanwijzing die we hebben is het geld waar we om hebben gespeeld. Wie heeft er vanmiddag gewonnen?'

Ze rekenden het uit. Het bleek dat Béla en Ernő ongeveer evenveel hadden gewonnen. Béla had heel driest gespeeld, Ernő behoedzaam. Ábel en Tibor hadden allebei verloren. 'Ook wie verloren heeft, kan de bedrieger zijn,' zei Ábel. 'Misschien is hij wel gaan vals spelen toen hij aan de verliezende hand was. Iedereen is even verdacht. Jullie zouden zelfs kunnen zeggen dat ik ook verdacht ben. Weliswaar ben ik degene die het bedrog heeft ontdekt, maar misschien vind ik het wel grappig om een gevaarlijk spelletje te spelen. Misschien heb ik zelf wel vals gespeeld en ben ik alleen hierheen gekomen om jullie aan te klagen en te genieten van jullie angstige gezichten. Daarom zeg ik nogmaals dat fouilleren zinloos is. We zijn allemaal even verdacht.'

'Iedereen is verdacht,' zei de eenarmige met een verheugde grijnslach.

Geen van de jongens lette op hem. Ábel keek naar het plafond en er verscheen een gekwelde trek om zijn mond.

'Misschien is het wel te veel gezegd dat ik ook de bedrieger zou kunnen zijn,' zei hij langzaam en peinzend, 'maar toch is het opvallend dat we allemaal op de een of andere manier verdacht zijn. En wie verdacht is, lijkt meteen ook schuldig te zijn.'

'Dat is overdreven,' meende de eenarmige.

De acteur bestelde een portie ham, wat ingemaakte augurken, een zachtgekookt ei en potje thee met citroen. Tot dat ogenblik had hij niet deelgenomen aan de discussie. Voorzichtig, met tastende bewegingen van zijn handen, schikte hij zijn pruik, waarna hij lichtelijk smakkend maar met elegante maniertjes begon te eten. Eerst nam hij zijn theelepeltje bijna teder tussen zijn vingers. Daarna sloeg hij met een overdreven sierlijke, ja potsierlijke beweging de kop van het ei, brak met twee vingertoppen een stukje van het brood en doopte dit in het eigeel. Ten slotte nam hij zijn mes en ontdeed de plak ham met de grootst mogelijke zorgvuldigheid van een vetrandje en een zeentje in het midden. Toen hij daarmee klaar was, nam hij zijn mes op de manier waarop een dirigent zijn stokje opheft.

'Inderdaad, dat zou overdreven zijn,' zei hij op toegeeflijke maar tegelijk autoritaire toon. 'Lajos heeft weer eens gelijk! Merken jullie niet dat Lajos de laatste tijd voortdurend gelijk heeft? Ja, je overdrijft, waarde vriend,' vervolgde hij, zich een kwartslag in de richting van Ábel wendend. 'We weten allemaal hoe teer en gevoelig je gemoed is.'

Hij propte een reep ham in zijn mond.

'Neem me niet kwalijk, maar wat jij zo-even zei, kan alleen een jong iemand zeggen. Ik heb heel wat afgereisd en daardoor geleerd dat de mens elke slag van het noodlot te boven kan komen. Als hij de moeilijkheden tenminste overleeft.'

Hij boog zich over het ei en rook eraan.

'Je bent een filosofische ziel, dat is alles. Natuurlijk, dat vals spelen is een onaangename zaak. Er is alle reden om aan te nemen dat onze vriend Ábel de waarheid heeft gesproken. Iemand van jullie heeft vals gespeeld. Een lekker eitje,' zei hij, met zijn tong smakkend.

'Maar wat betekent dat eigenlijk? De bedrieger heeft misschien niet eens uit geldzucht vals gespeeld. Een mens weet nooit wat hij het volgende moment gaat doen. Het is een pijnlijke kwestie, een heel pijnlijke kwestie. Hij heeft zich natuurlijk voorgenomen vals te spelen, anders had hij die valse kaarten niet bij zich gehad, maar misschien heeft hij ze niet werkelijk gebruikt en alleen maar met de gedachte gespeeld. Alles wat wij in het leven doen is tenslotte een spel, waarde vrienden.'

Met een vluchtige handbeweging raakte hij even de kaarten aan, legde zijn vork en zijn mes neer en leunde achterover. Met een afwezige blik keek hij peinzend om zich heen. De aandacht waarmee de jongens naar hem luisterden, verraste hem. Hij was er in de loop van zijn leven aan gewend geraakt dat de mensen geen acht sloegen op zijn woorden en hem hoogstens spottend of onverschillig aanhoorden. In dit gezelschap was daarentegen elk woord dat hij sprak gewichtig en belangrijk. Zijn lippen plooiden zich tot een zelfvoldane, hoogmoedige glimlach.

'Ik doel hiermee niet op de onthulling van onze vriend Ábel,' zei hij met een afwerende beweging. 'Immers, wat zijn kaarten, wat is geld? Nee, ik denk aan iets heel anders. Nadat mijn vriend Lajos zo attent was geweest mij met jullie in contact te brengen, jonge... ik kan gerust zeggen veel jongere vrienden, vroeg ik me na de eerste bekoorlijke indruk af wat het is dat jullie met elkaar verbindt. Want dat jullie een speciale band met elkaar hebben, staat voor mij vast. Ik heb genoeg levenservaring om menselijke relaties te kunnen beoordelen. Ik zei dus tegen mezelf: Er is iets wat hen met elkaar verbindt, iets waarover ze nooit spreken, maar waaraan ze wel voortdurend denken. En een van hen bedriegt zijn kameraden.'

Na deze woorden zette hij op gracieuze wijze zijn maaltijd voort. Onder het vlijtige werk van zijn handen slonken de ham en het ei allengs. Als hij iets aanvatte, zoals het zoutvaatje, deed hij dat met een bijna liefkozend gebaar.

Al etende vervolgde hij zijn monoloog op dezelfde plechtige, sentimentele toon die hij daarvoor had gebruikt. Eén ogenblik zweeg hij met gesloten ogen, alsof hij diep nadacht, zodat in de plotseling ontstane stilte het rumoer van de spelers in de belendende box duidelijk hoorbaar was. Havas' stem en het kletsende geluid van op tafel gegooide speelkaarten klonken boven alles uit. Een vrouw scharrelde met een emmer en een dweil door het café. De ober zat in het halfduister naast de biljarttafels, als een monnik die bij zonsondergang uit het raam van zijn cel staart. Lajos keek met een levendige, belangstellende glimlach om zich heen.

'Het doet er eigenlijk weinig toe of die bedrieger jullie ook bij het kaarten heeft bedrogen,' vervolgde de acteur. 'Deze Judas onder jullie, die wij niet kennen en naar wiens identiteit ik niet durf te gissen... omdat jullie mij alle vier even dierbaar zijn, bedriegt jullie al lange tijd. Hij doet dat niet alleen met zijn woorden, maar ook met zijn blikken. Met kaarten bedriegt hij jullie alleen om als het ware de kroon op zijn werk te zetten. Hij vindt het een aangename gedachte dat hij jullie bedriegt en wil daarvan zoveel mogelijk genieten... De Duitsers zeggen: *Schwamm drüber*, een zeer treffende uitdrukking. Denk er niet langer over na, vrienden. We zijn samen en jullie hebben een mooie dag achter de rug. Vanaf heden zijn jullie geen verantwoording meer verschuldigd aan jullie leraren. Ik stel voor dit heuglijke feit vanavond gezamenlijk te vieren.'

Tevreden smakkend vervolgde hij zijn maaltijd.

Ábel raapte de op tafel uitgespreide kaarten een voor een op.

Zonder aas, kleine bank, ik ben dood, triple, geef mij er één, ik geef de inzet terug, ik behoud de inzet, dreunde het in zijn hoofd. Als Ernő bankhouder was, gaf hij nooit de inzet terug. In de naburige box kon je Havas' kaarten horen ritselen. Wat was die Havas eigenlijk voor een man? Hij was in elk geval de eigenaar van de stedelijke bank van lening. Waarom droom ik al weken van hem? Ábel droomde elke keer dat meneer Havas zijn kamer binnenkwam, met de rug van zijn hand over zijn knevel streek, een buiging maakte en op zijn gemak zijn boord begon los te knopen, intussen zo hartelijk lachend dat zijn ogen geheel in de naburige vetkussentjes verdwenen.

Om Tibors mond verscheen het eigenzinnige, smartelijke trekje dat typerend voor hem was.

Ábel stopte de kaarten in zijn zak. De jongens keken elkaar steels aan, bogen zich weer over de tafel en wierpen nog slechts af en toe een blik op elkaar, waarna ze meteen hun ogen afwendden. De ober stond op en deed de lampen aan. Intussen kwamen er wat nieuwe gasten binnen: twee officieren en de wethouder van economische zaken. De zigeuners van het orkestje namen geruisloos hun plaats in.

Meneer Havas bleef in de deuropening van de box staan. Aan het rimpelige vest dat om zijn dikke buik spande, kleefde sigarenas.

'Dag Amadé,' zei hij hijgend.
'Dag Emil.'

Allen die in de box zaten wendden zich in de richting van de pandjesbaas, die tegen de jongens 'Goedemiddag, heren, mijn complimenten!' zei.

'Vanavond gaan we het lentefeest vieren,' zei de eenarmige.

Het plan hiervoor hadden ze die middag gemaakt. De eenarmige was met het idee op de proppen gekomen en iedereen had meteen enthousiast gereageerd. Dat kon ook niet anders omdat het idee van de eenarmige afkomstig was. Ze zouden het feest in hotel Boschlust vieren, dat hoog in de bergen lag. De exploitant van het hotel was al op de hoogte van het plan, want ze hadden iemand naar hem toe gestuurd om te reserveren. Ze hadden goede redenen om het feest daar te houden. De eenarmige was 's middags de stad ingegaan om alles te regelen en alles was nu klaar. Hij had lampionnen besteld, de leraren en leraressen op de hoogte gebracht en de goedkeuring van de meeste abituriënten verworven. Het hotel was al met lentegroen versierd. Indien nodig konden ze zich in de nachtelijke uren in de eetzaal van het hotel terugtrekken. De exploitant had gezegd dat nette gasten van harte welkom waren. Meneer Havas kwam bij hen zitten en produceerde reutelende geluiden met zijn sigarenpijpje. Hij zei dat hij dat lentefeest een heel goed idee vond. Het was er warm genoeg voor, het leek wel zomer. Overigens was hij niet zo'n liefhebber van feesten in de openlucht. Als je in het gras ging zitten, had je binnen een mum van tijd een koud achterwerk. 'Excuseert u mij voor mijn openhartigheid, heren.'

Als hij uitging, verkoos hij café Petőfi. 'Ik heb alleen maar de burgerschool doorlopen,' zei hij zelfvoldaan, 'maar café Petőfi kan ik u van harte aanbevelen. Vanbuiten lijkt het niet veel zaaks, een laag geval met een pretentieloze voordeur, maar zodra je binnen bent, voel je je er thuis. De eigenaar heeft vier jaar gezeten wegens vrouwenhandel, nog voor de oorlog. Hij had een paar stommiteiten uitgehaald. Ik heb daar een keer op het biljart staan dansen. Als de heren dat ook eens willen doen, dansen op het biljart, kan ik ze café Petőfi van harte aanbevelen.'

Hij zweeg en staarde met een dromerige blik voor zich uit. De acteur beëindigde zijn maaltijd.

'Al bericht van uw vader gehad?' vroeg de pandjesbaas opeens aan Tibor.

Zijn stem klonk onderdanig en respectvol. Amadé staarde naar zijn bord. Ábels hoofd ging met een ruk omhoog en hij monsterde de aangesprokene met een spiedende blik. De eenarmige staarde verveeld naar het plafond. Tibor bewoog zich onrustig op zijn stoel, hij zag eruit alsof hij op het punt stond op te springen. 'Nog niets gehoord,' zei hij ten slotte.

'Uw vader is een held,' zei meneer Havas zonder passie. 'Een dappere kolonel, de held van Valjevo.'

Hij schoof zijn stoel dichter bij de tafel. 'Een ongelooflijk dappere man, mijne heren. Maar ook de jongeheer Lajos is een held. De held van de Isonzo. En straks zal de jongeheer Tibor ook een proeve van zijn dapperheid kunnen afleggen. De familie Prockauer bestaat uit louter helden.'

'Schei nou maar uit, ouwe zwamneus!' zei Ernő.

De pandjesbaas lachte geforceerd, terwijl de jongens opgelucht ademhaalden. Ernő was de enige van hen die zulke dingen tegen de directeur durfde te zeggen, die nota bene de vriend van Amadé was. Als ze de man ontmoetten, keken ze de andere kant uit of sloegen ze hun ogen neer.

Tegenover zijn klanten gedroeg de directeur zich zakelijk en beleefd. 'Legt u het voorwerp hier maar neer. Schrijf op, juffrouw: een gouden ketting voor een dameshorloge, tachtig gram, geschatte waarde honderdtwintig, voorschot honderd, behandelingskosten en renteaftrek vier zestig. Alstublieft, vijfennegentig veertig. De volgende alstublieft.' Hij had geen spier van zijn gezicht vertrokken toen Tibor met het zilver was verschenen, het beroemde tafelzilver van de adellijke familie Prockauer, voorzien van monogram. De acteur had de directeur van tevoren over hun komst ingelicht. Tibors moeder lag in die tijd voor onderzoek in het ziekenhuis. Inmiddels waren er al zes maanden verstreken. 13 oktober 1917. Vervaldatum 13 april 1918. 'Schrijf op, juffrouw: tafelzilver voor vierentwintig personen, tweeëntwintig kilo, met monogram. Geschatte waarde achthonderd. Voorschot zeshonderd.' Hij had niet opgekeken, maar het geld vlug door het luikje geschoven.

'Ik zou bijvoorbeeld 's avonds nooit ham eten,' zei meneer Havas. 'Volgens mij word je niet dik van wat je eet. Mijn vriend Amadé zweert bij diëten. Ik vraag u, wat moet ik met een dieet? Ik val er geen gram door af, maar krijg er alleen hoofdpijn van. En ik voel me zo beroerd dat ik het liefst zou vloeken. Het lichaam heeft goed voedsel nodig, neemt u dat van me aan. En een beetje beweging. De liefde is trouwens ook een goed vermageringsmiddel. Tijdens het minnespel verbrandt een mens heel wat calorieën. Ik kan het weten, heren, want ik heb heel wat ervaring. Maar hoe kom je in deze tijden nog aan een beetje liefde? Liefde is een schaars goed geworden. Als je het ergens aantreft, moet je er zuinig op zijn.'

'Vet varken!' zei Ernő, het hoofd afwendend.

Alle aanwezigen lachten verlegen of giechelden geforceerd. Ook de acteur. Hij ontblootte zijn kunstgebit alsof Ernő iets heel wijs had gedebiteerd. Ábel kreeg een kleur. De manier waarop Ernő de directeur bejegende, was zowel amusant als pijnlijk. Meneer Havas woog honderd dertig kilo. Ernő wist dat ze aan zijn genade waren overgeleverd tenzij er een wonder gebeurde. Tibors moeder had nog niet gemerkt dat het zilver was verdwenen, maar de kolonel kon elke dag verlof krijgen of gewond raken, zodat hij naar huis zou terugkeren. Als dat gebeurde, zou alles uitkomen. Het was onvoorstelbaar wat er met hen zou gebeuren als het zilver voor die tijd niet terug was. De kolonel had ooit met zijn blote vuist een koetsier van een huurrijtuig neergeslagen. Zijn woede zou zich niet alleen op Tibor en Lajos richten, maar ook op de andere leden van de bende. Als het zilver verloren ging, als Havas niet bereid was het pand voor hen vast te houden totdat ze genoeg geld hadden om het te lossen, zou de kolonel er misschien niet voor terugdeinzen hen allemaal bij de politie aan te geven. Ze moesten tot elke prijs voorkomen dat de mensen zich met hen gingen bemoeien. Wat ze de afgelopen zes maanden hadden gedaan, ging alleen hen aan en niemand anders. Als meneer Havas maar bereid was nog een paar weken te wachten, tot ze de militaire training achter de rug hadden! Natuurlijk moest het zilver daarna zo snel mogelijk teruggekocht worden, anders bestond de kans dat de kolonel hen achterna zou reizen om hen in de loopgraven aan het front ter verantwoording te roepen en te midden van kogelregens met de bullepees af te ranselen. De macht van de vaders was immers grenzeloos.

Ernő bezigde een toon tegen meneer Havas die de indruk wekte dat het voor hem een diepe vernedering was om met zo'n verachtelijk creatuur te spreken. De pandjesbaas duldde dit gedrag. Ernő had de directeur op de een of andere manier in zijn macht. Hoe, dat wist niemand. Misschien wist hij iets van hem, kende hij zijn vuile zaakjes en de manier waarop hij woekerrente verwierf. Als de directeur naar hen toe kwam, wendde hij zijn hoofd af en trok een vies gezicht, alsof hij iets heel weerzinwekkends zag waarvan hij misselijk werd. De pandjesbaas deed alsof hij dat niet zag en Ernő's kwetsende woorden niet hoorde. Als Ernő iets poneerde, viel hij hem altijd dadelijk bij. Ook was het opvallend dat hij altijd glimlachte. Als hij dat deed, gingen de haartjes op zijn bovenlip recht overeind staan. Tibor beweerde dat Havas bang was voor Ernő.

De acteur was in gedachten verzonken en wendde zo nu en dan haastig zijn blik af.

'Niets aan de hand,' had hij tegen Tibor gezegd. 'Havas is mijn vriend, hij weet dat jullie fatsoenlijke kerels zijn. Volgens de voorschriften is hij trouwens niet eens verplicht... Hij zal echt niet gaan zeuren.'

Havas zeurde inderdaad niet. Het geleende geld verdween ongemerkt, zoals zoveel geld in deze maanden. Toch hadden ze er wel enig nut van gehad. Ze hadden er bijvoorbeeld Béla mee uit de nesten gehaald, en ook Amadé, die er ook wat van had gekregen. Nu zweeg de acteur glimlachend. Hij staarde soms zo star en met zo'n strakke glimlach voor zich uit dat het leek alsof hij opgezet was en zijn ogen van glas waren. Zijn blauwwitte onderkin puilde uit de uitsnijding van zijn boord en zijn wasbleke voorhoofd glansde vochtig. Het leek wel van porselein. Aan zijn onderlip kleefde een tandenstoker en hij staarde met glazige ogen in de verte.

De pandjesbaas propte een nieuwe sigaar in zijn pijpje. Even staarden hij en de acteur elkaar met een ijzige glimlach aan. Opeens haalde laatstgenoemde bijna onmerkbaar zijn schouders op, waarop hun glimlach wat ontdooide.

'Meneer Ernő heeft gelijk,' zei de directeur. 'Maar wat kan ik eraan doen? Ik ben inderdaad dik, dat kan ik moeilijk ontkennen. Moet ik me soms met een vermageringsdieet kwellen? Ik ben een dikzak die veel eet en daardoor dik is. Amadé is daarentegen een dikzak die weinig eet en toch dik is. Het komt allemaal door de cellen, heren. De cellen vermeerderen zich, de vetcellen. Als ik niet fatsoenlijk eet, word ik hondsberoerd.

Wat ik nodig heb, is een flink stuk mals varkensvlees, in zijn geheel gebraden en met een knapperig korstje, dat je heerlijk met je tanden kunt vermalen. Daarbij gebakken aardappels met uitjes en komkommersla. Of deegrolletjes, gevuld met kool. Ik aanvaard mezelf zoals ik ben en verzoek u dat eveneens te doen.'

Allen keken hem aan en Ábel zag op Tibors gezicht het onnatuurlijk beleefde glimlachje verschijnen dat hij zo aantrekkelijk vond. Die glimlach drukte bevangenheid en verwarring uit, maar ook noblesse. Tibor deed alsof hij met toegeeflijke beleefdheid duldde dat meneer Havas dik was. Béla staarde de bankdirecteur met glazige ogen aan, alsof hij de man voor het eerst van zijn leven zag en Ernő keek alsof hij iets vies rook.

''t Is toch ongelooflijk,' zei hij walgend.

'Als ik me uitkleed...' zei meneer Havas op kalme, ernstige toon. Hij trok verwoed aan zijn sigarenpijpje en knikte. 'Ja, dat is iets afschuwelijks. Ik draag namelijk een korset. Geen echt korset maar een buikbandje. Als ik dat afdoe, zakt mijn hele buik in één klap omlaag.'

Hij liet zijn blik rustig en geïnteresseerd over het gezelschap dwalen. De acteur kuchte even.

'Houd je ons vanavond gezelschap, Emil?'

De pandjesbaas stond langzaam op en plantte zijn hoed achter op zijn hoofd. Op zijn voorhoofd glansden vettige zweetdruppels.

'Hartelijk dank voor de invitatie, maar ik kan vanavond niet bij de heren blijven,' zei hij zachtjes.

Tibor rees plotseling overeind.

'Ik zou morgen graag iets met u willen bespreken, meneer Havas.'

De ogen van de bankdirecteur verdwenen achter zijn opgezwollen oogleden.

'Wanneer u maar wilt, meneer Prockauer.'

'Maar niet op de bank.'

'Komt u dan morgen om twee uur naar mijn woning, alstublieft.'

De pandjesbaas keek om zich heen alsof hij iemand zocht. 'Het zou goed zijn als meneer Ábel ook meekwam.'

Ábel kreeg een kleur en Tibor wendde zijn hoofd af. 'U kunt op me rekenen,' zei Ábel haastig.

De pandjesbaas knikte alsof hij dit antwoord vanzelfsprekend vond. Toen hij wegging, gaf hij niemand een hand. Na zijn vertrek ging Tibor weer op zijn stoel zitten en wreef over zijn ogen.

'En nu zullen we de bloemetjes eens buiten zetten!' zei de acteur.

De stad

De stad sluimert tussen de bergen, terwijl haar drie torens onverschillig naar de hemel wijzen. De huizen zijn voorzien van water en elektrisch licht. Op het station stoot een locomotief, die aan het rangeren is, een langgerekte fluittoon uit. Drie bergen omlijsten de stad. In die bergen wordt enig kopererts en magnesiet gedolven. Een rivier doorsnijdt de stad, een snelstromende bergrivier. De atmosfeer is zuiver en helder. Langs de berghellingen kruipen dichte bossen omhoog. Op de top van de middelste berg blijft de sneeuw na de winter nog lang liggen, iets waarop de bewoners van de stad zeer trots zijn, want dit geeft hun stad een alpiene aanblik. Vanaf het station voert een gammel trammetje de reizigers naar het centrum. De stad kan ook prat gaan op de nabijheid van een zee, maar die is niet veel meer dan een baai en heeft voor de bewoners geen economische waarde; ze verhoogt enkel de schoonheid van het landschap. De bewoners zijn trots op die zee, maar ze komen er slechts zelden. De smalle, langwerpige huizen zijn dicht op elkaar gebouwd, want de stad is oorspronkelijk een burcht geweest en wordt al sinds onheuglijke tijden bewoond. Er is ook een klooster met gele muren, en 's ochtends en 's avonds kun je de monniken met hun bruine pijen en sandalen van het klooster naar de kerk zien lopen om te gaan bidden. Aan het touw dat ze om hun middel hebben geknoopt, bungelt de rozenkrans. De voorgevel van het bisschoppelijk paleis wordt gedomineerd door een breed smeedijzeren balkon met laat-barokke krullen en daarboven een vlaggenmast. De bisschop maakt elke dag om drie uur een wandeling, waarbij zijn secretaris hem vergezelt. Zijn stijve hoed, die aan de achterkant van een kwastje is voorzien, glanst zijdeachtig. Zijne Hoogwaardigheid beantwoordt elke groet nadrukkelijk. Hij staat altijd vroeg op, want hij heeft al de leeftijd bereikt waarop een mens niet meer zoveel slaap nodig heeft. Reeds bij het krieken van de dag staat hij voor zijn hoge schrijftafel om in sierlijk parelschrift brieven te schrijven. In de kelder van het raadhuis wordt wijn geschonken, die dezelfde temperatuur heeft als de steenkoude muren. Het keldergewelf is van zware natuursteen gebouwd. Hier werd al eeuwen geleden wijn gedronken. Op de muren zijn de sporen te zien van de walmende fakkels die het vertrek vroeger hebben verlicht. Er hangt de karakteristieke geur van vochtige duigen, wijngist en stearinekaarsen.

Broodbonnen, uitgaansverboden. Eindeloos lange treinen denderen onafgebroken door de stad, treinstellen van twee-, driehonderd meter. Als er weer een aankomt, kijkt de dienstdoende stationschef niet eens meer op. Het zijn treinen die terugkeren van het front, vol gewonden en verlofgangers. Het station is als medische hulppost voor de militairen ingericht. Na aankomst van de trein worden de deuren een uurlang opengezet, zodat de carbol- en jodiumlucht naar buiten kunnen stromen. In de wagons heerst een angstwekkende stilte. De bijtende geur van de ontsmettingsmiddelen dringt ook door in de stad, vooral in de omgeving van het station is dat merkbaar. Op de perrons staan grote emmers met kalk. Het gebeurt niet zelden dat men de passagiers uit de wagons tilt, op het perron neerlegt en met kalk bestrooit. Deze situatie bestaat echter al vier jaar lang en de stad is eraan gewend geraakt, evenals de passagiers die met deze lange treinen arriveren, vooral degenen die met kalk worden bestrooid – van hen zijn weinig protesten te verwachten. Op de perrons van de 'medische hulppost' staan geen voorname dames meer met sneeuwwitte jasschorten en een rood kruis op hun mouwen en verpleegsterskapjes. Deze vrijwilligsters met hun kraakheldere verpleegstersuniformen, die een opvallende gelijkenis vertonen met de wassen namaakzusters in de etalages van de grote warenhuizen, mijden het station allang. In het gunstigste geval treft men op de perrons nog een paar hospiks aan, die er veel minder elegant uitzien en om het werk te vergemakkelijken elke brancard die ze uitladen heen en weer schommelen, terwijl ze roepen: 'Een... twee... hoeplakee!'

De oorlog woedt ver hiervandaan, maar zo nu en dan daalt er wat onheil van het front op de stad neer, als vliegas van een verre brand. Aanvankelijk bereikte de oorlog de stad slechts via telegrammen, daarna denderden de militaire treinen door het station en nog later werd een van de lagere scholen tot ziekenhuis verbouwd. Ook het klooster werd gedeeltelijk als hospitaal ingericht en verscheidene bewoners ontvingen voor hun vaderlandslievende gedrag een hoge onderscheiding. In de etalage van de kantoorboekwinkel hangen nog steeds kaarten van het oorlogsgebied, maar de eigenaar, een corpulent oud heertje dat dankzij de oorlog wat is afgeslankt, beplant ze niet meer elke ochtend met kleine vlaggetjes om de locatie van de zegevierende legers van de Centralen aan te duiden, want daarin is geen hond meer geïnteresseerd. De stad is aan de oorlog gewend geraakt, niemand spreekt er meer over en als er van de plaatselijke krant een extra editie verschijnt, is de belangstelling daarvoor uiterst gering. Ook worden de treinen die de hoofdstedelijke bladen aanvoeren niet meer bestormd. De stad is de oorlog beu, zoals men ouderdom, doodsangst of wat dan ook beu kan zijn. De straten zijn niet meer zo schoon, veel mensen dragen rouwkleding, bekende gezichten zijn verdwenen, maar het valt niet te ontkennen dat er op de puinhopen van de oorlog een zekere welvaart bloeit. Elders is de oorlog een wervelende trechter vol zand en menselijke lichaamsdelen, maar hier zie je 's ochtends in het keurig onderhouden park de ambtenaar van financiële zaken met zijn grijze jacquet en gele instapschoenen, of, later op de dag, flanerende meisjes, die vier jaar geleden nog kinderen waren, maar nu slanke jonge vrouwen zijn, door mannen begeerd, oorlog of geen oorlog.

De stad was altijd klein, kleurig en schoon, als een net uitgepakte speelgoedstad, maar nu ligt hier en daar vuilnis en de gevels van de huizen zien er haveloos uit. Op de etalageruiten van de levensmiddelenwinkels zijn biljetten geplakt die de aanvoer van gezouten vis beloven, maar veel te krijgen is er niet. De reclamezuilen zijn met blauwe, gele en rode biljetten beplakt. Wie nog geld heeft, weet zich te behelpen. 's Middags slentert de gemeentesecretaris met zijn raszuivere Hongaarse staande hond over het Sint-Jansplein. Hij is op weg naar de rivieroever, waar hij een paar patrijzen hoopt te verschalken. 's Avonds wordt de bioscoop druk bezocht en de schouwburg is bijna altijd uitverkocht, vooral als er een operette op het programma staat waarin Amadé Volpay zijn potsen vertoont.

Ábel zal later in een grote stad wonen en het woord 'wereldoorlog' uitspreken, maar zich daarbij niets anders herinneren dan mensen als Tibor en Amadé en natuurlijk zijn beklemming en nieuwsgierigheid. Je geboortestad is noch de fraaie kerktoren noch het beroemde plein noch de bloeiende plaatselijke handel en industrie, maar het portiek waar je voor de eerste maal een interessante gedachte hebt gehad; de bank waarop je hebt gezeten om iets te overdenken wat je niet begreep; een moment onder de waterspiegel van de rivier, toen je in een flits je vorige leven terugzag; een fraai geslepen kiezelsteen die je in een vergeten la ontdekt, zorgvuldig bewaard, maar verder van geen nut; de hoed van de godsdienstleraar, ontsierd door een bruine vlek; je angst voor de aardrijkskundeleraar; vreemde spelletjes, die niemand begreep, maar waarover je een leven lang droomt; een voorwerp in een mannenhand; een geluid dat je 's nachts hebt gehoord en niet meer kunt vergeten; de lichtval in een kamer of een paar kwastjes onder aan het gordijn.

Als Ábel ooit zijn kleinkinderen over de oorlog vertelt, zal hij hen niet op zijn knie laten rijden. Hij heeft daarvoor te veel angst geleden in die tijd. Zijn angst gold echter niet het oorlogsgebeuren, maar Tibor en Amadé.

Zestigduizend zielen bevolken de stad en er is zowaar een tennisbaan. Op dit moment slaapt de stad. De burgemeester, die het aan zijn hart heeft, ligt ruggelings in bed, op het nachtkastje naast hem staat het glas waarin hij zijn kunstgebit bewaart. In de muffe slaapkamers liggen de vaders in hun nachthemd naast de moeders; hun macht is onbeperkt. In het bos boven de stad ontwaken de dieren.

De acteur zegt: 'Helaas hebben jullie de echte wodka nooit gekend. Als je daar genoeg van dronk, zag je alles blauw.'

De opslagplaats

Met stelen waren ze begin november begonnen.
 Aanvankelijk, toen de bende nog maar pas bestond, hadden de jongens zich ook zonder geld prima weten te vermaken, maar die periode had niet lang geduurd. Als ze bijeenkwamen, deden ze dat meestal in het ouderlijk huis van Tibor, soms ook bij Ábel thuis. Bij Ábel konden ze, als ze niet al te veel rumoer maakten en wachtten totdat Ábels tante in slaap was gevallen, ook 's nachts blijven. De gebroeders Garren, Péter en Tamás, waren eigenlijk niet meer dan 'corresponderende' leden van de bende. Péter, de oudste van het tweetal, zorgde ervoor dat Tamás niet te veel stal. Eerst hadden ze geen geld nodig voor hun spelletjes, maar toen hun experimenten en ondernemingen steeds ingewikkelder hulpmiddelen vereisten, veranderde dat.
 Béla had de eerste diefstal gepleegd.
 Hij was ook degene die uitvluchten, verklaringen en excuses voor hun gedrag had bedacht. Niemand had hem tot diefstal aangezet en toen hij zich daarvoor begon te verontschuldigen, jouwden ze hem uit volle borst spontaan uit. Hij had geld uit zijn vaders kassa gepikt om een paar donkerbruine, met de hand gemaakte schoenen met dubbele zool te kunnen kopen, die hij in de etalage van een pas geopende schoenwinkel had gezien. Nadat hij de schoenen had gekocht, ging hij ermee naar Tibor om ze te passen. Een halfuur lang strompelde hij ermee door diens kamer. Op straat durfde hij ze niet te dragen omdat hij doodsbang was zijn vader tegen te komen, die hem natuurlijk zou vragen hoe hij aan die schoenen was gekomen.
 Tegen het einde van de oorlog, toen de verkopers bijna allemaal onder de wapenen waren geroepen en hun plaats door

nog zeer jeugdige leerlingverkopers was ingenomen, waren de omstandigheden zodanig dat Béla zonder moeite en op onopvallende wijze eerst kleine, daarna grotere bedragen uit de kassa van zijn vaders winkel kon wegnemen. 's Middags, als zijn vader een halfuurtje een middagslaapje deed, kon Béla in de schemerige winkel ongemerkt het glazen kantoortje insluipen waar zijn vader in een bureaula de dagelijkse winkelontvangsten bewaarde. Die waren zo aanzienlijk dat de diefstallen niet opvielen.

Béla werkte in hoog tempo. Hij kocht eigenaardige kledingstukken en allerlei lekkernijen. Zijn zwager, een kantonrechter, had zich in het derde jaar van de oorlog aan een vensterklink opgehangen omdat hij vreesde samen met zijn vrouw de hongerdood te zullen sterven. De wetenschap dat de voorraadkelders van zijn schoonvader met kolossale, ronde Zwitserse kazen, ingemaakte haring, tarwe, rijst, aardappels en sardines waren volgestouwd, had hem niet kunnen geruststellen. Ondanks al die overvloed had de dwangvoorstelling van de hongerdood hem in haar greep gekregen. Béla, die zich thuis en in de winkel zelfs midden in de schrale oorlogstijd nog met lekkernijen kon volproppen, haalde zijn neus op voor de heerlijkheden van het vaderlijke Kanaän. Hij ging met het gestolen geld naar andere kruidenierswinkels en kocht daar heimelijk Oostzeeharingen, Turks fruit, sardines en ansjovis in olie, waarvoor hij woekerprijzen moest betalen. De goederen waren afkomstig uit de voorraad van zijn vader, die daaruit en gros aan de stedelijke kruideniers verkocht.

Béla was even bang voor zijn vader als eenvoudige mensen de verwoestende kracht van de natuur vrezen. Alleen al bij het horen van zijn naam verbleekte hij en begon te beven. Was kolonel Prockauer voor de leden van de bende wat het noodlot voor de oude Grieken was – een kracht die onverwachts toeslaat en dan alles wat zij treft verwoest, waarna er nog slechts een kale vlakte en rokende puinhopen resten –, Béla's vader was naast dat verre noodlot meer het alledaagse fatum, de dagelijkse bezoeking, waar niets dramatisch aan viel te ontdekken. Zijn benige hand suisde steeds onverwachts op zijn zoon neer om hem met snelle, venijnige slagen te tuchtigen, waarbij hij de koele gewelddadigheid van de hartpatiënt aan de dag legde, die methodisch slaat omdat hij zich in het belang van zijn gezin niet te veel wil opwinden. Hij had ooit een bijl naar een leerjongen gegooid, een groot, glanzend hakmes, dat hij in een van de kazen placht te slaan die op de toonbank lagen.

Lange tijd was Béla de enige van hen die stal. De jongens letten er zelfs op dat hij het geld in zijn eentje uitgaf. Hij moest de met het gestolen geld gekochte etenswaren in hun aanwezigheid opeten en de leden van de bende verleenden hem geen assistentie bij deze schranspartijen. Ernő ging tegenover de dief zitten en zag er met priemende blik op toe dat hij ondanks zijn gevaarlijk bolle wangen en uitpuilende ogen alles tot de laatste kruimel opat.

De kledingstukken die Béla van het gestolen geld had gekocht, bewaarde hij in Tibors kamer. Hij schafte ook andere zaken dan kleding aan, zoals een dubbelloops jachtgeweer, een heel krachtig vergrootglas, een reusachtige globe van papier-maché, twee leren beenbeschermers met handige bevestigingsriemen en een pistool, een browning. Toen hij een fiets had gekocht – die hij niet durfde te gebruiken omdat hij de kunst niet machtig was en bovendien vreesde dat kennissen hem met het rijwiel zouden zien en dit aan zijn vader zouden vertellen – was het de hoogste tijd om te beslissen waar ze alle inmiddels verworven spullen zouden verbergen. Ze hadden een opslagplaats nodig. De gekochte voorwerpen hoopten zich op. Tibor, die, evenals de anderen, vreesde dat de kolonel onverwachts van het front zou terugkeren, durfde niet langer als heler te fungeren. De spullen moesten hoe dan ook in veiligheid worden gebracht.

Aanvankelijk gaven ze Béla bij wijze van grap allerlei rare opdrachten om te zien hoever ze daarmee konden gaan. De kruideniersz oon volgde de instructies van zijn kameraden met een gekwelde grijns op. Twee dagen lang moest hij zoveel mogelijk vuurwerk aanschaffen en op de avond van de tweede dag gooiden ze dat in de rivier. De beste ideeën waren van Ernő afkomstig. Zo moest Béla zestig kronen stelen, daarvan een bos bloemen kopen en die door een loopjongen aan de prior van het klooster laten overhandigen. De loopjongen vertelde naderhand dat de prior het geschenk met de grootst mogelijke verbijstering had ontvangen. Hij had een kleur van verlegenheid gekregen, een lompe buiging gemaakt en was daarna stokstijf met de bloemen blijven staan, absoluut niet wetend wat hij ermee moest beginnen.

Bij Ábel speelden de vrienden gedurende lange tijd niet alleen kaart, maar ze amuseerden zich bij hem ook op andere manieren. Ze vertelden elkaar bijvoorbeeld allerlei spannende verhalen, die van a tot z waren gelogen. Zo'n verhaal moest altijd aldus beginnen: 'Vanmiddag, toen ik de schouwburg passeerde, kwam er een kardinaal op me af.' Vervolgens moest de verteller uitleggen hoe de kardinaal in de stad was terechtgekomen en wat hij daar te zoeken had. Het wonderlijke verhaal moest zorgvuldig zijn opgebouwd en uit controleerbare en waarschijnlijke elementen bestaan, terwijl werkelijk bestaande personen – mensen die in de buurt woonden en zogenaamd alles konden bevestigen – als ooggetuigen moesten worden genoemd. De kern van het verhaal moest onbegrijpelijk zijn, de details daarentegen duidelijk en eenvoudig.

Ze liepen altijd met zijn vieren naast elkaar, zodat ze de gehele breedte van het trottoir in beslag namen. Elk ogenblik van de dag snelden ze door de zijstraten als een gespannen troep commando's die in vijandelijk gebied een sabotageactie uitvoert. Ernő en Ábel zorgden ervoor dat hun ondernemingen interessant en speciaal bleven. Banale ideeën wezen ze kieskeurig van de hand. Nadat Béla een paar weken had meegedaan, kende ook hij het klappen van de zweep. Péter wist zich dankzij zijn fijne instinct gemakkelijk bij het gezelschap aan te sluiten. Als dit spel, of, zo men wil, bedrijf, regels had, die overigens nooit werden uitgesproken, kwamen ze er hoofdzakelijk op neer dat elke actie geheel belangeloos moest zijn. Ernő drukte dit als volgt uit: 'We stelen alleen voor de sport.' Om die reden kocht Béla voor het gestolen geld nutteloze voorwerpen, zoals kleren waarin hij er belachelijk uitzag of natuurkundige instrumenten waarvan hij de werking niet kende.

Op een gegeven moment kwam iemand met het idee voor de bende een soort uniform te laten maken dat ze ook thuis zouden kunnen dragen, maar dit werd door de anderen ten slotte verworpen. Een andere keer spraken ze geestdriftig af bij een kleermaker in een buitenwijk kledingstukken te bestellen die ze niet met goed fatsoen zouden kunnen dragen, bijvoorbeeld een te wijde of juist belachelijk nauwe broek of jas van een heel opvallende stof, die nergens te krijgen was.

Met het adres van die kleermaker was Ernő komen aanzetten.

Een voor een zochten ze de man op. Tibor bestelde een rokkostuum van wit zeillinnen met een voering van gele zijde. Ernő kocht een heel wijd ruitjespak waarin hij bijna verdronk. De broekspijpen werden bij zijn enkels met elastiek bijeengehouden. Ábel liet een jacquet maken dat tot op zijn hakken hing, en daarbij een lichtgrijze broek. De eenarmige kocht een kostuum dat vanaf de schouders recht was afgesneden, zodat het mouwloze jasje strak om zijn lichaam spande, en Tamás Garren scharrelde ergens een tropenhelm op, die hij van zijn broer Péter echter slechts zelden mocht dragen.

Béla liet een eenvoudig ruiterkostuum maken, een rood jacquet met een zwarte lange broek. Hij kocht er ook sporen en hoge hoeden bij. In het kleermakersatelier pasten ze alles langdurig en zorgvuldig. Met een centimeter maten ze de panden van Ábels bijna tot de grond reikend jacquet, uit vrees dat het kledingstuk twee centimeter langer zou zijn dan de bedoeling was. De kleermaker, die in de veronderstelling verkeerde dat de jongens de kleren tijdens het carnaval wilden dragen, leverde alle onderdelen van de garderobe gelijktijdig af.

Het mooie van vriendschap is de onbaatzuchtigheid van dit instituut. Van tijd tot tijd maakten de leden van de bende de inventaris op en verdeelden de goederen onder elkaar.

Béla bood Ernő met een vriendelijke glimlach het dubbelloops jachtgeweer en een paar sporen aan. Ernő gaf hem als tegenprestatie drie vellen zoolleer uit de werkplaats van zijn vader en een porseleinen beeldje van de maagd Maria met het kindeke Jezus.

Toen het ruilen van de goederen eenmaal begonnen was, konden de anderen natuurlijk niet achterblijven. Tamás stal aanvankelijk boeken van zijn ouders, zoals het tweede deel van *De zonen van de man met het stenen hart* en *Het leven der Heili-*

gen. De boeken werden met gematigd enthousiasme ontvangen. Nadat Tibor met het zakmes van de kolonel was komen aanzetten, dat van een fraai heft van hertshoorn was voorzien, bood Ábel in een plotselinge opwelling aan de bende het vermogen van zijn tante te bezorgen. De jongens overwogen het aanbod met enige reserve. Het woord 'vermogen' maakte op iedereen een diepe indruk. In hun verbeelding zagen ze dikke stapels bankbiljetten, spaarbankboekjes en edelstenen. Ten slotte stemden ze erin toe dat Ábel het vermogen op een middag zou meebrengen, zodat ze de waarde ervan konden beoordelen. Voor die gelegenheid trokken ze allemaal hun verkleedkleren aan. Nadat Ábel met de blikken doos was verschenen, onderzochten ze de inhoud ervan zorgvuldig en daarna stelden ze een lijst op van de waardeloze loterijbriefjes, pandbewijzen en verouderde bankbiljetten die ze hadden gevonden. Toen ze daarmee klaar waren, zette Ábel de doos ongemerkt weer op zijn oude plaats terug.

Ieder droeg naar vermogen iets bij aan het gemeenschappelijke goederendepot. Het uitgangspunt was dat de te plegen diefstal zo riskant mogelijk moest zijn, de waarde van het goed deed er echter niet veel toe. Het werd bijvoorbeeld als dapper beschouwd om een boek uit de schoolbibliotheek te pikken, een papiertje over het schoolstempel te plakken en het aldus geprepareerde boek aan een van de plaatselijke antiquairs te verkopen, die met hun hoge prijzen de middelbare scholieren veel geld uit de zak klopten als ze daar schoolboeken kochten. Een dergelijke onderneming was uiterst riskant omdat leerlingen die boeken uit de bibliotheek hadden gestolen, van school werden verwijderd en soms ook strafrechtelijk vervolgd. Ernő bood aan dit huzarenstukje te volbrengen en hij bracht het er schitterend vanaf. Volgens zijn relaas had hij de antiquair tijdens de transactie gehypnotiseerd.

Met het verworven geld moest een goed doel worden gediend. Over dit laatste begrip hadden ze nogal opmerkelijke opvattingen. Zo kochten ze bij een juwelier in de stad na langdurige onderhandelingen over de prijs een gouden kettinkje, om het bij hun vertrek opzettelijk op de toonbank te laten liggen.

Op een gegeven moment besloten de leden van de bende hun leraren – die ze jarenlang hadden getreiterd op een wijze die de gebruikelijke, ja vanzelfsprekende pesterijen waarmee scholieren en leraren elkaar kwellen, in het niet deed verzinken – voortaan beleefd en attent te behandelen. Vanaf dat ogenblik zaten ze tijdens de lessen stil en aandachtig met hun armen over elkaar naar de explicaties van de leraren te luisteren. Béla ging nog veel verder en vloog soms van de achterste bank waar hij zat naar voren om de klassendocent kleine attenties te bewijzen. Zo nu en dan sloegen de bendeleden de handen ineen, overhoorden elkaar en leerden zo vlijtig dat de betrokken docent stomverbaasd was over hun gedegen kennis van de leerstof. Ze pronkten met hun kennis, die veel uitgebreider was dan de docenten verlangden. Bovendien riepen ze regelmatig hun medescholieren tot de orde en spoorden ze hun klasgenoten aan om beter op te letten. Het behoeft geen betoog dat die klasgenoten hun gedrag met argwaan gadesloegen, maar daar trokken ze zich niets van aan. Zij kenden immers veel amusantere mogelijkheden om schade aan te richten dan deze sukkels, die nog niet verder waren gekomen dan de klassieke, primitieve manieren om leraren te pesten. Zij waren in staat beleefd te zijn, onvermoeibare vlijt te simuleren en door hun onberispelijke gedrag de wantrouwige en getergde maar uiteindelijk toch ontwapende docenten te kalmeren. Deze maskerades waren in hun ogen veel amusanter dan de ruwe en rebelse grappen die scholieren gewoonlijk uithalen. De klassendocent zag zich voor de aanvang van de kerstvakantie genoodzaakt Béla en Tibor in een korte toespraak tot de klas 'voorbeeldige' leerlingen te noemen, die hun leven bijtijds hadden gebeterd.

Op het laatst wist Béla zich absoluut niet meer te beheersen en schafte hij valse sleutels en een paar rubberhandschoenen aan – iets wat overigens geheel onnodig was, want hij kon desgewenst elke minuut van de dag een greep doen in het kistje waarin zijn vader de dagelijkse inkomsten uit de winkel bewaarde. Hij wist echter allang niet meer wat hij met het gestolen geld moest beginnen. De bende hield onverbiddelijk vast aan het uitgangspunt dat de diefstallen alleen 'voor de sport' mochten worden gepleegd, zodat de jongens genoodzaakt waren het dagelijks gestolen geld aan nutteloze zaken uit te geven. Béla had twee hartstochten: lichaamsverzorging en mode. Nadat hij zeer lang had aangedrongen, kreeg hij ten slotte toestemming om twee elegante kostuums te laten maken die voldeden aan de nieuwste modevoorschriften. Bovendien mocht hij een zijden overhemd, een chique das, een paar zeemleren handschoenen en lakschoenen met inzetstukken van suède aanschaffen. Hij kocht bij dit alles ook nog een lichtgekleurde vilthoed en een dunne bamboewandelstok. Een keer per week mocht hij zich in Tibors kamer uitdossen. De jongens gaven hem de kledingstukken een voor een aan. Vooral de eenarmige toonde zich onvermoeibaar als hij Béla hielp zich op te doffen. Als Béla dan in vol ornaat, met hoed en handschoenen en de bamboestok over zijn arm voor de spiegel stond, lieten de jongens hem als een pasmodel in een modesalon door de kamer paraderen, terwijl ze in kritische bewoordingen hun mening over de door hem gedragen kledingstukken gaven. Ten slotte ging Béla knarsetandend op een stoel voor de spiegel zitten om langdurig naar zijn spiegelbeeld te staren. Als hij zich lang genoeg had bewonderd, kleedde hij zich langzaam weer uit. Tibor nam de kledingstukken van hem over en borg ze zorgzaam in de kast, waarna Béla zich weer in zijn sjofele schooluniform hees, waarvan de broek uit een oude pantalon van zijn vader was vervaardigd, die zijn moeder had laten keren.

Zijn passie voor lichaamsverzorging kon hij slechts heimelijk, buiten medeweten van de overige bendeleden, uitleven. De bende veroordeelde namelijk deze neiging, die hem ertoe verleidde allerlei pommades, reukmiddelen, gezichtscrèmes, kammen en toiletzeep aan te schaffen. De dure crème die hij tegen puistjes kocht mocht hij van zijn vrienden niet gebruiken. Ze grepen hem beet, kleedden hem uit en smeerden zijn zitvlak in met het goedje, dat volgens de gebruiksaanwijzing elk pukkeltje en wratje op het gezicht in een mum van tijd liet verdwijnen.

De tegenzin die ze koesterden tegen zaken als functionaliteit en bruikbaarheid, leidde ertoe dat ze zichzelf op allerlei manieren gingen kwellen. Het werd bijvoorbeeld ten zeerste toegejuicht als iemand dagenlang ploeterde om tien regels van een Zweedse tekst vanbuiten te leren – een taal die in hun omgeving niemand verstond. Met zo'n vanbuiten geleerde tekst oogstte Ábel veel lof bij alle leden van de bende. Tegelijkertijd was het verboden het opgegeven huiswerk voor een vak als Latijn of Geschiedenis te maken; een dergelijk vergrijp werd door de bende als een ernstige zonde beschouwd. Het was dus niet zo dat de jongens elke geestelijke inspanning verachtten, ze deden dat alleen als daarmee een praktisch doel werd nagestreefd.

Ook het uitoefenen van fysieke vermogens was aan allerlei regels onderworpen. Tibor was een uitstekend zwemmer en een enthousiast hoogspringer en verspringer, zodat hij graag over stoelen of hekken sprong die hem de weg versperden. Dit genoegen werd hem gegund, maar alleen als de hoogte of de afstand zodanig was dat de sprong zijn krachten te boven ging en hij zich dus naar alle waarschijnlijkheid zou bezeren.

De hoeveelheid goederen waarover ze beschikten werd steeds groter. Aanvankelijk stapelden ze alles in de kamer van Tibor en zijn broer op, maar toen de fiets erbij kwam was er geen ruimte meer voor nog meer spullen. De Prockauers woonden in een huis zonder verdieping, en de kamer van de jongens was alleen toegankelijk via de kamer van hun zieke moeder. Het was echter een gelukkige omstandigheid dat de jongenskamer op de binnenplaats uitkeek, zodat zwaardere of grotere voorwerpen door het raam konden worden aangegeven. De kamer was via het raam ook gemakkelijk toegankelijk voor personen, maar als iemand op die manier naar binnen wilde gaan, moest een ander in de belendende kamer Tibors moeder afleiden. Terwijl de jongens moeizaam door het raam naar binnen klommen, zat één lid van de bende, meestal Ernő, met gevouwen handen en zijn hoed op zijn knieën aan het bed van Tibors moeder, haar blikken ontwijkend door strak naar de vloer te staren.

Op een gegeven moment was de kamer van Lajos en Tibor zo vol dat er overal opgestapelde spullen lagen, zelfs op de tafel, de kast en de bedden. In die periode ontstond tussen de leden van de bende een mateloze rivaliteit. Iedereen probeerde koortsachtig zoveel mogelijk goederen naar Tibors kamer te slepen om de anderen te overtroeven. Ábel verscheen met zijn vaders tangen en pincetten, een oud fototoestel en een deel van de uitzet van zijn tante. Het met paarse linten omwonden damesondergoed getuigde door zijn perkamentachtige, vergeelde kleuren van de onvervulde verwachtingen van een meisje dat nooit haar maagdelijkheid was ontnomen. Tibor, die voor Ábel niet onder wilde doen, beantwoordde diens gebaar met de aanvoer van de volledige voorraad munitie van de kolonel. Alle mogelijke gebruiksvoorwerpen kwamen in beweging en belandden van de ene woning in de andere. Toch was dit alles nog slechts spel, een sportieve krachtmeting. Tibor ontwaakte 's nachts soms kletsnat van het zweet en liet zijn blik door de volgestouwde kamer dwalen. Hij had dan gedroomd dat zijn vader onverwachts was thuisgekomen en hem vroeg hoe hij aan de fiets, het linnen rokkostuum en de medische instrumenten was gekomen. De enige die werkelijk gevaar liep, was Béla, die geld had gestolen. Dat hij daarvoor niets behoorlijks had kunnen kopen, deed er natuurlijk niet toe.

Ten slotte besloten ze een bergplaats voor de gestolen goederen te zoeken. Het was hoog nodig, want zelfs Ábels tante verbaasde zich ondanks haar goedgelovigheid en eindeloze geduld over de aanwezigheid van het zadel en het paardentuig in zijn kamer. Bovendien voelde de kolonelsvrouw zich die herfst wat beter en beweerde ze het bed te zullen verlaten en weer door het huis te gaan lopen. Van onmiddellijk gevaar was overigens geen sprake omdat ze dit dreigement bij de aanvang van elk nieuw seizoen placht te uiten, maar nog nooit ten uitvoer had gebracht.

Op een herfstmiddag bestelden de jongens een huurrijtuig en lieten zich daarmee naar hotel Boschlust brengen. 's Avonds aten ze in het hotel. De eenarmige ging op onderzoek uit en bekeek het hele gebouw. Het resultaat van zijn speurtocht was dat hij op de bovenverdieping een paar kamers ontdekte die weleens werden verhuurd.

Het hotel stond op een heuvelrug, midden in een uitgedund bos, en was vanuit de stad in een halfuur met een rijtuig bereikbaar. De achterzijde van het gebouw keek uit op berghellingen met dicht op elkaar staande, scherp piekende dennenbomen, die in vlakken waren gegroepeerd. Daarachter rees een kale, rotsachtige bergwand op. De top van de berg was tot laat in het voorjaar met sneeuw bedekt, wat aan het panorama een bijna alpine schoonheid verleende. Vanuit een van de bovenkamers was de zee te zien met daarin één enkel oorlogsschip, dat voor anker lag en door zijn onbeweeglijkheid associaties wekte met een oud-militair die van zijn pensioen geniet. Aan het einde van de negentiende eeuw hadden in de buurt van het hotel enkele kuurhotels gestaan, die door de gegoede burgerij van de stad 's zomers druk waren bezocht, maar daarvan resteerden tijdens de oorlog nog slechts enkele verwaarloosde, leegstaande gebouwen. Abel kon zich vaag herinneren dat hij lang geleden, in zijn vroege jeugd, toen zijn moeder nog leefde, in de maand augustus een poosje op deze plek had gelogeerd. Uit de bron, die er toen ook al was, welde nog steeds zwavelhoudend water op, dat een zurige lucht verspreidde. De langwerpige, muf ruikende eetzaal van het hotel met zijn op petroleum brandende kroonluchters, riep herinneringen op aan de met bladerkransen opgeluisterde zomerbals die hier vroeger waren gehouden. In de kieren tussen de muren en de vloer woekerde schimmel. Als het 's zomers heel warm was, belandde hier nog weleens een enkel gezelschap dat een tochtje maakte. In de bijna geheel vlakke, met witte kiezels bestrooide tuin van het hotel lagen omgevallen tafeltjes, omgeven door halfverrotte houten palen met blikken lantaarnhouders. Van de lantaarns zelf was geen spoor te bekennen. Op de tafel stond een brandende kaars, die door een glazen stolp tegen de tocht werd beschermd. Het etablissement maakte door zijn vochtige muren en verlatenheid een troosteloze indruk en leek door zijn verwaarloosde toestand het drama van het menselijk leven te symboliseren.

'Nee, hier komt in de herfst nooit iemand,' zei de exploitant van het hotel, een oudere man met een Slavisch accent, die al een jaar of tien probeerde het door hem op een veiling veel te duur gepachte hotel nieuw leven in te blazen. Hij vertelde dat het hotel nog slechts een paar jaar terug, vóór het uitbreken van de oorlog – 'de heren zijn te jong om zich die tijd te kunnen herinneren' –, door verliefde paartjes uit de stad werd gefrequenteerd. Bij de herinnering aan de vele tedere herdersuurtjes waarvoor hij tegen klinkende munt gelegenheid had gegeven, klaarde zijn rimpelige, vermoeide gezicht dadelijk op. In die tijd had hij op de bovenverdieping drie kamers voor overnachtende gasten ingericht. Helaas had de oorlog op ruwe wijze een einde gemaakt aan dit vrolijke en pikante tijdperk. Tegenwoordig vonden de paartjes het kennelijk niet meer nodig om de liefde heimelijk te bedrijven. De kamers stonden dientengevolge al jaren leeg. Indien noodzakelijk, konden er gemakkelijk een of twee kachels in worden geplaatst. Zijn vrouw en hij woonden ook 's winters in het hotel.

De leden van de bende mompelden onzeker toen de man was uitgesproken. Nadat ze lusteloos de hun voorgezette ranzige salami en schapenkaas naar binnen hadden gewerkt, dronken ze een paar glazen bier en staarden peinzend voor zich uit. De eenarmige begon stotterend iets uit te leggen, maar niemand luisterde naar hem. Ábel voelde zijn hart wat sneller kloppen. Hoewel de jongens geen woord met elkaar wisselden, voelden ze zonder uitzondering dat ze op een keerpunt waren aangeland. Ze vonden het allemaal even jammer dat ze deze plek niet eerder hadden ontdekt. Was dat wel het geval geweest, dan had deze volmaakte schuilplaats de ellende van het jarenlange verstoppertje-spelen en vernederd-worden kunnen verzachten. Zwijgend stommelden ze achter elkaar aan de gammele houten trap op. In de schemerige kamers, die op het dennenbos uitkeken, had zich het vuil van jaren opgehoopt. De bedden waren zonder matrassen en beddengoed tegen de met spinnenwebben bedekte wand geschoven. Overal hadden muizen hun verwoestende werk gedaan en zelfs het tafelblad was met muizenkeutels bezaaid.

'Perfect,' zei de eenarmige. 'In deze kamer kan niemand meer overnachten.'

Hij viste met zijn duim en zijn wijsvinger voorzichtig een stoffige dameskam van een nachtkastje, die de gedachte aan liefdesavonturen in lang vervlogen tijden opriep. De jongens monsterden het smoezelige voorwerp met glanzende ogen. Het argument dat de kamer niet meer geschikt was voor overnachtingen gaf hun het recht om het vertrek in gebruik te nemen. Béla onderhandelde namens de bende met de pachter en sprak met hem de prijs af voor de huur van een kamer.

In de week daarop begonnen ze met de grootst mogelijke omzichtigheid de gestolen spullen te verhuizen. De exploitant verkeerde aanvankelijk in de veronderstelling dat de jongeheren een veilige plek zochten voor hun heimelijke liefdesavontuurtjes, maar al de eerste week merkte hij dat hij zich had vergist. De transporten werden dagelijks uitgevoerd, waarbij de fiets als vervoermiddel werd gebruikt. Elke dag arriveerde er een andere jongeman bij het hotel, met een rugzak vol eigenaardige voorwerpen, waarvan de functie moeilijk was te begrijpen. Had hij niet geweten dat het om scholieren ging, dan was hij misschien ongerust geweest, maar de zonen van kolonel Prockauer en zijn schoolkameraden waren boven elke verdenking verheven. Zodra de betreffende jongen was gearriveerd, verdween hij in de gehuurde kamer, waarna hij de sleutel omdraaide en langdurig tussen de goederen rondscharrelde. Na zijn vertrek doorzocht de hotelhouder voorzichtig de kamer, maar de eigenaardige kledingstukken, de reusachtige globe en de onschuldige boeken die hij daar aantrof, maakten absoluut geen verdachte indruk.

Nu de jongens over een veilige bergplaats beschikten, zagen ze af van het principe dat de dader niet van de door hem gestolen zaken mocht profiteren. De wetenschap een afsluitbare schuilplaats te hebben, waar ze konden doen en laten wat ze wilden, bedwelmde geleidelijk ook degenen onder hen die tot dan toe zeer voorzichtig waren geweest. Hele middagen zaten ze in het muf ruikende hol om de roodgloeiende kachel, wolken tabaksrook om zich heen verspreidend, discussiërend en onbegrijpelijke spelletjes verzinnend. Het was een tijd waarin ze voor het eerst werkelijk naar hartelust konden spelen, een tweede kindertijd, minder onschuldig dan de eerste maar uitbundiger, pikanter en oneindig veel aangenamer.

's Winters verzamelden ze zich al vroeg in de middag in het hotel, gewoonlijk meteen na het middagmaal. De fiets werd altijd gebruikt door degene die aan de beurt was om als eerste aanwezig te zijn en de kachel aan te maken. In de kamer hadden ze inmiddels een voorraad thee, rum, brandewijn en tabak aangelegd. De atmosfeer van het toch al benauwde hol werd door de geur van de rum nog meer verpest, zodat Ábel dikwijls zei dat wie daar binnentrad het gevoel had in de kajuit van een schip terecht te komen. Naar zijn stellige bewering hing zo'n rumlucht in elke kajuit. Het ruiterzadel lag naast het jachtgeweer op een van de bedden. Wie niet beter wist, had kunnen denken dat in deze kamer een ruige vluchteling huisde, die zojuist zijn achtervolgers van zich had afgeschud en nu zijn dodelijk vermoeide ledematen strekte, terwijl zijn afgejakkerde paard door de besneeuwde omgeving dwaalde. Het bedompte vertrek was overal goed voor en werd door de jongens op allerlei manieren gebruikt. Het bood hun door zijn 'exterritorialiteit' volmaakte bescherming en was volledig aan het oog van de vaders, de leraren en de autoriteiten onttrokken, zodat ze er een geheel nieuw leven konden beginnen. Dit leven leek in geen enkel opzicht op het leven dat ze tot dusver hadden geleid, en al helemaal niet op het leven van hun vaders, waar ze sowieso niets van moesten hebben. Alles wat in hun leven moeilijk of vaag was, konden ze hier met elkaar bespreken, en de strenge regels die hun kinderjaren volledig hadden beheerst waren hier buiten werking gesteld.

Ze waren allang geen kinderen meer, maar in die gehuurde kamer ontdekten ze dat ze buiten het bereik van de volwassenen iets durfden te doen waarvoor ze zich in de stad ook tegenover elkaar zouden hebben geschaamd. Ze durfden er namelijk op een geheel natuurlijke manier te doen alsof ze nog steeds kinderen waren – de kinderen die ze in hun jeugd nooit werkelijk hadden kunnen zijn. De wereld van de volwassenen was enkel in die kamer te zien zoals zij was, en alleen daar konden ze hun ervaringen uitwisselen. Vooral de eenarmige genoot met volle teugen van dit spel en zijn nerveuze, krampachtige lach werd steeds zeldzamer. Maar ook Ernő bloeide zichtbaar op en het hokje in hotel Boschlust was de enige plaats waar de jongens hem ooit zagen lachen.

Ouverture

Pas hier leerden ze elkaar echt kennen. De voor de buitenwereld verborgen maar onloochenbare medeplichtigheid die hen uit de stad had verdreven, bood hun de gelegenheid zich op allerlei manieren in elkaar te verdiepen. Iedereen moest vertellen 'wat er vroeger was gebeurd'. Het sprak vanzelf dat met dit verleden alleen de tijd werd bedoeld toen ze nog onder het gezag van hun ouders leefden. Geleidelijk kwamen ze tot het inzicht dat hun saamhorigheid niet het werk van het toeval was.

Het begon ermee dat ze zogenaamde 'angstmiddagen' organiseerden. Iedereen moest vertellen waarvoor hij 'indertijd' het meest beducht was geweest. Hierdoor ontdekten ze dat ieder van hen een geheime angst had, waarover hij tot dan toe met geen woord had gesproken. Deze 'angsten' vonden hun oorsprong in het grijze verleden, in een tijd die onmetelijk ver achter hen scheen te liggen. Op een van die middagen, toen het al donker was en ze op hun hurken om de bijna uitgebrande kachel zaten, vertelde de eenarmige dat hij noch in de kogelregens aan het front noch op de operatietafel van het militair hospitaal zo bang was geweest als die keer toen hij, als zevenjarig jongetje, had gezien hoe zijn vader met gewelddadige bedoelingen zijn moeder naderde en haar trachtte beet te grijpen. Zijn moeder had haar man met beide handen van zich af geduwd en was daarna haar kamer in gevlucht. Op dat ogenblik had hij het gevoel gehad in direct levensgevaar te verkeren. Terwijl hij dit vertelde, begon hij voor het eerst weer te stotteren en nerveus te hikken. Béla, die op de vensterbank zat en naar het besneeuwde landschap staarde, reageerde nogal eigenaardig op Lajos' relaas.

'Ik vind het wel leuk om bang te zijn,' zei hij.

Hij kon echter heel moeilijk uitleggen waarom hij zijn angst als aangenaam ervoer. Terwijl de anderen bezig waren de weg naar elkaar te zoeken, speurde hij wekenlang, behoedzaam tastend, naar de oorzaak van zijn angst. Toen hij merkte dat het wroeten in zijn geheugen niet meer opleverde dan een zekere verlegenheid, hield hij op met zoeken en verviel tot stilzwijgen. Ábel en Ernő belegerden hem met een spervuur van vragen.

'Ik schaam me,' zei hij gekweld.

De jongens gaven hem twee dagen uitstel. Ze vonden het vreemd dat hij, die altijd met opmerkelijke vrijmoedigheid over schunnigheden sprak, zich nu met die merkwaardige schaamte verdedigde. Die terughoudendheid verbaasde de bende des te meer omdat na lang vragen bleek dat de herinnering waarvoor hij zich schaamde absoluut niet schunnig was. Er was eerder sprake van iets lachwekkends, dat hij niettemin slechts aarzelend durfde te vertellen.

'We woonden op de eerste verdieping,' zei hij blozend en gekweld. 'Jullie moeten je eerst omdraaien, anders kan ik het niet vertellen!'

Het leek wel alsof dit begin het allermoeilijkste was geweest, want hierna vervolgde hij zijn relaas met koortsachtige snelheid. De galerij van hun woning eindigde boven een tuin. Béla was een bangelijk kind, dat streng werd opgevoed. Zelfs nog op zesjarige leeftijd kon hij zo schrikken van een terechtwijzing dat hij in zijn broek plaste. In zo'n geval liet hij zijn bovenbroek drogen, maar gooide zijn ineengefrommelde natte onderbroek in de tuin onder de galerij om aldus het corpus delicti te verdonkeremanen. Het vooruitzicht op de ontdekking van zijn daad en de gedachte aan de vernederingen en straf die hem daarvoor wachtten, maakten hem zo nerveus dat hij steeds opnieuw het slachtoffer werd van deze kinderziekte. Op die manier raakte hij acht onderbroeken kwijt. Toen zijn schanddaad eindelijk werd ontdekt en zijn vader hem met een rotting afranselde, voelde hij een enorme opluchting, die aangenamer was dan het aangenaamste gevoel dat hij ooit had gehad. 'Snappen jullie wel,' zei hij met schorre stem. 'Ik vond het fijn om bang te zijn. Ik berekende welke straf ik zou krijgen en wachtte daarna af. Geleidelijk kwam ik erachter welk vergrijp met welke straf werd vergolden. Ik wist wanneer ik op een oorvijg kon rekenen en wanneer op een pak slaag of op een dag zonder eten. Het was allemaal uit te rekenen. Ik vond het vreselijk om op de straf te wachten, maar als ik die kreeg, was het een lekker gevoel.'

Ernő vertelde zijn verhaal pas na geruime tijd. 'Jullie kennen mijn vader,' zei hij. 'Hij heeft zich heel geleidelijk tot de clown ontwikkeld die hij thans is. Mijn vader heeft nooit onderwijs gehad en zichzelf pas op volwassen leeftijd leren lezen. Hij heeft twee boeken gelezen, de bijbel en *Het eerste leesboek*. Ik heb me overigens nooit voor hem geschaamd. Jullie kunnen de relatie die wij met elkaar hebben niet begrijpen. Het is waar wat hij over de rijken zegt. Rijkdom betekent niet het hebben van geld, het is iets heel anders. Ik zal nooit rijk worden en jullie zijn het vanaf je geboorte geweest.

Ik ben pas bang voor hem geworden toen hij op een keer voor de spiegel ging staan. Ik moet nog heel klein zijn geweest, want ik zat op een laag krukje in de hoek van de schoenmakerij. Wij hielden in de werkplaats een manke kraai, die mijn vader ooit had meegebracht en gekortwiekt. Het beest kon zich vrijelijk door het souterrain bewegen. Ik zat op het krukje en speelde met de kraai. Mijn vader was ook in de werkplaats en zat te werken. In die tijd had hij nog geen baard en liep hij ook niet kreupel. Opeens stond hij op en liep, zonder op mij te letten, naar de ladekast, lichtte de spiegel eraf, liep daarmee naar het raam en bekeek zijn spiegelbeeld. Ik nam de kraai op schoot en sloeg hem zwijgend gade. Mijn vader pakte met twee vingers zijn neus beet en duwde die omhoog. Daarna ontblootte hij zijn tanden, liet zijn ogen rollen, vertrok zijn mond en maakte de vreemdste grimassen – wat hij nooit eerder had gedaan. Een hele tijd trok hij in opperste concentratie gekke gezichten. Mijn mond viel open van verbazing, zo vreemd vond ik dat. Eerst moest ik om hem lachen, maar daarna begreep ik dat zijn gedrag absoluut niet grappig was. Mijn vader liet zijn ogen zo angstaanjagend rollen dat ik steeds banger werd. Hij deed een stap achteruit en opende zijn mond wagenwijd, alsof hij op het punt stond in lachen uit te barsten. Onmiddellijk hierna fronste hij zijn wenkbrauwen en liet hij woedend zijn tanden zien. Op dat moment begon ik te huilen. Hij vloog onmiddellijk op me af alsof hij mijn aanwezigheid in de werkplaats pas op dat moment opmerkte. Ik begon te krijsen omdat ik dacht dat hij me wilde vermoorden. Hij boog zich over me heen met een gezicht zo verwrongen dat het niets menselijks meer had. Met een wilde beweging griste hij de kraai van mijn schoot, draaide het dier de nek om en smeet het op de vloer. Onmiddellijk hierna stormde hij naar buiten.

De kraai lag voor mijn voeten en gaf geen teken van leven meer. Ik raapte het dier op en begon het te strelen en te wiegen omdat zijn lijfje nog warm aanvoelde. Zo vond mijn moeder me, maar ik heb haar nooit verteld wat er was gebeurd. Ik had, geloof ik, het gevoel dat deze zaak haar niet aanging. Mijn vader bleef de hele nacht weg. Toen hij 's morgens weer terugkwam, had hij een doosje bij zich, waar hij de kraai in legde. Alsof er niets was gebeurd, nam hij me bij de hand en bracht me naar de binnenplaats. Daar begroeven we de kraai. Mijn vader groef de kuil zo zorgvuldig en sprak intussen zo vrolijk tegen me dat ik niet begreep waarom hij de vorige dag zo boos was geweest en de kraai de nek om had gedraaid. Ik ben dit voorval nooit helemaal te boven gekomen, want als ik alleen in een kamer ben, word ik dikwijls bang dat ik ook opeens voor de spiegel ga staan om gekke gezichten te trekken.'

Ondanks zijn slungelige lichaam leek Tibor in zijn rokkostuum een echte bon-vivant. Soms trokken ze allemaal hun verkleedspullen aan. Béla plofte in zijn rode rok nonchalant neer op een stoel, met zijn handschoenen en zijn hoge hoed in zijn hand. In de bijzondere sfeer waarin ze leefden kon het onnozelste voorwerp de inspiratiebron zijn voor een spelletje. Alleen een kind is in staat zo langdurig met een rammelaar te spelen als zij zich met een idee amuseerden waartoe hen een voorwerp of gebeurtenis had geïnspireerd. Ze ontdekten dat ze alle vier geboren toneelspelers waren.

De eenarmige voerde met grote hartstocht de regie. Hij beschreef de taak met een paar woorden en 'arrangeerde' tegelijkertijd de scène. Ze speelden onder andere rechtertje, soldaatje, familiekring, keuring voor de militaire dienst, lerarenvergadering en commandobrug van een zinkend schip. Ze klampten zich vast aan het vergeten maar diep in hen nog aanwezige acteertalent van het kind; aan de enige schadeloosstelling voor de verloren wereld van hun jeugd, die nog vaag door de daarvoor in de plaats gekomen 'nieuwe wereld' schemerde. Ábel meende zelfs dat hij zich nog enkele woorden en scènes uit die verloren wereld kon herinneren.

Als ze zo tegenover elkaar stonden in de afgesloten kamer, ver van de stad, 'gekostumeerd', in de scherpe walm van kachelhout en tabak, bij het flakkerende schijnsel van twee kaarsen, omringd door gestolen goederen, met elkaar verbonden in dit samenzijn, waarvan ze niet de reden kenden maar wel de noodzakelijkheid – verstomden ze soms tussen twee scènes van het spel dat ze aan het spelen waren. Ze staarden elkaar dan langdurig aan, alsof ze eindelijk wilden doorgronden waarom ze daar bijeenwaren, waarom ze leefden en speelden.

Na een van die momenten van verbijstering, waarop een wrang, onwillig nietsdoen was gevolgd, stelde Ábel voor te spelen dat er een inval in hun hol werd gedaan. Ernő en de eenarmige trokken zich uit de kamer terug en de overgebleven drie leden van de bende trokken hun kostuums aan. Daarna gaven ze zich over aan de ongedwongen behaaglijkheid van het verborgen zijn. Opeens klopte Ernő luid op de deur. De opdracht was zo overtuigend mogelijk uit te leggen waarom ze in de kamer bijeenwaren en wat ze er deden. Ernő en de eenarmige belichaamden de rekenschap eisende buitenwereld. Ze hadden geen speciale hoedanigheid maar konden leraren, rechercheurs, militairen of eenvoudigweg vaders zijn, die naar het hotel waren gekomen om hun ondergeschikten te vragen wat ze daar uitvoerden. Het woord ondergeschikten was door Ábel verzonnen en hij had erop gestaan dat het in de omschrijving van de opdracht werd opgenomen.

Ernő stelde de vragen. De eenarmige stond stram in de houding achter hem, als een pedel achter een schooldirecteur, een soldaat achter een luitenant, of een niet al te machtige volwassene, bijvoorbeeld een boosaardige oom, achter een vader. De ondervrager ijsbeerde met zijn hoed op en met Béla's bamboestokje en zeemleren handschoenen in zijn hand door de kamer. Af en toe zette hij zijn bril af om de glazen schoon te poetsen, de bril hierbij met twee vingers tegen het licht houdend. 'Wij hebben vastgesteld,' zei hij, 'en de *in flagranti* aangetroffen feiten rechtvaardigen deze vaststelling, dat deze leerlingen reeds geruime tijd zonder de toestemming, ja zelfs in strijd met de instructies van hun ouders, leraren, superieuren en tegen de wil van de civiele en militaire autoriteiten, met overtreding van de geldende regels, de stad plegen te verlaten om zich in de kamer van een kuurhotel van twijfelachtig allooi op te sluiten en daar te roken, alcoholische dranken te consumeren en zich urenlang aan het toezicht van volwassenen te onttrekken. Wie de kamer waar zij zich ophouden betreedt, ontwaart een eigenaardig schouwspel. Prockauer, sta op! Afgezien van je prestaties, die jammerlijk onder de maat zijn, moet ik erkennen dat je gedrag op school de laatste tijd geen aanleiding heeft gegeven tot klachten. Helaas moet ik nu vaststellen dat bepaalde door mij in deze kamer waargenomen tekenen de conclusie rechtvaardigen dat je het schoolreglement op ernstige wijze hebt geschonden. Wat zit hierin? Rum. En in die andere fles? Brandewijn. En in dat blik? Rolmops. En wie hebben we daar? Ruzsák! Sta op, jij! Vergis ik mij als ik veronderstel dat die bonenkoffie uit de kruidenierswinkel van je vader afkomstig is?'

Béla stond op en plukte verstrooid aan zijn handschoenen.

'U vergist u inderdaad. Ik heb alleen geld uit de winkel gestolen. Die koffie heb ik met het gestolen geld ergens anders gekocht.'

Zo werkten ze puntsgewijs de hele aanklacht af. Ernő's verhoor was grondig opgebouwd en formeel gezien onberispelijk. Niemand ontkende het tegen hem ingebrachte en allen deelden bereidwillig de herkomst van de in de kamer aanwezige goederen mee. Lajos wisselde verontwaardigde blikken met Ernő. De laatstgenoemde vervolgde met systematische strikvragen het verhoor, waarvan hij de scherpte nauwkeurig tussen Ábel en Béla verdeelde.

'Houd je mond, Prockauer. Met jou heb ik nog een appeltje te schillen. Wat heeft dat clownspak te betekenen? Bereiden jullie je zo op het examen voor? Terwijl jullie vaders aan het front hun leven wagen, denken jullie je op deze manier op het leven te kunnen voorbereiden.'

'Neemt u me niet kwalijk,' zei Ábel met vaste stem. 'Wij bereiden ons niet op het leven voor.'

Ernő plaatste de twee kaarsen op de tafel, ging zitten en bood de eenarmige hoffelijk een stoel aan.

'Wat is dat voor onzin?' snauwde hij. 'Wat kunnen jullie anders doen dan je op het leven voorbereiden?'

'Wij bereiden ons helemaal niet voor, meneer,' zei Ábel rustig. 'Daar gaat het juist om. Wij proberen ons nergens op voor te bereiden. Met de eisen die het leven stelt, hebben we niets te maken. Wij hebben een heel andere taak.'

'Absoluut,' zei Béla instemmend.

'Houd je mond, Ruzsák! Van jou wil ik geen woord meer horen. Jij hebt geld gestolen en daarvan bonenkoffie gekocht. Nou, zeg op! Wat is jullie taak?'

'Onze taak is solidair met elkaar te zijn,' antwoordde Ábel op schoolse toon. 'Wij zijn een bende, meneer. We hebben niets te maken met wat de volwassenen doen en zijn daar niet verantwoordelijk voor.'

'Daar zit wat in,' meende de eenarmige.

'Maar jij bent wél verantwoordelijk,' repliceerde Ábel scherp. 'Jij hebt je bij het leger laten inlijven en je arm laten afhakken. Jij hebt meegeholpen mensen om het leven te brengen, evenals Ernő's vader. Naar mijn bescheiden mening is iedereen verantwoordelijk die aan dergelijke zaken heeft meegewerkt.'

'Jullie komen binnenkort zelf ook aan de beurt,' zei Ernő koel. 'Ik ben benieuwd of je dan nog zo'n grote mond hebt.'

'Nee, natuurlijk niet, dan worden we zelf ook verantwoordelijk, maar voor het zover is, heb ik niets met de regels en wetten van uw wereld te maken. En ook niet met het muziekuurtje, dat ik op dit ogenblik dankzij een valse ouderlijke verklaring verzuim, of met de regel dat het niet toegestaan is tegen de muur van de schouwburg te urineren. Ook de wereldoorlog gaat me niets aan. Daarom zijn we hier.'

'Ik begrijp het,' zei Ernő. 'En wat doen jullie hier?'

Ze zwegen. Béla bestudeerde zijn nagels en Tibor rolde een sigaret.

'Wij zijn hier omdat we hier niets met uw wereld te maken hebben,' zei Ábel. 'Begrijp je het nog steeds niet? Ik walg van wat ze me onderwijzen. Ik geloof niet wat zij geloven. Ik respecteer niet wat zij respecteren. Ik heb altijd alleen met mijn tante geleefd. Wat er nu gaat gebeuren, weet ik niet, maar ik wil niet langer met hen samenleven. Ook hun voedsel smaakt me niet meer. Daarom ben ik hier. Omdat ik hier het beste hun wetten kan overtreden.'

'Wie zijn "ze"?' vroeg Ernő.

Als één man riepen de jongens: 'De slotenmakers bijvoorbeeld!'

'Of de advocaten!'

'Leraren, bakkers, het maakt niet uit!'

'Iedereen!'

Ze riepen allemaal door elkaar heen en Béla schreeuwde zelfs met overslaande stem.

Ábel ging op het bed staan.

'Zal ik jullie eens wat zeggen?' riep hij. 'We moeten vluchten. Op de fiets en te paard. Door de bossen!'

'In het bos kun je niet fietsen,' merkte Tibor met realiteitszin op. Toch voelden ze dat ze heel dicht bij de waarheid waren gekomen. Nog even en ze hadden het geheim doorgrond. Ábel leek geheel buiten zichzelf te raken. 'Mijn vader is een grote sufferd!' riep hij, zijn arm beschuldigend naar Ernő uitstrekkend. 'En wat heb ik gedaan? Niets! Mijn tante stuurde me voortdurend de tuin in om daar te spelen, omdat we schimmel in de woning hadden. Ik heb dus in de tuin gespeeld. Je vader zei dat het allemaal de schuld van de rijken is, maar dat is niet waar. Er is een andere vijand, die veel gevaarlijker is. Het doet er niet toe of iemand arm of rijk is.'

Hij vouwde zijn handen tot een trechter en bracht ze naar zijn mond. 'Alle volwassenen,' siste hij met een bleek gezicht.

'We zijn straks zelf ook volwassen,' antwoordde Ernő ernstig.

'Misschien, maar voor het zover is, zal ik me verzetten. En daarmee uit.'

Ze gingen dicht bij elkaar op het bed zitten. Ábels gezicht gloeide. Tibor schoof wat meer naar hem toe.

'Denk je dat we ons tegen hen kunnen verzetten?' vroeg hij zachtjes en met wijd opengesperde ogen.

In het voorjaar kwamen er weer wandelaars in het hotel, zodat de jongens de nodige voorzichtigheid in acht namen als ze elkaar ontmoetten. Slechts een of twee keer per week gingen ze 's middags naar het kamertje en alleen 's zondags brachten ze daar de hele dag door. Op het terras van het hotel tortelden soms verliefde paartjes.

Wat er tot dan toe was gebeurd, beschouwden ze zozeer als een privézaak dat ze zich er niet schuldig door voelden. Daarmee had de 'nieuwe wereld' met haar structuren, wetten en controleurs niets te maken. De 'nieuwe wereld' betekende voor hen in de eerste plaats dat ze niet in het openbaar mochten roken en pas in de tweede plaats de wereldoorlog. Het onrecht dat ze in die wereld moesten verduren, prikkelde hen in gelijke mate tot opstandigheid. Soms wonden ze zich op over het feit dat je brood alleen op de bon kon krijgen, dan weer over een te laag cijfer dat de leraar Latijn had toegekend. Ook het bericht dat een van hun familieleden was gesneuveld of de regel dat je niet zonder toestemming van de leraren naar de schouwburg mocht, droeg in hoge mate aan hun grimmige gemoedstoestand bij. Ze hadden het gevoel dat het tirannieke systeem waarin ze gevangen zaten, onschuldige vergrijpen even zwaar bestrafte als ernstige. Het feit dat ze volwassenen op straat onderdanig moesten groeten was voor hen even onverdraaglijk als de waarschijnlijkheid over een paar maanden tegenover een sergeant van de militaire opleiding te staan.

Dat voorjaar sprongen ze volledig uit de band. Het is moeilijk te zeggen op welk moment het spel een grimmig karakter kreeg. Lajos ging steeds meer zijn eigen weg en nam nog maar zelden deel aan de bijeenkomsten van de bende. De jongens sloegen dit niet zonder jaloezie gade. Lajos werd tot op zekere hoogte als volwassene beschouwd. Hij kon doen en laten wat hij wilde en had zich vrijwillig uit de wereld der volwassenen verbannen toen hij zich bij hen aansloot. Niets belette hem echter om zich weer bij de vijand te voegen. Sinds enige tijd droeg hij weer zijn vaandriguniform en hield hij de acteur hele dagen gezelschap. Het leek wel of de bijeenkomsten van de bende hem vervelden. Opvallend was ook dat hij weer cafés bezocht. Na een tijdje kregen de jongens genoeg van zijn gedrag en besloten hem uit de bende te stoten, maar de eenarmige was hun te snel af en stelde hen in het begin van de lente aan de acteur voor.

Die kennismaking vond in Tibors kamer plaats. De acteur won onmiddellijk hun vertrouwen door al bij zijn eerste bezoek de kamer via het raam te betreden, wat kennelijk als een beleefd gebaar was bedoeld.

Tibor was de centrale figuur van de bende, de spil waarom alles draaide. Eigenlijk waren de bijeenkomsten van de jongens alleen maar bedoeld om hem een plezier te doen. Hij was de godheid aan wie zij offers brachten. Toen de bende het beginsel der belangeloosheid had laten varen, was er geleidelijk een zekere materiële wedijver tussen hen ontstaan om Tibor gunstig te stemmen. Ábel schreef een gedicht voor hem, maar durfde het niet te laten zien. Béla overlaadde hem met cadeaus. Ernő droeg zijn tas, poetste zijn schoenen en fungeerde als zijn knechtje en loopjongen. Tibor liet zich door al deze vriendschapsbetuigingen, aanhankelijkheid en wedijver niet het hoofd op hol brengen, maar bleef steeds even gedistingeerd, beleefd en vriendelijk.

De jongste zoon van kolonel Prockauer, die slechts één klein lichamelijk gebrek had – zijn bijna genezen pukkeltjes – was niet alleen in de ogen van de leden van de bende het toonbeeld van menselijke volmaaktheid, en daardoor een geheimzinnig wezen, maar hij werd ook in de stad als een knappe en sympathieke jongeman beschouwd. Hoewel hij met veel enthousiasme sporten als hardlopen, zwemmen, paardrijden, tennissen en hoogspringen beoefende – activiteiten waardoor hij een volmaakt jongensfiguur had gekregen –, had hij een bijna week en meisjesachtig voorkomen. Die indruk werd versterkt door zijn zeer bleke huid, zijn groengrijze ogen en zijn blonde, over zijn voorhoofd hangende, licht golvende haar. Zijn ietwat rauwe, vlezige mond en zijn sterke, brede handen had hij van zijn vader geërfd. De zachte, fijne lijnen van zijn neus en voorhoofd versterkten het kinderlijke karakter van zijn gezicht. De opvallende asymmetrie van de onderste en de bovenste gelaatshelft was bepaald intrigerend. Wat aan dit gelaat ontbrak was de voor de puberteit typische vormeloosheid van een nog maar halfvoltooide fysionomie. Het was alsof de ontwikkeling van het jongensgelaat op een gelukkig moment van de kindertijd tot stilstand was gekomen; de beeldhouwer had de hand van zijn werk genomen en tevreden tegen zichzelf gezegd: zo is het goed. Ook op zijn dertigste zou Tibor nog steeds een jongensachtige indruk maken.

Zijn hele verschijning, zijn bewegingen, zijn lachen en de manier waarop hij reageerde wanneer iemand hem aansprak of ergens voor bedankte, werden door een oorspronkelijke ritmiek en een ongedwongen, bijna ingetogen hoffelijkheid gekenmerkt. In tegenstelling tot Béla en Ernő en andere leeftijdgenoten deed hij aan het op die leeftijd gebruikelijke vuilbekken slechts met enige aarzeling mee, alsof hij eerst een zekere weerzin moest overwinnen. Als hij een schunnigheid debiteerde, leek hij dat hoofdzakelijk uit beleefdheid te doen, uit voorkomendheid jegens de anderen, die hij niet in verlegenheid wilde brengen door te zwijgen terwijl zij schuine moppen tapten.

Spreken deed Tibor slechts zelden. Uit heel zijn wezen en uit zijn blikken sprak een zekere verbazing. Als Ábel of Ernő iets zei, draaide hij zich nieuwsgierig in hun richting en luisterde vol aandacht en met grote ogen. Hij stelde altijd uiterst eenvoudige, verbaasde vragen en dankte steeds met een glimlach voor het antwoord dat ze hem gaven. Het was moeilijk te zeggen of zijn aandacht het gevolg was van onbewuste nieuwsgierigheid of van de beleefdheid die zijn hele wezen doordrong. Boeken joegen hem angst aan en als Ábel een literaire ervaring met hem wilde delen, kon hij een boek met een eigenaardige afkeer ter hand nemen, alsof het een smoezelig, grillig gevormd of onaangenaam aanvoelend voorwerp was, dat hij alleen aanraakte om zijn vriend een plezier te doen.

Hij leefde met en tussen hen, koos voor niemand partij en bewoog zich in hun aanwezigheid met het geduld van een goedige, nobele potentaat die aarzelend begrijpt en erkent dat zijn afkomst en het lot hem ertoe verplichten voortdurend beleefd te zijn tegen zijn sympathieke maar ongeduldige hovelingen. Op de een of andere manier voelde hij dat de bende zijn noodlot was, waaraan hij niet kon ontkomen; een noodlot dat, zoals elk fatum, zowel onnozel als smartelijk was. Deze jongens, van wie hij slechts was gescheiden gedurende de paar uur die hij 's nachts sliep, met wie hij was verbonden door een kracht waarvan hij de zin en het doel niet begreep – een kracht, ingewikkelder dan elke door mensen aangebrachte band –, waren eigenlijk zijn type niet. De vorm van rebellie die zij onder een onbegrijpelijke, onzichtbare en gewelddadige druk hadden gekozen, beviel hem eigenlijk niet. De wereld van de volwassenen, met haar moeilijk te doorgronden, chaotische, onverdraaglijke en ontwrichtende orde, prikkelde ook hem om weerstand te bieden, maar hij had liever voor een meer concrete, eenvoudige en feitelijke vorm van verzet gekozen. Toch sprak ook hem aan wat zijn vrienden deden en hij kon zich niet onttrekken aan de opwindende betovering van het eigenaardige, alles verwerpende protest dat hun spelletjes doordrong; een betovering waarvan de krachtbron waarschijnlijk Ábel of Ernő was. Hij had het gevoel dat eenvoudiger oplossingen meer naar zijn smaak zouden zijn geweest. Hij zou er bijvoorbeeld geen enkel bezwaar tegen hebben gehad een machinegeweer voor de kerk op te stellen en daarmee hun vrijheid te verdedigen. En had iemand voorgesteld 's nachts bij sterke wind de stad in brand te steken, dan zou hij alleen over de praktische uitvoerbaarheid van het plan hebben nagedacht.

Deze jongens, die zich totaal onverwachts en met ongelooflijke snelheid om hem hadden gegroepeerd, bevielen hem eigenlijk niet zo. Hij hield dit echter zorgvuldig geheim en zou het voor geen geld van de wereld aan iemand hebben bekend. Hij moest de bende nemen zoals die was, op leven en dood, zoals de bende hem eveneens zonder kieskeurigheid had aanvaard. De geest van zijn vader, het gefilterde, nauwelijks nog waarneembare restant van een zekere militaire denkwijze, was in hem werkzaam. Voor hem gold: een voor allen en allen voor een. En die ene was hij.

Met een mengeling van gêne en verlangen keek hij soms naar andere groepen en clubjes. Hij bewonderde de avonturen van zijn klasgenoten, die al hun ongenoegen, al hun weerzin tegen de druk van de bestaande wereldorde, moeiteloos in ruwe grappen, sportieve duels en de luidruchtige beklemtoning van het lichamelijke uitleefden. Tibor kende niets verhevener dan fysieke dapperheid, maar de bende wees dit soort prestaties, zoals elke bezigheid die een praktisch doel diende, vol weerzin van de hand.

Eigenlijk begreep hij niet waarom hij hun gezelschap zocht. Hoewel hij niet in staat was zich van hen los te maken – en dat trouwens ook niet wilde –, voelde hij zich toch enkel een gast in de bende, die ter ere van hem scheen samen te komen. Alles wat de jongens deden, vervulde hem met een bitter soort leedvermaak. Waar zal dat op uitdraaien? dacht hij soms met een misprijzende trek om zijn mond. Toch was hij niet in staat hen links te laten liggen. Hij voelde dat achter de spelletjes van de bende een wereld schuilging die hij zich ook kon herinneren; een wereld, fris en rechtvaardig en onbeschrijflijk opwindend. De bende wilde met de splinters van die wereld iets bouwen, wilde daarmee een glazen stolp onder de hemel construeren, waarbinnen ze zich beschermd wist en met een bittere grijns naar de 'nieuwe wereld' kon staren.

Hij, Tibor, was de enige die zich er niet om bekommerde wat er zou gebeuren als de stolp werd verbrijzeld en hij het leger in moest. Zou de oorlog werkelijk veel erger zijn dan de beklemmende vrees voor het eindexamen, het vernederende onderduiken en het illegale, onvrije leven dat je in deze wereld leven moest? Waarschijnlijk was de oorlog ook alleen maar een vorm van slavernij, die door de volwassenen was uitgevonden om elkaar en hun zwakkere medeschepsels te kwellen en te vernederen.

Dus bleef hij deel uitmaken van de bende – omdat hij voelde dat dit verbond hem bescherming bood tegen de enige, ondoorgrondelijke macht die de wereld regeerde: de macht der volwassenen. En ook omdat hij voelde dat er een band tussen hen was waarvan hij de sterkte niet kende. Zij, die zich door niemand lieten commanderen en in een staat van opstandigheid jegens elke macht verkeerden, kwamen als makke schapen naar hem toe en legden hun lot in zijn hand. Waarschijnlijk was het gevoel dat hij in hun bijzijn had een mengeling van medelijden, toegeeflijkheid en welwillendheid. Ze eisten maar weinig van hem en leden verschrikkelijk als hij hun dat weinige – een glimlach, een handbeweging of enkel zijn aanwezigheid – onthield.

De kamer in hotel Boschlust en de daar samen doorgebrachte maanden oefenden op Ábel slechts een tijdelijke, en dan nog geringe, nauwelijks waarneembare aantrekkingskracht uit. Wat de jongens – bijna onmerkbaar – met elkaar verbond, waren geen positieve ervaringen, maar juist datgene wat zij verafschuwden. Dit gold vooral voor hem en Tibor, en slechts in mindere mate voor de andere helft van de bende. Het milieu waaruit zij afkomstig waren, de soms opvallende overeenkomsten tussen hun herinneringen en leefwijze en de gelijksoortige opvoeding die ze hadden ontvangen, maakten dat ze elkaars wrok beter aanvoelden dan die van de anderen. Er was iets tussen hen dat voor hun gevoel alleen van hen beiden was, misschien het feit dat ze als kind slaag hadden gekregen als hun tafelmanieren te wensen overlieten, of de manier waarop ze plachten te groeten of op een groet te reageren. Ábel was tenger gebouwd en had zomersproeten en rood haar, maar lichamelijk leek hij meer op Tibor dan op de anderen, vooral wat zijn handen betreft. Hij had iets wat de andere twee bendeleden ontbrak, misschien wel datgene wat Ernő bedoelde als hij zei dat rijkdom geen geld is maar iets anders.

De gewetenswroeging over het feit dat ze ten opzichte van de andere twee, die misschien directer in het leven stonden, iets speciaals hadden – een onbeduidende voorsprong, die in het leven echter nooit meer in te halen was –, leidde ertoe dat ze binnen de bende samenzweerders hun eigen samenzwering hadden.

Kolonel Prockauer had gedurende zijn militaire loopbaan in tal van deprimerende garnizoensseden gewoond, zodat Tibor van zijn kinderjaren hoofdzakelijk troosteloze herinneringen aan kazernes en provincieplaatsen had overgehouden. De eenarmige Lajos, die in veel opzichten op zijn vader leek, had een genotzuchtig, gulzig en gewelddadig karakter. Tibor vroeg zich soms verwonderd af of de eenarmige, die op de binnenplaatsen van kazernes en onder de militaristische terreur van zijn vader evenmin een vrije kindertijd had gehad als hijzelf, door hetzelfde verlangen tot de bende was gedreven als hij: door heimwee naar die voor altijd verloren 'oude wereld' en de daarmee gepaard gaande dwang om tegen de nieuwe wereld in opstand te komen. Verwonderd zag hij dat Lajos, die met hersenletsel en een afgezette arm uit de wereld der volwassenen was teruggekeerd, waar de oorlog hem enkele maanden geleden vanuit hun gemeenschappelijke kamer en de schoolbanken naartoe had gesleurd, zich vrijwillig aansloot bij hem en zijn vrienden, die zuchtten onder de tirannie der volwassenen. Toen Lajos toenadering zocht tot de bende, was er in zijn gedrag een mengeling van nervositeit en onderdanigheid bespeurbaar, die later echter zonder merkbare aanleiding door woede-uitbarstingen werd afgewisseld.

Lajos wilde hun zorgen delen, rookte eveneens stiekem, zwierf 's nachts met hen door ongure straten en sloot zich bij hen aan als ze met kloppend hart een verlaten kroeg in een buitenwijk inslopen. Hij, die alles mocht wat de anderen door hun ouders was verboden – normen die werden gehandhaafd door een ingewikkeld leger van controleurs, waarin de kennissen van hun ouders een even onsympathieke en gevaarlijke rol speelden als hun leraren of de militaire patrouilles –, aanvaardde, door zich bij jongeren aan te sluiten, nederig het lot waarvan hij eigenlijk al was bevrijd.

Sinds de eenarmige van het front was teruggekeerd, scheen hij door een onbevredigd verlangen te worden gekweld, waarover hij zich echter nooit gedetailleerd uitliet. Ernő lichtte de bende erover in dat de eenarmige dikwijls zijn vader, de schoenmaker, bezocht. Soms zaten ze urenlang met elkaar te smoezen. Toen ze Lajos vroegen waarom hij dat deed, gaf hij stotterend een ontwijkend antwoord en maakte zich uit de voeten. De bende sloeg zijn desertie naar het kamp der volwassenen, die regelmatig werd herhaald, met argwaan gade. Lajos pendelde rusteloos tussen de twee werelden waarin hij zich bewoog. Het was alsof hij iets zocht, het antwoord op een vraag, iets dat hij had verloren en nergens terug kon vinden.

Béla zei dat hij zijn afgezette arm zocht.

Toen de jongens die dwaze verklaring hoorden, begonnen ze te joelen, zodat Béla beschaamd zweeg. Het was onmogelijk dat hij zijn arm zocht omdat hij immers wist waar die was. Eerst was die in een emmer beland en daarna in een kuil met ongebluste kalk. 'Naar zo'n kleinigheid zoek je niet zo koortsachtig,' zei Ernő laatdunkend.

Ábel meende dat Lajos op zoek was naar zijn plaats in de wereld. 'Hij kan maar niet geloven dat alles waarnaar hij zo verlangde – de vrijheid en de privileges van de volwassenen – minder waard is dan ons bondgenootschap. Hij zoekt iets wat hij vroeger misschien niet heeft kunnen vinden en in de wereld der volwassenen nooit zal krijgen.'

Als ze het over de volwassenen hadden, gebruikten ze meestal alleen het woord 'zij'. Nadere aanduidingen waren overbodig, iedereen wist wie daarmee werden bedoeld. De jongens bespioneerden de volwassenen voortdurend en ze wisselden de over hen verkregen informatie regelmatig uit. Ook bespraken ze te verwachten ontwikkelingen. Als meneer Zádor, de secretaris van de bisschop, die eeuwig en altijd een hoge hoed droeg, op straat struikelde en languit in een plas terechtkwam, was dat een even belangrijke overwinning voor hen als wanneer ze hoorden dat rechter Kikinday kiespijn had en al dagenlang niet kon slapen. De jongens waren niet kieskeurig bij het uitzoeken van hun tegenstanders en schonken niet snel vergiffenis. Ze waren het erover eens dat in de oorlog alles geoorloofd is om de vijand te vernietigen. Dat ze in een heel bijzondere oorlog waren verwikkeld, die niets te maken had met de oorlog der volwassenen, stond voor alle leden van de bende vast.

Lajos was hun spion. Hij verkeerde regelmatig in het vijandelijke kamp en bracht getrouw verslag uit over zijn ervaringen. Slechts zelden deed zich de gelegenheid voor om een effectieve aanval te doen. De vijand was geharnast, wantrouwend en meedogenloos. Hij had zijn reusachtige klauwen al naar hen uitgestoken en zou hen waarschijnlijk weldra te pakken krijgen.

Hoewel de acteur door het raam naar binnen was gekropen, behoorde hij ontegenzeggelijk tot het vijandelijke leger. Hij was volwassen en had een dikke buik en een gladgeschoren, blauwachtig glanzende kin. Bovendien droeg hij een horlogeketting, extravagante kleren en een pruik. Lajos had hem na langdurige onderhandelingen aan hen voorgesteld en ze hadden hem ontvangen met het wantrouwen waarmee men een tegenstander ontmoet.

Binnen een uur had de man gevraagd of ze hem wilden tutoyeren. Terwijl zij hem wantrouwend gadesloegen, ijsbeerde hij onafgebroken babbelend en docerend door de kamer, slechts af en toe op een stoel neerzijgend. Hij had veel te vertellen. Terwijl hij gretig de hem aangeboden sigaretten accepteerde, vertelde hij verhalen over verre steden, en ondeugende moppen. Ook gaf hij een nauwkeurig relaas van het leven in de schouwburg, waarbij hij niet zuinig was met pikante details uit het leven van bepaalde actrices, en veel namen en exacte gegevens noemde. Deze gegevens waren van onschatbare waarde omdat ze de jongens een blik gunden in de kaarten van de tegenstander.

De acteur was in alle opzichten verdacht. Hij gebruikte woorden als 'zee', 'Barcelona', 'tussendek', 'Berlijn', 'metro' en 'driehonderd frank'. Op een gegeven moment zei hij: 'En toen kwam de kapitein naar beneden en sprongen de negers in het water.' Dit alles maakte de jongens uiterst wantrouwend. Even later zei hij: 'Ik had toen al drie nachten niet geslapen, mijn bagage was in Jeumont achtergebleven en ik viel tegen wil en dank in slaap. Opeens stopte de trein. Ik keek op en zag Köln staan. Zo, dacht ik, zijn we helemaal in Keulen? Maakt niet uit, ik verzin wel wat.'

Hoewel ze urenlang naar deze verhalen hadden kunnen luisteren, groeide hun verdenking dat ze niet helemaal in overeenstemming met de werkelijkheid waren, althans niet met de werkelijkheid van de acteur. De levenservaring die ze op die leeftijd hadden opgedaan protesteerde tegen de veronderstelling dat wie dan ook van de volwassenen – van 'hen' – geloofwaardig was. Ze hadden aan den lijve ondervonden dat de tegenpartij alleen bereid was hun te woord te staan als hij iets van hen gedaan wilde krijgen of iets met hen van plan was: als hij hen wilde tuchtigen of ergens toe dwingen. Het was moeilijk te geloven dat de acteur, wie het tenslotte, als elke volwassene, vrijstond voor het open raam van het café te zitten, met een langstelige pijp en een hoge hoed door de Hoofdstraat te flaneren of de gunsten van koorzangeresjes en primadonna's te genieten, belangeloos partij voor hen koos en zonder enige bijgedachte urenlang met hen discussieerde.

Dat ze in het hotel over een eigen kamer beschikten, verzwegen ze voor de acteur, die ook bij hun volgende bijeenkomsten bereidwillig door het raam klom omdat ze elkaar niet openlijk op straat konden ontmoeten. Als ze samen met hem door de stad zouden hebben gewandeld, had dat het misnoegen van hun leraren en verwanten gewekt. De acteur wist dit en paste zich inschikkelijk aan de omstandigheden aan. Hij deed tactvol met het verstoppertje-spelen mee.

De acteur maakte geen onderscheid tussen de jongens en gedroeg zich tegenover ieder van hen even vriendelijk. Als hij zijn amusante verhalen vertelde, deed hij dat ernstig en met gefronste wenkbrauwen. Als je hem hoorde praten, leek het wel alsof het leven overal ter wereld uit een reeks tragisch aanvangende maar ten slotte goed eindigende, buitengewoon boeiende gebeurtenissen bestond. De acteur drukte zich vaak eigenaardig uit. Als hij het bijvoorbeeld over negers had, zei hij 'nikkertjes'. Op een keer zei hij: 'Dat torentje van Pisa is niet eens zo erg scheef.' Hij gebruikte opvallend veel verkleinvormen. In zijn mond, die onafgebroken met een hete aardappel scheen te zijn gevuld, werd het heelal een universumpje. De jongens konden daar maar moeilijk aan wennen.

Ze konden er ook moeilijk aan wennen dat hij überhaupt bereid was met hen om te gaan. Hoe vaak ze zich ook het hoofd braken over zijn geheim, over de zwakheid waardoor hij daartoe bereid was, ze kwamen er niet achter. Hij zat altijd midden in de kamer op een stoel, onberispelijk geschoren, in ruitkostuum, met een pruik die met Arabische gom op zijn schedel leek te zijn geplakt en een paarse pochet van zijde in zijn borstzakje. Als hij met zijn zachte stem, die klonk alsof hij aan het gorgelen was, over de wereld sprak, legde hij de in een lakschoen gehulde voet van zijn rechterbeen op de knie van zijn linkerbeen en liet hij zijn fonkelende, ietwat bijziende oogjes als een snelvliegend insect over zijn gehoor dwalen. Uit de keuze van zijn onderwerpen bleek duidelijk dat hij alleen in exotische zaken was geïnteresseerd.

Op een dag zei Ábel: 'Hebben jullie gezien hoe droevig hij voor zich uit staart als hij een sterk verhaal heeft verteld?'

En inderdaad, op zo'n moment verslapte de huid van zijn gladde, enigszins grauwe gezicht en scheen zijn neus langer te worden, wat een droevige indruk maakte. Zijn dikke, vlezige onderlip krulde zich pruilend, zijn ogen verdwenen achter zijn halfgesloten oogleden en zijn vlugge, bleke, mollige handen vielen krachteloos in zijn schoot. Zo zat hij dan roerloos en altijd midden in de kamer, want daar zorgde hij voor. Als er op die plaats een tafel stond, schoof hij die opzij om plaats te maken voor zijn stoel, zodat hij zich in het geometrische midden van zijn gehoor bevond.

Het was ook moeilijk om aan de geuren te wennen die om hem hingen. Of aan het feit dat hij bijna onafgebroken op pepermuntjes zoog. Soms, als hij een slechte dag had gehad, geurde hij bijna onverdraaglijk. Doorgaans gebruikte hij een parfum dat naar kaneel rook, maar als hij gedeprimeerd was besproeide hij zich overdadig met verschillende reukmiddelen, zoals muskus, sering, Chypre en rozenolie, waarna hij zich liet bedwelmen door de geurige wolken die uit zijn kleren opstegen en zo nu en dan zijn halsdoek, die extra sterk geurde, naar zijn neus bracht om eraan te ruiken.

Zijn grote, zware, droevige lichaam had een eigenaardige inwendige elasticiteit. Als hij opstond, draaide hij eenmaal om zijn as, alsof hij aan een pirouette wilde beginnen, en bij het maken van een buiging ging hij op zijn tenen staan, bracht zijn vingertoppen naar zijn lippen en liet zijn hand met veel elan een wijde boog beschrijven. Onmiddellijk daarna placht hij te zeggen: 'Zo groeten slechte acteurs altijd...', waarna hij droevig voor zich uit keek, alsof hij er ook niets aan kon doen.

Hij legde al zijn bewegingen uit. Als hij goed op dreef was, kon hij urenlang uiteenzetten waarom hij dit of dat deed en wat hij verafschuwde. 'Ik vind dat walgelijk,' zei hij. En: 'Ik vind dat goddelijk.' Een middenweg was er voor hem niet, maar als hij deze twee zinnetjes vaak had herhaald, zweeg hij even en zei dan: 'Wat primitief! En wat hysterisch! Walgelijk! Goddelijk! Zo praten alleen vrouwen en komedianten.'

Van vrouwen en komedianten had hij een zeer lage dunk.

Als hij over deze twee mensensoorten sprak, gebruikte hij graag de meest geringschattende termen. Zodra zijn collega's ter sprake kwamen, nam zijn gezicht zo'n smartelijke of woedende uitdrukking aan dat het geheel vertrokken was. Op klaaglijke, bijna huilerige toon sprak hij over de repetities, die hem van zijn vrije ochtenden beroofden. Vaak sprong hij na zo'n jeremiade plotseling overeind en riep: 'Wat zeur ik eigenlijk? Ik ben per slot van rekening maar een flutacteurtje.' Hij suggereerde met deze opmerking echter ook dat hij enkel *per slot van rekening* een flutacteurtje was.

Ruim een week na hun kennismaking nodigde hij de jongens in zijn woning uit.

Hij woonde in een huurkamer op de eerste verdieping van een huizenblok in een brede zijstraat. De ramen van de kamer keken op een grote, vervuilde binnenplaats uit. Alle meubels in de kamer waren tegen de muur geplaatst, waardoor het vertrek veel groter leek dan het in werkelijkheid was en bijna een zaal scheen. In het midden van de kamer lag een breed tapijt op de vloer, en wie binnenkwam, zag zichzelf meteen in de grote staande spiegel, die tussen de twee vensters was opgesteld.

De kamerverhuurster was een weduwe, een jonge oorlogsweduwe, die met haar kind moeizaam de slechte economische tijd probeerde door te komen. Als ze naar de markt ging, leerde de acteur haar dochtertje, dat aan Engelse ziekte leed, allerlei balletpassen.

'Er zijn op deze wereld mensen,' zei hij, 'die de kost verdienen door handel te drijven in kinderen die tot hun middel behaard zijn of twee hoofden hebben. Ik heb wel eens zo iemand ontmoet. Die vent wist ergens een tot haar middel behaard meisje te wonen, dat hij van haar moeder wilde kopen, maar die was nog niet bereid haar af te staan. Ook had hij zijn oog laten vallen op een jongen met drie handen. Hij hield die kinderen in de gaten. Af en toe reisde hij naar hun woonplaats om te zien hoe ze zich ontwikkelden. Ook correspondeerde hij met de ouders. Toen ze eindelijk zijn eigendom waren geworden, heeft hij ze aan een panopticum verkocht. Hopen geld heeft hij ermee verdiend.'

Toen de bende de acteur voor de eerste keer bezocht, waren alle jongens duidelijk nerveus. Hun verwachtingen waren zo overspannen dat ze absoluut niet verbaasd zouden zijn geweest als ze voor zijn bed een paar levende zeehonden hadden aangetroffen. De acteur ontving hen in een zwart kostuum en met een bloem in zijn knoopsgat. Toen hij de jongens zag, liep hij hen met niet te evenaren beleefdheid tegemoet en bood hun een zitplaats aan met de onbevangenheid van een man van de wereld. De een belandde op bed, de ander naast de wasbak, een derde op de vensterbank. De acteur gedroeg zich als een markgraaf die audiëntie houdt. Voor zichzelf schoof hij, zoals altijd, een stoel naar het midden van de kamer, vanwaar hij in alle richtingen glimlachjes en minzame vragen naar zijn gehoor verzond.

Het viel niet te ontkennen dat de acteur zijn vak verstond.

Hoewel hij de jongens niets te eten of te drinken aanbood, wist hij vanaf de eerste minuut van hun aanwezigheid de stemming en de sfeer van een mondaine soiree op te roepen. Hij koutte over gebeurtenissen in verre steden, wees tegenwerpingen met een beminnelijke glimlach van de hand, prees Tibors lichaamshouding, Ábels oplettende ogen en Ernő's vakkennis. In welk vak Ernő zo uitblonk, liet hij overigens in het midden. Béla bood hij een geparfumeerde halsdoek aan.

De eenarmige ijsbeerde met een verrukte en zelfgenoegzame glimlach door de kamer. De toneelspeler, die door hem met de bende in contact was gebracht, incasseerde die middag de beloning voor zijn charmeoffensief. Geleidelijk verminderde de waakzaamheid van de jongens. Tegen het eind van dat eerste bezoek waren er ogenblikken waarop ze bijna een toon bezigden alsof ze onder elkaar waren.

Ze moesten wachten tot de schemering viel om zonder opzien te baren het huis te kunnen verlaten. De jongens vertrokken een voor een. Ábel was de laatste die afscheid nam. De acteur begeleidde zijn gasten naar de deur en maakte voor hun vertrek een diepe buiging. Toen hij alleen met Ábel was achtergebleven, ging hij voor het raam staan en bekommerde zich niet meer om hem. Ábel kon hem alleen en profil zien. Het was alsof het gezicht van de acteur heel langzaam in elkaar zakte. Eerst verdwenen zijn glimlach en zijn gespannen oplettendheid, daarna doofde zijn enigszins naïeve, bijziende blik en ten slotte verslapten zijn lippen. Hij keek zwijgend naar de schemerige straat en trommelde met zijn vingertoppen op het raam.

Ábel keek roerloos toe. De uiterlijke verandering van de acteur intrigeerde hem. Hij wachtte op het moment dat de man iets tegen hem zou zeggen.

Alsof het hem moeite kostte, wendde de acteur zich pas na lange tijd met een vermoeide, ongecoördineerde beweging naar hem toe.

'Ben je nog steeds hier,' zei hij ernstig en somber. 'Waar wacht je op, beste jongen?'

Hij stond roerloos en dekte met zijn brede rug het hele venster af. Ábel wachtte nog heel even en liep toen met beklemd gemoed naar de deur. Snel verliet hij de kamer. In het trappenhuis bleef hij nog even staan om achterom te kijken. Hij werd door niemand gevolgd.

Die nacht galmde de stem van de toneelspeler door zijn hoofd en vergezelde hem in zijn dromen.

Ze moesten absoluut te weten komen wat de acteur van hen wilde. Hun fijn gehoor zei hun dat de klank van zijn stem oprecht was. Hoewel alle tekenen erop duidden dat hij tot de tegenpartij behoorde, had hij geen enkele fout gemaakt en niets verkeerds gezegd. Hij was noch neerbuigend noch te onbevangen en ook niet te ongedwongen geweest. Als hij hen benaderde, was het duidelijk merkbaar dat hij de lange, kronkelige weg tussen de wereld van de volwassenen en die van de jongens moeiteloos aflegde. Het gehoor van de leden van de bende was zo verfijnd dat hun geen enkele valse toon ontging. Overdreven vriendelijkheid, oprechtheid of vertrouwelijkheid was voor hen even verdacht als geveinsde ongedwongenheid. Als de acteur hen had willen beduvelen, zou hij in hun aanwezigheid met halve noten en kwartnoten hebben moeten werken, met subtiliteiten die hij onmogelijk lang kon volhouden. Ze wisten dat volwassenen onderling niet eerlijk zijn en elkaar niet vertrouwen. De acteur bracht zijn dagen tussen volwassenen door, vooral gedurende de repetities en in de cafés, waar hij de lijntrekkers van de stad placht te ontmoeten. Een van zijn beste relaties was de kleine, uiterst elegant geklede redacteur, die de mensen altijd plechtig groette. Andere goede kennissen van hem waren de souffleur van het toneelgezelschap, die hij 'in het buitenland' had leren kennen, zoals hij nogal vaag opmerkte – de man fungeerde voor hem als secretaris, brievenbesteller en vertrouweling bij zijn ingewikkelde financiële transacties – en de corpulente meneer Havas, de pandjesbaas.

'Havas heeft het geld,' zei hij met een nerveus gebaar toen Ábel naar zijn relatie met de bankdirecteur begon te informeren. 'En niet alleen het geld, ook de beleende goederen. Misschien weten jullie nog niet dat je altijd goede maatjes met de pandjesbaas moet zijn. Als ik in een vreemde stad aankom, probeer ik voor alles vriendschap met de redacteur van het plaatselijke dagblad en met de pandjesbaas te sluiten. Zij helpen me aan iets wat ik op eigen kracht nooit zou kunnen bereiken: onsterfelijkheid en de mogelijkheid om te overleven. Een mens kan alleen onsterfelijk zijn als hij weet te overleven.' Daartegen viel moeilijk wat in te brengen.

Elke keer dat hij bij hen op bezoek kwam of zij hem opzochten wanneer ze niet de stad uitgingen, moest de acteur de reusachtige afstand tussen hen en de grotemensenwereld afleggen. Het geheim van hotel Boschlust hielden ze tot op het laatst voor hem verborgen.

Al zijn stembuigingen wogen ze op een goudschaaltje, maar de acteur was tot iets in staat wat de andere volwassenen absoluut niet konden. Het was onduidelijk of dit een aangeboren vermogen van hem was of een subtiele vaardigheid die hij zich na zijn geboorte had eigen gemaakt. Hij kon met hen spreken als geen enkele andere volwassene. Die anderen maakten de fout dat ze de jongens altijd als volwassenen toespraken, terwijl de acteur nooit een dergelijke grove fout maakte. Hij bouwde geen kunstmatige brug en bejegende hen ook niet minzaam. Hij sprak als iemand die zich eindelijk thuis voelt en in zijn kamerjas op zijn gemak een kop thee zit te slurpen. Hij gebruikte hun speciale woorden, hun geheimtaal, die hij eigenlijk niet eens hoefde te leren. Met zijn dromerige blik kwam hij hen zitten, liet zijn ogen nerveus over de bende dwalen en zei: 'Jullie zijn toch een stuk jonger dan ik. Eigenaardig eigenlijk dat jullie jonger zijn dan ik aanvankelijk dacht. Zelf was ik veel ouder toen ik tegen de achttien liep. Pas later ben ik wat jaartjes kwijtgeraakt.'

Hij was geen reus die op de grond ging zitten om kleiner te lijken en de dwergen niet bang te maken als ze met hem speelden. Hij was een ontaarde dwerg met een reuzenlichaam en een pruik, die de volwassenen voor hun amusement gebruikten, waarna hij 's avonds vermoeid en teleurgesteld naar zijn mededwergen terugkeerde.

Af en toe loodste hij hen heimelijk de schouwburg in en zei dat ze in de acteursloge op het tweede balkon moesten gaan zitten, wat ze met beklemd gemoed deden. Vervolgens begon hij voor hen te acteren. Met gebaren die alleen zij begrepen zinspeelde hij knipogend en met allerlei geestige opmerkingen op een medeplichtigheid waarvan zij alleen de achtergronden kenden. Amadé speelde onder dezelfde dwang als zij, de werkelijkheid achter de smartelijke grimassen van een personage of masker vervormend. Het spel was voor hem minstens zo belangrijk als voor de leden van de bende. Het is best mogelijk dat hij zich alleen werkelijk voelde leven als hij acteerde, zoals ook zij hun voor de buitenwereld verborgen bestaan als een diepere werkelijkheid ervoeren dan hun echte leven.

Vriendschap

Ábel sloot zich in die tijd steeds meer bij Tibor aan. De pasja aanvaardde deze toenadering met zachtmoedige onverschilligheid en welwillend geduld. Hij vond Ábel nogal vermoeiend, maar wist niet hoe hij aan zijn aanhankelijkheid moest ontkomen.

Elke morgen wachtte Ábel op hem voor het huis van de kolonel. Hij floot het wijsje dat als herkenningsteken diende, waarna ze samen langs de rivier naar het gymnasium liepen. Tibor at een keer per week tussen de middag bij Ábel. Tante Etelka trachtte de vriendschap tussen de jongens zoveel mogelijk te bevorderen, want in haar ogen paste de zachtmoedige, gesloten Tibor goed bij de persoonlijkheid waarvoor zij Ábel hield, althans graag wilde houden.

Tibor was de enige van Ábels vrienden op wie tante Etelka niet jaloers was. De bezoeken van de voltallige bende accepteerde ze met een opvallende koelheid. Ze bediende de jongens met nerveuze nieuwsgierigheid, hield ze voortdurend in het oog en probeerde hun onbegrijpelijke uitdrukkingen in haar eigen idioom om te zetten. Machteloos sloeg ze Ábel gade, die ze door een onbekende oorzaak voorgoed kwijt was geraakt, en 's nachts, als hij lag te slapen, waagde ze zich niet meer in zijn kamer om hem een kus te geven, zoals ze een jaar eerder nog wel had gedaan. Op haar tenen sloop ze naar zijn deur om naar de ademhaling van de slapende jongen te luisteren, en terwijl ze daar zo stond, schoten haar ogen vol tranen. Iemand had haar de zin van haar leven ontstolen, maar wie dat gedaan had en wanneer, wist ze niet. Geluidloos keerde ze terug naar haar kamer, waar ze de hele nacht met bonzend hart en radeloos tobbend wakker lag.

Ábel was niet te beroerd om zijn tante een plezier te doen

en maskeerde zijn onverschilligheid en rebellie met vriendelijke gebaren. Etelka wantrouwde zijn vriendelijkheid echter en vermoedde dat Ábel slechts veinsde dat hij haar graag mocht.

'Die Ernő vind ik geen prettige jongen,' zei ze op een keer onverwachts. 'Hij voert iets in zijn schild, dat zul je nog wel merken. Zijn vader is ook geschift, die heeft een schoenspijker in zijn hersens. En ook dat lachje van Lajos staat me niet aan. Ik weet het, we mogen hem niet te hard vallen want hij heeft veel geleden, maar als hij soms zonder reden naar me grijnst, lopen de rillingen over mijn rug. Wees voorzichtig, lieveling, denk aan je vader. Je vader doorziet altijd alles onmiddellijk en weet overal de oorzaak van. Hij zou dat joch van de schoenmaker maar even hoeven aan te kijken om te weten wat voor vlees hij in de kuip heeft. Hij zou ook kunnen zeggen waarom die zoon van Prockauer zo vaak grijnst. Overigens bevalt die Béla me ook helemaal niet. Hij ziet eruit alsof hij de hele nacht God weet wat uithaalt, zo gerimpeld is zijn gezicht. Hij ziet geel als perkament en zit onder de puisten. Het zijn wandelende doodskisten, die vrienden van jou. Wees niet eigenwijs, lieverd, en luister naar je tante. Weet je trouwens waar je vaders viool is? Ik kan dat ding al dagenlang nergens vinden. Als hij straks thuiskomt, is dat het eerste waar hij naar vraagt.'

Ábel kon moeilijk tegen zijn tante zeggen dat de viool al weken tussen de gestolen goederen in hotel Boschlust lag. Béla, die geen noot kon spelen maar wel met veel talent beroemde musici imiteerde – musici die hij overigens nog nooit had zien spelen – vermaakte hen met behulp van de viool van de dokter door te doen alsof hij echt musiceerde. Als hij hierbij met de strijkstok de snaren aanraakte, moest hij een boete betalen.

'En dan hebben we ook nog je vriend Tibor,' vervolgde tante Etelka. 'Weet je wat mij aan hem bevalt? De manier waarop hij kijkt. Heb je gemerkt dat hij soms bloost? Als ik iets tegen hem zeg, slaat hij zijn ogen op en wordt rood. Hij gedraagt zich trouwens bijzonder netjes. Zijn vader heeft hem kennelijk streng opgevoed.' Ze vond Tibor zo sympathiek dat ze zelfs bereid was Ábel met hem te delen, maar ze durfde zichzelf niet te bekennen dat het daarvoor al te laat was, want de Ábel die eens de hare was geweest, bestond niet meer.

Het huis leek in die tijd groter en leger dan gewoonlijk. Ook de stad wekte de indruk praktisch onbevolkt te zijn nu de mannen afwezig waren. Het leven had voor Etelka bijna elke zin verloren. Ábel sloeg zijn ogen neer als ze het woord tot hem richtte. Verscheidene malen merkte hij dat hij noodgedwongen, eigenlijk alleen uit consideratie, tegen haar loog. Hij loog omdat hij zijn tante niet met de waarheid wilde kwetsen. En zij, die geen vragen durfde te stellen als ze zijn leugens hoorde, haastte zich te geloven wat de jongen zei.

Langzaam vervaagde de geur van Ábels kinderjaren, die nog altijd in zijn kamer hing. Zowel Etelka als hij volgden snuffelend het oude spoor. Ze waren op zoek naar het vroegere leven, naar de innige glans van hun blikken en de tederheid van hun gebaren, waar niets van overgebleven leek. Ten slotte gaf Etelka zich gewonnen. Alsof ze inzag dat haar leven één grote vergissing was geweest, verviel ze steeds vaker tot een kalme onverschilligheid. Op de een of andere manier was de jongen haar ontglipt, zoals ze ook zijn vader niet had kunnen vasthouden.

Ábel draaide met een slecht geweten om Tibor heen. Sinds de acteur zijn entree in hun leven had gemaakt, was hun relatie vertroebeld, wat tot veel spanningen en ergernis had geleid. Soms werd hij door zo'n nerveuze jaloezie bevangen dat hij 's middags of 's avonds heimelijk de dokterswoning verliet om naar Tibors huis te hollen en zich ervan te vergewissen dat hij thuis was. Ook ging hij soms na afloop van de voorstelling voor het huis van de acteur op de uitkijk staan, zodat hij diens thuiskomst kon gadeslaan. Als de acteur dan na vele uren verscheen, sloop hij beschaamd en opgelucht weer naar huis.

Ten slotte trachtte hij Tibor los te weken van de bende, zodat hij hem voor zich alleen zou hebben. Dit was een nogal lastige onderneming omdat Tibor zich in zijn aanwezigheid verveelde. Ábel trachtte hem koortsachtig allerlei pleziertjes te doen. Hij legde de kostbaarheden uit de dokterswoning aan zijn voeten, gaf hem voortdurend cadeautjes, maakte zijn opstellen en liet zijn tante extra lekker koken als Tibor bij hen te gast was. Verder speelde hij piano voor hem en het liefst had hij om zijn vriend te imponeren ook hoogspringen, boksen en turnen geleerd. Onder tactvolle voorwendsels deelde hij ook zijn geld met hem, en toen Tibor later, op aandringen van de bende, een niet te overtreffen huzarenstukje uithaalde door het familiezilver van de Prockauers te verpanden, was hij degene die zijn vriend tijdens die gevaarlijk operatie begeleidde. De reden daarvan was niet geheel duidelijk, misschien wilde hij ooggetuige zijn van Tibors zondeval en op die manier macht over hem verkrijgen. Het kan ook zijn dat hij de medeplichtige van Tibor wilde worden en samen met hem wilde lijden als zijn vriend de consequenties van deze euveldaad zou moeten incasseren.

Tibor liet weliswaar blijken dat hij zich in zijn gezelschap verveelde, maar hij deed dat op een verfijnde en beleefde manier. Ábel merkte wanhopig dat zijn vriend alleen om hem een plezier te doen trachtte te converseren, en dat hij tegen zijn gewoonte ook boeken ter hand nam, waarvan hij zich de inhoud door Ábel liet uitleggen. Op Ábels bureau lag *Het duel* van Aleksandr Koeprin. 'Zeker een saai en onbegrijpelijk boek?' vroeg Tibor. Ábel, die meteen aan een enthousiaste uitleg wilde beginnen, hield nog net op tijd zijn mond en sloeg zijn ogen neer. 'Inderdaad, onbegrijpelijk en saai,' zei hij, waarna hij een tijdje schuldbewust voor zich uit staarde.

Wat deed het er ook toe dat hij ten gerieve van Tibor de grote geesten van de literatuur verloochende? Op de boekenplank lag een gebundelde jaargang van het humoristische tijdschrift *Fidibusz*, die Tibor gretig ter hand nam. Gekweld bladerde Ábel met hem de ene na de andere pagina vol platvloersheden door. Tibor leverde behoedzaam commentaar op de grappen, waarbij Ábel het onaangename gevoel had dat hij voorgaf van allerlei zaken op de hoogte te zijn die hij in werkelijkheid slechts van horen zeggen kende. In al zijn overvloed had Ábel niets om aan zijn vriend te geven. Als hij niet bij hem was, beving hem een kwellend gevoel van verwarring en radeloosheid. Hij deed zijn uiterste best, bereidde zich grondig voor op hun ontmoetingen, bedacht elke keer iets verrassends en probeerde zo boeiend mogelijk over te komen, maar ondanks al zijn inspanningen gaapte Tibor discreet achter zijn hand.

In zijn wanhoop voelde hij zich een armzalig scharminkel

dat Tibors gezelschap niet waardig was. Regelmatig onderzocht hij zich voor de spiegel. Zijn rossige haar, bijziende ogen, met zomersproeten bezaaide gezicht, tengere lichaam en kromme rug moesten een onaangename indruk maken op Tibor, die er juist fris en jongensachtig uitzag en flink uit de kluiten gewassen was. Zijn blik, die van zachtmoedige hoogmoed en zelfbewustheid getuigde, versterkte deze indruk nog.

En toch is hij mijn vriend, dacht hij, en bij die gedachte ging er een golf van ontroering door hem heen.

Zo vaak als hij daartoe de kans zag, lokte hij Tibor naar zijn ouderlijk huis, naar de 'oude wereld'. Hij keek geïnteresseerd om zich heen, monsterde alle schatten van de binnenplaats, de tuin en de schuur, ja het hele rijk van zijn kinderjaren, en riep de wereld der oude verhalen en kinderspelen opnieuw op – al die dierbare zaken waarmee hij zich in de 'broeikas' had vermaakt. Tibor volgde hem hoffelijk maar met een lichte verveling op deze tocht door het verleden. Toen ze op het onderwerp 'meisjes' kwamen, voelde Ábel dat ze er allebei maar wat op los logen. Terwijl ze elkaar met verzonnen avonturen en obsceniteiten probeerden te overtroeven, durfden ze uit gêne zelfs geen blik te wisselen. Ze beweerden ieder verscheidene minnaressen te hebben gehad, zonder uitzondering opmerkelijke en exotische vrouwen, met wie ze in het geheim nog steeds betrekkingen onderhielden.

Ze zaten in de tuin toen Ábel midden in het relaas van zo'n avontuur stokte. 'Ik lieg,' zei hij, waarna hij snel opstond.

Tibor verbleekte en verhief zich ook van zijn stoel.

'Wat zeg je?'

'Elk woord dat ik je over die meisjes heb verteld was gelogen. Er is niets van waar. En jij liegt ook! Geef toe dat je gelogen hebt. Dat is toch zo, Tibor?'

Beide jongens beefden. Ábel nam Tibors hand.

'Ja, het is waar,' zei Tibor met tegenzin, en hij trok zijn hand terug.

Ábel deelde ook de herinneringen aan zijn vader met Tibor. In die tijd was zijn vader al niet veel meer voor hem dan een reeks herinneringen, een schimmig wezen, een begrip van dezelfde orde als 'God' of 'de dood'. Daarmee belandde hij op het enige terrein waarop Tibor hem met kennelijk enthousiasme en gemak kon volgen. Ze wisselden hun herinneringen uit, bijvoorbeeld aan de eerste keer dat ze door hun vader waren gestraft, en aan allerlei andere gebeurtenissen in hun jeugd, die inmiddels een mythische betekenis hadden gekregen en nog steeds hun denken beïnvloedden. Tibor vertelde hoe geschokt hij was geweest toen hij in de la van zijn vaders nachtkastje een visblaas had gevonden, en bijna stamelend en met zichtbare emotie schilderde hij de wanhoop die hij had gevoeld toen zijn vader voor de eerste keer een belofte aan hem en zijn broer niet was nagekomen en dit met een leugentje had geprobeerd te verhullen. Na deze teleurstellende ervaring waren ze van huis weggelopen en hadden ze zich in hun wanhoop een hele dag lang in de stal van de kazerne schuilgehouden met het vaste voornemen daar een eind aan hun leven te maken.

Ja, over hun vaders hadden de twee jongens elkaar heel wat te vertellen. Ze waren de bron van alle kwaad, gedroegen zich onoprecht, gaven ontwijkende antwoorden en verzwegen hun problemen. Het hemelgewelf waarin zij troonden was verduisterd en de slagregen van de teleurstelling kletste op de jongens neer. Misschien konden ze ooit vrede met hun verwekkers sluiten door een soort overeenkomst met hen aan te gaan.

'Dat lijkt me heel onwaarschijnlijk,' zei Tibor, wie een rilling over de rug liep toen Ábel deze veronderstelling opperde. 'Misschien schiet hij me wel dood als hij erachter komt wat ik heb gedaan. Hij heeft de laatste tijd genoeg praktijkervaring opgedaan. Ik geloof dat hij er zelfs het recht toe heeft. Als hij vandaag of morgen thuiskomt en merkt dat het zilver en het zadel verdwenen zijn... Hoe stel jij je eigenlijk de thuiskomst van je vader voor?'

Ábel sloot zijn ogen. Als zijn vader terugkwam zou dat een heel bijzonder feest zijn, een kruising tussen een sterfgeval en de verjaardag van de koning. Waarschijnlijk zou bij zijn intocht de klok worden geluid. Eenmaal in huis zou zijn vader aan de tafel gaan zitten en naar zijn viool informeren of verzoeken hem wat scharen en pincetten aan te geven. Ábel zou na zijn entree even blijven staan.

'Dag vader,' zou hij zeggen en een buiging maken. Op dat

moment zou er iets heel bijzonders gebeuren. Misschien hief zijn vader dan zijn hand om bliksemschichten naar hem te slingeren, maar het kon ook zijn dat hij Ábel alleen tegemoet zou lopen. Met een zekere beklemming bedacht hij dat zijn vader hem in het laatste geval in zijn armen zou sluiten, zodat ze elkaar konden kussen. Na deze begroeting zouden ze elkaar aarzelend aankijken.

'Misschien vraagt hij me wel vergiffenis,' zei Ábel aarzelend.
'Misschien knalt hij je wel neer,' herhaalde Tibor koppig.

Begin oktober sloeg het noodlot toe. Béla's vader maakte de inventaris op en ontdekte dat er een kastekort was. Voorlopig klaagde hij alleen nog over een klein bedrag en Béla werd door niemand verdacht.

Het eerste gevolg van deze ontdekking was dat de rechtbank een zestienjarige leerling-bediende van de winkel voor twee jaar naar een tuchthuis zond.

De reusachtige gebouwen van het tuchthuis stonden langs de weg naar hotel Boschlust, zodat de jongens de inrichting elke keer passeerden als ze op weg waren naar hun domein. Als ze er 's avonds, op de terugweg, opnieuw langskwamen, zagen ze de verlichte ramen van de kindergevangenis. De rode bakstenen gebouwen waren door een hoog traliehek omgeven en de toegang tot het terrein werd door een gevangenbewaarder bewaakt.

Het onderzoek werd voortgezet en Béla's vader constateerde opgelucht dat zijn omgeving en zijn huisgenoten onschuldig waren, maar de leden van de bende wisten dat zich een onstuitbare lawine in gang had gezet. De onregelmatigheden die Béla's vader had ontdekt – onregelmatigheden waardoor de leerling-bediende in plaats van Béla in de tuchtschool was beland (tot ieders verbazing had de jongen de diefstallen na enkele halfslachtige ontkenningen toegegeven) – waren onbeduidend vergeleken met het 'echte werk': Béla's grote malversatie. Als die ontdekt zou worden, waren ze allemaal verloren.

De wending die de zaak had genomen, beviel de acteur maar matig, hoewel hij indertijd zonder enige verontwaardiging kennis had genomen van het feit dat Béla geld stal en er geen bezwaar tegen had gehad dat de jongens hem ook een deel van het bedrag gaven.

'Als ik er de mogelijkheid toe had, zou ik het hele bedrag uit eigen zak terugbetalen,' zei hij. Helaas was er geen denken aan dat hij dit ooit zou kunnen doen.

Béla had in één keer zes briefjes van honderd gestolen. Zijn vader had hem opgedragen het geld via een postwissel naar een zakenrelatie te sturen. In plaats van dat te doen had hij het geld in zijn zak gestoken en tegen zijn vader gezegd dat hij het had verzonden, maar dat hij het van het postkantoor ontvangen verzendbewijs was kwijtgeraakt. De geadresseerde, een leverancier van rijst, zou na een paar dagen ongetwijfeld betaling verlangen en dan waren ze reddeloos verloren.

Het eigenaardige was dat Béla de bende niet had verteld dat hij over zo'n reusachtig bedrag beschikte. Het was hun ook niet opgevallen, want ze waren eraan gewend geraakt dat hij altijd kleine hoeveelheden geld op zak had. De zeshonderd kronen waren hem geleidelijk uit de zakken gevloeid. Toen de bende hem uithoorde, bleek dat de toneelspeler, die met tijdelijke liquiditeitsproblemen te kampen had, drie keer geld van hem had gekregen. Een ander probleem was dat de rekening van de kleermaker veel hoger was uitgevallen dan ze hadden verwacht. Béla had zijn vrienden niet willen vertellen wat het uiteindelijke bedrag daarvan was, en toen de kleermaker zijn geld was gaan eisen en had gedreigd de rekening aan zijn vader te sturen, had hij de schuld maar voldaan.

Het geld was alle kanten op gerold, zoals Béla het kalm uitdrukte, tot en met de laatste filler. Voor het allerlaatste bankbiljet had hij in alle rust een pistool gekocht, dat de jongens hem afnamen en aan Ernő toevertrouwden. Béla gedroeg zich hierna onverschillig. Hij vermagerde zichtbaar en zijn gezicht was helemaal ingevallen. Als je hem vroeg wat hem scheelde, zei hij dat hij zich op de dood voorbereidde.

De bende verzamelde zich in die tijd dikwijls om te beraadslagen, zowel overdag als 's nachts. Het geld moest binnen vierentwintig uur ergens vandaan komen en telegrafisch aan de relatie van Béla's vader worden overgemaakt, anders dreigde de situatie onhoudbaar te worden. Ábel verrichtte een wonder: hij bewerkte zijn tante met verzinsels en vleierijen zo intensief dat ze hem wat geld gaf, maar het bedrag wat hij aldus te voorschijn toverde, was slechts klein.

In die tijd wijdden ze de acteur in het geheim van hotel Boschlust in. Amadé ging lichtelijk nerveus maar toch flegmatiek glimlachend met hen mee. Hij ontkende niet dat hij van Béla geld had geaccepteerd, maar verklaarde schouderophalend dat hij onmogelijk had kunnen weten waar dat geld vandaan kwam. 'Ik dacht dat jullie rijk waren,' zei hij, met een dromerige blik voor zich uit starend.

Rijk waren ze zeker niet, maar misschien kon hun goederenvoorraad, zoals Ernő de gestolen spullen in de hotelkamer noemde, hen uit de moeilijkheden helpen. Zo maakte de acteur zijn entree in hotel Boschlust, op het moment van het grootste gevaar. 'Alle hens aan dek,' zei hij, de rol spelend van de kapitein van een zinkend schip die zijn laatste bevelen uitdeelt. 'Het gebeurde tussen Napels en Marseille...' vervolgde hij. Hij moest van de jongens zweren dat hij het geheim van hotel Boschlust tot aan zijn dood zou bewaren.

De acteur zag er geen been in een eed af te leggen, maar hij stelde wel de voorwaarde dat hij dat in een geklede jas mocht doen en dat er op de tafel vier kaarsen zouden worden ontstoken. Toen ze bij het hotel waren aangekomen, betrad hij de kamer van de jongens enigszins bevreemd maar met een onbewogen gezicht. Met zijn handschoenen nog aan en zijn hoed in de hand stond hij midden in de kamer en snoof kieskeurig de lucht op, waarna hij op luchtige conversatietoon maar met een strak gezicht zei: 'Ravissant!' Maar toen hij de verkleedkleren zag, ontdooide hij volledig en hij spoorde de jongens onmiddellijk aan om zich te verkleden. Terwijl ze daarmee bezig waren, gaf hij met damesachtige kreetjes van verrukking uiting aan zijn geestdrift. Hij strikte de dassen van de jongens, vergat zijn onverschilligheid en conversatietoon totaal en deed zo nu en dan een pas achteruit om met gefronste wenkbrauwen het effect van zijn ingrepen in ogenschouw te nemen. Die middag kwamen de problemen van Béla niet meer aan de orde. Het enthousiasme van de acteur sloeg helemaal op de jongens over. Béla kleedde zich met volledige overgave aan en uit en trok steeds weer andere kostuums aan. De toneelspeler wroette in de enorme voorraad dassen, zijden hemden en toiletartikelen die Béla met veel zorg en kennis van zaken bijeen had gebracht. Toen ze allemaal een kostuum aanhadden, spreidde hij met het gebaar van een dirigent zijn armen, trad naar achteren en monsterde de jongens een voor een met een ernstige, bijna bezorgde gelaatsuitdrukking. Daarna vatte hij met het hoofd achterover en halfgesloten ogen zijn totaalindruk samen. 'Jullie zouden een keer moeten optreden,' zei hij, en na een korte denkpauze voegde hij eraan toe: 'Voor een goed doel.'

Zelf vonden de jongens ook dat ze moesten optreden, maar de volslagen onuitvoerbaarheid van dit plan deprimeerde hen. 'In besloten kring,' zei de toneelspeler, 'en natuurlijk zonder ingestudeerde rol, iedereen zegt gewoon wat hij al improviserend bedenkt.' Nu ze voor het eerst door een buitenstaander in hun kostuums waren gezien, verbaasden de jongens zich over hun overvloed. De rijkdom die ze in hun kamertje bijeen hadden gebracht, was meer waard dan welke schat ook, al zou niemand bereid zijn er een cent voor te geven. Toen ze 's avonds naar de stad terugslopen, waren ze er vast van overtuigd dat alles verloren was. Voordat ze uit elkaar gingen, gaf Lajos Tibor een wenk en legde zijn hand op diens schouder.

'Het zilver,' zei hij.

'Het zilver,' herhaalde de acteur enthousiast. 'Wat voor zilver? Als jullie zilver hebben, kunnen alle problemen worden opgelost.'

Hij zei dit met zoveel kennis van zaken dat de jongens peinzend zwegen. Ze wisten welk zilver de eenarmige bedoelde. Het lag in een leren koffer onder het bed van de kolonelsvrouw. De acteur was de enige die niet wist om wat voor zilver het ging, maar dat liet hem kennelijk koud.

'Als het maar echt zilver is,' zei hij bezorgd. 'Ik zal de zaak wel bij Havas aankaarten. Hij is mijn vriend en weet alles van zilver.'

'Wat dacht je eigenlijk toen je dat geld achteroverdrukte?' vroeg Tibor. Terwijl hij dit zei wendde hij zich langzaam tot

Béla en hij benadrukte op een kinderlijke manier zijn woorden. De toon waarop hij sprak gaf blijk van zijn oneindige verbazing. 'Heb je toen helemaal niet bedacht dat je problemen zou krijgen? Je had kunnen weten dat de verdwijning van zo'n groot bedrag vroeg of laat ontdekt zou worden.'

Ze bevonden zich op de hoek van de straat, in het schijnsel van een gaslantaarn, een donker groepje dicht opeenstaande jongeren. Op dat ogenblik verloor Béla zijn kalmte.

'O, heb ik het weer gedaan?' vroeg hij hevig verontwaardigd. 'Nu, als je het zo graag wilt weten, ik heb helemaal nergens over nagedacht. Wat had ik volgens jou dan moeten denken? Hebben jullie dan wel...' – hier pauzeerde hij even alsof hij zich hogelijk over iets verbaasde – 'hebben jullie dan wel ergens over nagedacht al die tijd?'

Dit waren de woorden die op dat moment gesproken moesten worden, bij die eerste opwelling van nuchterheid, die zich na maanden voor de eerste keer voordeed. Het waren woorden die hen naar hun eigen wereld verwezen en de zinloosheid van elke wankelmoedigheid aantoonden. Een van de vaders had die vraag van Tibor kunnen stellen, of de burgemeester, of iemand anders, maar hij niet. Opeens voelden ze dat de wereld die ze hadden gebouwd zich om hen samentrok en dat zij zou instorten als ze zich niet aan haar regels hielden.

Toen Tibors moeder voor observatie in het ziekenhuis werd opgenomen, brachten Ábel en Tibor het zilver naar Havas. Béla stuurde het daarvoor gekregen geld naar de relatie van zijn vader – wat hem enigszins aan het hart ging omdat hij er wel een betere bestemming voor wist. Ábel stond erop dat ze de leerling-bediende opzochten, die in Béla's plaats in de gevangenis zat.

Béla kon zich de jongen nauwelijks herinneren. Toen ze toestemming voor een bezoek hadden gekregen en met armen vol fruit en andere levensmiddelen verlegen in de ontmoetingsruimte van de tuchtschool zaten te wachten, overviel hen een gevoel van beklemmende rusteloosheid. Door een raam zagen ze enkele ruimtes waar hun leeftijdgenoten aan het werk waren, zoals een werkplaats voor timmerlui en slotenmakers, en een bakkerij. Buiten, tussen langwerpige bloembedden, stonden groepjes in blauwe gevangeniskielen geklede kinderen om een bewaker heen. Ze moesten kennelijk in ploegen werken. Het waren er velen, want elk oorlogsjaar had een rijke oogst aan jeugdige delinquenten opgeleverd. De jongens staarden naar de getraliede ramen van de slaapzalen en naar een ander troosteloos vertrek, waar gevangenen zwijgend langs de muur schuifelden. Ook viel hun oog op de met wasdoek beklede banken en een kruisbeeld aan de muur. Dit was een strafinrichting voor hun leeftijdgenoten, voor mensen uit hun wereld. Misschien hadden ze zich nog nooit zo volledig buiten de wereld van de volwassenen voelen staan als gedurende de paar minuten dat ze daar zaten te wachten. Ze begrepen opeens dat hun wereld, die ze deels onbewust en deels met opzet hadden gecreëerd, eigenlijk slechts een klein segment was van een veel grotere wereld, die buiten de wereld der volwassenen was gelegen. Er was kennelijk een tweede wereld, die qua wetten, moraal en structuur volledig verschilde van de wereld waarin de volwassenen zwoegden en ten onder gingen, maar die toch door dezelfde krachten werd beheerst; een wereld met eigen regels en een geheimzinnige samenhang. Op dat moment voelden ze dat alles wat ze de afgelopen jaren hadden gedaan niet zonder reden was geweest. Misschien was het wel hun roeping, hun taak, om 'belangeloos' te leven. Ze schoven wat meer naar elkaar toe en keken vol sympathie door het raam naar hun onbekende leeftijdgenoten.

De leerling-bediende kwam onwillig binnen en liep pas na aandringen van de bewaker die hem vergezelde, met kennelijke tegenzin naar de bende. Hij had zijn muts in zijn hand en keek zijn bezoekers argwanend aan. De leden van de bende gingen om hem heen staan om met gedempte stem het woord tot hem te richten. Het was een intelligente jongen met een sprekend gezicht en een levendige oogopslag, maar zijn hele houding drukte weerspannigheid uit.

'Waarom heb je de schuld op je genomen?' vroeg Béla fluisterend.

De leerling-bediende wierp een schichtige blik op zijn bewaker, die voor het raam stond. Nadat hij met een handbeweging om een sigaret had gevraagd, die hij snel onder de voering van zijn muts wegstopte, mompelde hij met een minachtend gezicht: 'Omdat ik inderdaad heb gestolen, sukkel.'

De jongens staarden hem niet-begrijpend aan, waarop hij gehaast en nauwelijks verstaanbaar mompelde: 'Dacht je soms dat ik me hier had laten opsluiten als ze geen sluitend bewijs tegen me hadden geleverd? Ik heb gestolen, en zelfs nog meer dan ze weten. Gelukkig ben ik niet door mijn vrienden verraden. We hebben allemaal uit de winkel gestolen. Onze bende heeft zelfs een geheime bergplaats om alles op te slaan.' Hij zweeg even, monsterde hen met een wantrouwende blik en vervolgde daarna op kalme toon: 'Natuurlijk, jij hebt meer gestolen, dat weet ik heel goed, maar wat doet het ertoe? Dat is jouw zaak. Pas op, hij kijkt deze kant op!'

De bewaker naderde omdat de bezoektijd was verstreken. Ze overhandigden de jongen de meegebrachte cadeaus en namen met neergeslagen ogen afscheid van hem. Zwijgend liepen ze door de grote tuin waar de jeugdige delinquenten aan het werk waren. De kinderen onderbraken hun werkzaamheden om hen na te staren. Toen ze op behoorlijke afstand van de ingang waren gekomen, verbrak Ernő als eerste de stilte.

'Die lui hebben ook een bende,' zei hij vol bewondering.

'En een bergplaats,' voegde Béla er waarderend aan toe.

Peinzend slenterden ze in de richting van de stad, waar waarschijnlijk nog vele andere bendes waren, die hetzelfde deden als zijzelf en net zo'n voorraad goederen hadden als zij in hotel Boschlust. Overal ter wereld waren in de steden van de volwassenen zulke kleine roversbendes actief, die tussen kazernes en kerken hun slag sloegen. Miljoenen en miljoenen kleine bendes met bergplaatsen en eigen wetten – bendes die alle hetzelfde eigenaardige bevel leken te hebben ontvangen: jullie moeten in opstand komen! De jongens voelden dat ze niet meer zo heel lang tot die eigenaardige wereld zouden behoren. Misschien zouden ze over een tijdje zelf wel als vijanden worden beschouwd door een kind. Het was een verdrietige maar zich onvermijdelijk opdringende gedachte. Met neergeslagen ogen vervolgden ze hun weg.

Het geheim

Dat ze alle vier nog nooit met een meisje naar bed waren geweest, konden ze maar nauwelijks geloven.

Ze hadden hierover al zo vaak en op zo'n ingewikkelde manier tegen elkaar en anderen gelogen dat de bekentenis van dit feit, in het bijzijn van de acteur gedaan, hen nog meer verbijsterde dan de acteur. Hun kennis van de anatomie der liefde was immers zo gedetailleerd en volledig dat niemand dit had kunnen verwachten. Bijna alle jongens van hun leeftijd beweerden – en niet zonder grond – dat ze de vuurdoop van de liefde al hadden doorstaan. Ook de leden van de bende spraken zo dikwijls en met zoveel kennis van zaken over vrouwen dat de bekentenis bijna ongelooflijk was. Ze wisten allemaal van elkaar dat ze weleens de eenzame zonde bedreven, en van Béla hoefden ze niet eens te veronderstellen dat hij een recidiverende zondaar was omdat hij dat volstrekt niet onder stoelen of banken stak.

De koolzwarte ogen van de toneelspeler rolden in hun kassen toen hij dit hoorde. 'Jij ook niet?' vroeg hij geestdriftig aan Ábel, die nerveus op zijn lippen beet en ontkennend zijn hoofd schudde. 'Goh!' reageerde hij, om zich onmiddellijk hierna tot Tibor te wenden. 'En jij dan, Tibor, jij ook niet? Nooit? Zelfs niet één keer?' Tibor schudde met een vuurrood gezicht zijn hoofd. 'En jij, Béla? Je hebt de ingénue van mijn gezelschap vorig jaar toch dikwijls geld toegestopt, tenminste dat zei je.' De acteur ijsbeerde hijgend door de kamer en wreef zich de handen. 'En jij, Ernő?' Ernő nam, zoals hij altijd deed wanneer hij in verlegenheid was, zijn bril af en antwoordde op doffe toon: 'Nee.' Op het gelaat van de acteur verscheen een ernstige uitdrukking.

'Dat is een heel ernstige zaak,' sprak hij zorgelijk.

Hij liep met zijn handen op zijn rug naar de hoek van de kamer en was kennelijk zeer geschokt. Met zachte stem sprekend ijsbeerde hij door de kamer, zonder ook maar één keer een blik in hun richting te werpen. 'Allemaal nog maagd!' zei hij, zijn armen omhoogstekend. 'Jullie liegen toch niet, hè?' vroeg hij opeens bezorgd. 'Nee, liegen doen jullie niet,' zei hij om zichzelf gerust te stellen. 'Maar dat is... fantastisch, werkelijk fantastisch, beste vrienden!' riep hij uit. 'Hoe oud ben je? Ben je het al of word je het dit jaar? Je bent een beste jongen! En jij? Moet je het nog worden? Je bent een knul naar mijn hart! O, ik zou jullie allemaal wel willen omhelzen!' Hij spreidde zijn armen en lachte schallend.

'Jullie denken hopelijk toch niet dat ik je uitlach, hè?' vroeg hij bezorgd. 'Ik vind het alleen maar prachtig dat jullie nog nooit gezondigd hebben... Beseffen jullie wel hoe fantastisch dat is? Jullie moeten alle vier een bewaarengel hebben gehad die je daarvoor heeft behoed. Ik wou dat ik zo'n bewaarengel had gehad.' Hij liet zijn armen zakken en zei op droevige toon: 'Helaas heb ik die volledig moeten ontberen.'

Ábel stond op. 'Ik zweer het,' zei hij, twee vingers opstekend. 'Ik zweer dat ik nog nooit met een meisje heb geslapen!'

'Nog nooit?' vroeg Béla. 'Zullen we het hem nazeggen?'

'Ik zweer het,' zeiden ze allemaal – Tibor blozend, luid en met vaste stem; Ernő met gebogen hoofd, alsof hij nooit meer zijn deugd aan de verleiding van de zonde zou durven blootstellen.

Loerend als speurhonden namen ze elkaar op. De warrige en opschepperige leugens waarop ze elkaar vroeger hadden vergast, leken opeens verwijtbaar te zijn. Béla had beweerd dat hij een kind had dat hij elk halfjaar bezocht. Over het plaatselijke bordeel hadden ze met zoveel kennis van zaken geleuterd dat het wel leek alsof ze er kind aan huis waren, maar nu bleek dat niemand van hen ooit zo'n instelling had durven bezoeken, uitgezonderd Tibor, die tot de drempel was gekomen maar zich daarna schielijk uit de voeten had gemaakt.

'Toen ik in de tweede klas zat,' zei Tibor met de hem eigen zangerige, ietwat dromerig klinkende stem, 'maakte ik op een ochtend in de stad waar wij toen woonden een kleine omweg om vlak langs een bepaald huis te kunnen lopen. Ik wist precies wat er met dat huis aan de hand was, wie er woonden en waarom de mannen er zo graag naar toe gingen. Ik wist dat daar meisjes woonden en ik geloof dat ik zelfs het tarief wist doordat iemand me dat verteld had. Als ik dat huis passeerde, dacht ik noch iets akeligs, noch iets leuks, ik dacht eigenlijk nergens aan, maar verdraaide alleen mijn hoofd om het huis goed te kunnen zien. Op mijn rug droeg ik een tas met leerboeken. Toen ik die ochtend om half acht langs dat huis liep, zag ik een jongeman naar buiten komen. Hij droeg een pet en de boord van zijn overhemd stond open. Juist op het moment dat ik vlak bij hem was, trok hij de deur achter zich dicht, zodat je de bel kon horen rinkelen, waarna hij in het portiek bleef staan, zijn voet op een traptrede zette en in alle rust zijn schoenveters in de gaatjes in zijn schoenen begon te rijgen. Hij keek niet om zich heen en trok niemands aandacht. De man ging zo rustig te werk alsof hij thuis was en op zijn bed zat. Er was niets bijzonders aan dit tafereel, hoewel ik wist waar die man vandaan kwam en min of meer begreep wat hij daarbinnen had uitgevoerd. Hij was bij de meisjes geweest. Ik wist nog niet precies wat hij met die meisjes deed, maar ik vermoedde dat het datgene was, waar de volwassenen altijd omheen draaiden als we ernaar vroegen, alsof het een geheim was. De oppassers van mijn vader hadden me overigens bijna alles verteld. Wat me zo verbijsterde was niet dat die jongen bij de meisjes was geweest, maar dat hij daarbinnen zijn schoenen had uitgetrokken. Hij was bij een meisje geweest en had zijn schoenen uitgedaan! Wat had hij daarbinnen uitgevoerd, of beter gezegd, wat was dat voor bezigheid waarvoor hij zijn schoenen had moeten uittrekken? Het valt me zwaar om hierover te spreken. Misschien is de herinnering aan die jongen wel de reden waarom ik nooit naar zo'n meisje heb durven toegaan. Ik stond voor de deur en legde mijn hand op de klink toen ik opeens aan die jongen moest denken die op straat met zijn veters aan het prutsen was. Stom natuurlijk, hij had met een meisje geslapen en dus zijn schoenen uitgedaan. En toch was dit voor mij – lach me maar uit! – erger dan wanneer hij dat meisje had vermoord of een of andere verschrikkelijke smeerlapperij met haar had uitgehaald.'

'Veel erger,' zei Ernő ernstig.
'Nietwaar?' Tibor wendde zich met wijd opengesperde, verbaasde ogen naar zijn vriend en vervolgde op gelijkmatige, zangerige toon: 'Ik vond het ook veel erger. Die jongen reeg op zijn gemak zijn veters in, trok zijn pet over zijn ogen en liep vrolijk fluitend weg. Het was ochtend en er liep niemand op straat. Nog lange tijd kon ik het geluid van zijn voetstappen horen. Ik bleef daar staan en leunde tegen de muur. Wat zou hij daarbinnen hebben gedaan? Hij had met een meisje geslapen en ze waren allebei naakt... Misschien zelfs wel zonder hemd... Die gedachte maakte me helemaal overstuur... Maar die schoenen, waarom moest hij zijn schoenen uittrekken? Wat moet een mens zich verschrikkelijk naakt voelen als hij in het bijzijn van een ander mens zijn schoenen uittrekt en bij die ander in bed gaat liggen, zonder schoenen.'

De acteur knipoogde nerveus en spitste in zijn opwinding zijn lippen.

'Ja, dat is echt het toppunt,' constateerde hij knikkend.

'Dat vond ik ook. Die hele ochtend moest ik eraan denken. Ik durfde er niemand iets over te vragen, maar zoals gewoonlijk gebeurde er iets wat mij nog veel meer van streek bracht... 's Middags, toen ik weer thuis was en mijn boeken had opgeborgen – ik walgde nog steeds van wat ik gezien had en voelde me hondsberoerd – ging ik naar de eetkamer, waar mijn vader op de sofa zat te vloeken. Ik gaf hem een handkus en wachtte. Hij was net terug van de manege en droeg een dun legeroverhemd, een rijbroek en laarzen. Hij vloekte omdat hij zijn oppasser nodig had, maar die was om de een of andere reden niet aanwezig. Mijn vader beval me zijn laarzen uit te trekken en zijn pantoffels te halen. Het was allemaal niet zo bijzonder, maar ik herinner me niet dat hij ooit eerder zoiets van mij of Lajos had verlangd, en later heeft hij dat ook nooit meer gedaan. Het is enkel gebeurd op de dag toen ik... Ik keek naar zijn bestofte laarzen en was niet in staat mijn handen uit te steken. Mijn vader merkte daar niets van, want hij zat al achterovergeleund op de sofa de krant te lezen. Hij lette absoluut niet op me, maar stak alleen zijn voeten naar me uit. Toen ik een van zijn laarzen beetpakte, werd ik zo misselijk dat...'

'... Dat je moest overgeven,' zei de eenarmige op onverschillige toon. Hij zat op zijn gemak met hoog opgetrokken knieën in de hoek en ondersteunde zijn kin met zijn hand, wachtend op de dingen die gingen komen.

'Inderdaad, ik begon te braken. Het ergste was wat er daarna gebeurde, want toen ik weer een beetje tot mijn positieven was gekomen, ranselde mijn vader me met zijn rijzweepje af omdat hij zich in zijn verontwaardiging niet kon voostellen dat ik ergens anders misselijk van was geworden dan van zijn voeten. Ik had nooit een afkeer van zijn voeten gehad, sterker nog, ik had er nooit aan gedacht dat hij voeten had...'

'Daarom ben je ook maagd gebleven,' constateerde de toneelspeler droog.

'Daarom ben ik ook maagd gebleven,' herhaalde Tibor op gelijkmatige, zangerige toon. Hij sperde zijn ogen wijd open en liet zijn blik rustig door de kamer dwalen.

'Dat was niet zo moeilijk.'

De eenarmige sprong op uit zijn stoel.

'Ik moet jullie iets vertellen,' zei hij hijgend. 'Sinds ze dit hier hebben afgehakt, heb ik geen vrouw meer onder ogen durven komen.'

De acteur trad op hem toe en sloeg kalmerend zijn arm om zijn schouder, maar de eenarmige duwde hem van zich af en rukte de lege mouw uit de zak van zijn legeroverhemd. Met twee vingers hield hij de slappe reep stof minachtend omhoog. Onmiddellijk liep iedereen op hem toe om hem te kalmeren. Béla streelde zelfs het stompje dat van de arm was overgebleven.

Lajos stamelde nog slechts brokstukken van zinnen. Zijn lippen, waaruit het bloed was weggetrokken, beefden en zijn hele lichaam ging schokkend op en neer. De jongens legden hem op het bed van de toneelspeler en gingen zwijgend om hem heen zitten. Na een tijdje kwam de eenarmige tot bedaren en sloot zijn ogen. Het beven hield ook op. Nog steeds zaten ze zwijgend om hem heen. Tibor pakte de hand van de eenarmige. Onder diens gesloten oogleden welde een traan op, die langzaam over zijn wang biggelde en op zijn overhemd terechtkwam. Hij was nog niet volledig tot rust gekomen, want hij beet op zijn lippen. Tibor stond geruisloos op en liep met lichte, elegante passen door de kamer. Hij gaf Ábel een wenk om hem te kennen te geven dat hij hem naar de vensternis moest volgen.

'Wist je dat Lajos nog nooit eerder heeft gehuild?' zei hij zachtjes. 'Geloof me, ik heb hem nog nooit van mijn leven een traan zien laten.'

De acteur wachtte tot de jongens waren vertrokken, daarna verliet hij zijn kamer en liep langzaam, op een pepermuntje zuigend, de trap af. In de ingang van de binnenplaats speelde het rachitische meisje. De acteur haalde een zuurtje uit zijn zak en spoorde het kind aan om een paar pirouettes te maken. Hij deed zelf ook een paar passen op zijn tenen en heel even wervelden ze samen in de ingang van de binnenplaats. Toen de acteur het zuurtje verleidelijk omhoogheld volgde het meisje het met de opmerkzame blik van een hond, waarna ze haar kromme lichaampje met zwikkende tenen nogmaals moeizaam om en om draaide. De acteur maakte nog een paar pirouettes met haar, maar schudde algauw mismoedig zijn hoofd, alsof hij alle vertrouwen in het door hem ontdekte talent had verloren. Met een moedeloos gebaar stopte hij het zuurtje in de geopende mond van het kind. Een magere vrouw met een hoofddoek, die voor de ingang van de binnenplaats was blijven staan, sloeg de man en het kind met een ernstige uitdrukking op haar gezicht oplettend gade. De toneelspeler groette haar beleefd en begaf zich met zwierige passen op weg, zoveel mogelijk in de schaduw van de bomen lopend. Hij bedacht dat hij vanavond een voorschot moest vragen aan de directeur, die, als iedereen in de schouwburg, een hekel aan hem had. Glimlachend en met een hoogmoedige uitdrukking op zijn gezicht staarde hij naar de lucht. Hij bedacht ook nog dat hij zijn lichtgroene voorjaarskostuum naar de wasserij moest sturen en dat je in het hele land geen fatsoenlijke Gillette-mesjes meer kon krijgen. De Duitse scheermesjes waren lang zo goed niet als de Amerikaanse. Volgende week wilde hij met een vermageringskuur beginnen. Opeens schoot hem de naam van een masseur te binnen die een week bij hem aan huis was geweest om hem te kneden en zich daarna had opgehangen. Misprijzend schudde hij zijn hoofd. Stel je voor, die kerel had wel waanzinnig kunnen worden op het moment dat hij zijn hals onder handen had! Hij keek naar het prille groen van de uitbottende bomen en floot zachtjes een populaire aria uit de nieuwste operette. Bij die passage moest hij twee passen achteruitlopen en een buiging maken, zo... Hij keek om zich heen. Nee, hier kon hij niet dansen. Hij nam zich voor de stad binnenkort te verlaten. Na afloop van de oorlog zou hij zich aan zijn breuk laten opereren. Toen hij de koekenbakkerswinkel passeerde, moest hij opeens aan zijn jongere broer denken, die op een keer zonder enige aanleiding een doos honingkoeken voor hem had gekocht en daarmee naar de stad was gereisd waar hij, Amadé, bij een fotograaf in de leer was. Zijn broer had hem de doos overhandigd en was de volgende dag, als iemand die zijn plicht heeft gedaan, naar zijn woonplaats teruggekeerd. Later was hij machinist geworden en nog later ergens in Frankrijk spoorloos verdwenen. Hij bedacht dat hij moest oppassen voor Ernő. Zwijgzame mensen zijn gevaarlijk. Hij had eens een invalide leren kennen die maar één oog had. Op een nacht was hij wakker geworden van wat gedruis en toen hij zijn ogen opendeed, zag hij die kerel grijnzend met een mes in zijn hand naast zijn bed staan. Je moest voor iedereen oppassen, ook voor de eenarmige, maar vooral voor Ernő. Opnieuw floot hij een operettedeuntje. Voor de etalage van de parfumwinkel bleef hij staan en monsterde langdurig de uitgestalde waren. Hij voelde een sterke aandrang om naar binnen te gaan en een zakje kamferballetjes te kopen, niet zozeer tegen de motten maar meer om eraan te ruiken. In zijn gedachten rook hij de frisse, ietwat zurige geur van kamfer.

Gemelijk gestemd liep hij verder. Kamfer kon iedereen kopen, zelfs de allerarmste. Je moest alleen onbevangen optreden en nonchalant zeggen: 'Honderd gram kamfer alstublieft.' Niemand zou hem ervan verdenken dat hij het goedje niet tegen de motten maar als reukmiddel gebruikte. Hij kon echter zelfs geen kamfer kopen omdat hij geen cent op zak had. Nog voor de voorstelling moest hij met Havas praten. Hij voelde zich onbehaaglijk. Waar hij ook was, nooit was hij er een minuut zeker van dat hij niet 's nachts zijn boeltje moest pakken en naar een andere stad vertrekken. Met een beklemd gemoed snoof hij de lucht op, alsof hij iets verontrustends rook. Overal om hem heen bespeurde hij onraad. Geërgerd trok hij zijn neus op. Hij moest beslist met Havas praten, hem zeggen dat hij zijn handen moest thuishouden. Niets anders, alleen maar dat hij zijn handen moest thuishouden. Hij ademde diep in en uit en snoof nogmaals de frisse buitenlucht op, die doortrokken was van de zware geur van omgeploegde aarde.

De pandjesbaas zat in zijn eentje achter het tralievenster. De acteur ging fluitend naar binnen, schoof zijn hoed voorzichtig naar achteren, zodat zijn pruik niet werd verplaatst, en liet zijn wandelstokje door de lucht zwiepen. De pandjesbaas stond op en kwam hem tegemoet. Terwijl hij zijn bezoeker te woord stond, leunde hij met zijn armen tegen het tralievenster. De acteur keek met een dromerige blik om zich heen, alsof hij voor de eerste keer in de bank was. Hij staarde naar een bord met INNAME VAN GOEDEREN erop en daarna naar een tweede met het opschrift AFGIFTE VAN GOEDEREN. Zonder de directeur te groeten leunde hij tegen de tralies en staarde voor zich uit.

'Stel je voor,' zei hij op luchtige toon en met zijn ogen rollend alsof hij met zijn gedachten heel ergens anders was. 'Die jongens zijn nog maagd.'

Voorspel

De voorstelling in de schouwburg was net afgelopen. Door de draaideur van het café kwamen tal van mensen binnen, eerst de stamgasten, die elke avond plachten te verschijnen en daarna de leden van het toneelgezelschap, die druppelsgewijs binnenkwamen. De jeune premier, die nog resten schmink op zijn gezicht had, liep langs het kleine vertrek achter de gelagkamer, bleef even staan, liet zijn gouden tanden zien en zei met gedempte stem iets tegen de souffleur. De twee mannen begonnen te lachen. De acteur sloeg geen acht op hen. Hij had zojuist een lange voordracht gehouden over het effect van wodka op het kleurgevoel van de mens en zat nu hijgend en puffend wat bij te komen van deze inspanning.

De primadonna ging met haar staf aan het tafeltje van de bohémiens zitten. De acteur keek met een spiedende blik naar de deur. De directeur, voor wie een stoel was vrijgehouden aan de rechterzijde van de primadonna, was nog niet aanwezig in het café. Hij vertrok altijd als laatste uit de schouwburg, met de inkomsten van de afgelopen avond in zijn zak, als een kapitein die een zinkend schip verlaat. Hij ging pas als de schoonmaaksters de vloer van de zaal hadden aangeveegd.

'Laten we nog even wachten tot mijn vertrouwensman een seintje heeft gegeven,' zei de acteur, die voorzichtigheidshalve zijn hand voor zijn mond hield bij het spreken. 'Het is beter nog even geduld te hebben.'

Hij had een plan waarop hij al de hele avond met raadselachtige opmerkingen toespelingen had gemaakt. De leden van de bende voelden zich niet erg behaaglijk. Ze leunden ongedwongen met hun ellebogen op de tafel, dronken bier en staarden naar de binnenkomende gasten. Voor de eerste keer in hun leven zaten ze vrijelijk, officieel en zonder angst in het café. In dit hokje voor de kaarters hadden ze wel vaker gezeten, maar altijd op z'n hoogst een halfuurtje, achter dichtgeschoven gordijnen en met de voortdurende angst dat ze door een leraar of door een kennis van hun ouders zouden worden ontdekt. Die avond vertoefden ze voor het eerst zonder verwarring en schaamte op die plek.

Al tijdens het eerste halfuur dat ze legaal in het domein van de volwassenen doorbrachten, ontdekten ze dat het avontuur niet zo amusant was als ze gedacht hadden. In elk geval veel minder amusant dan ze een dag eerder nog hadden verondersteld. Het opwindende aspect van het vermaak was geheel verdwenen. Een paar weken eerder, toen aan een dergelijk uitje nog aanzienlijke risico's waren verbonden, hadden ze de vertrouwelijke geheimzinnigdoenerij en de behulpzaamheid van de ober en de caféhouder niet als kwetsend ervaren. Ze waren de twee mannen juist dankbaar omdat ze hun best deden om hen tegen onbescheiden blikken te beschermen. Nu echter was alles veranderd en vonden ze die vertrouwelijkheid enerverend en vernederend. Moedeloos hingen ze op hun stoel, en toen ze om zich heen keken, viel hun voor de eerste keer op hoe versleten en armzalig het interieur van het etablissement was. Met tegenzin ademden ze de verschaalde, zurige cafélucht in.

Ábel lachte mismoedig.

'Herinneren jullie je nog hoe verlangend we altijd door de ruit naar binnen gluurden als we langs het café kwamen?'

Hun onbehagen maakte langzaam plaats voor een vage beklemming. Stel je voor dat het met alles wat ze slechts van de buitenkant kenden zo zou gaan! Dat alles wat tot nu toe onbekend en verborgen was geweest, maar nu binnen handbereik leek te zijn gekomen – de geheimzinnige zaken die de volwassenen elkaar zo verbeten betwistten, zoals geld, macht en vrouwen – heel anders en veel minder boeiend zou blijken te zijn dan ze altijd hadden gedacht.

'Ik verveel me,' zei Béla met een misprijzend gezicht.

Hij klemde zijn monocle in zijn ooghoek en keek uitdagend om zich heen. Verscheidene mensen aan de naburige tafeltjes glimlachten naar de jongens. Tegen elven betrad de geschiedenisleraar het café. Zodra Ernő bijna onhoorbaar het commando had gegeven, sprongen de bendeleden als één man overeind, maakten een diepe buiging en riepen in koor: 'Goedenavond, meneer!'

De groet van de jongens schalde welluidend door de gelagkamer. De oudere heer, een brildrager, beantwoordde de schoolse begroeting in zijn verwarring en verlegenheid met een onhandige buiging en zei: 'Goedenavond.' Ábel beweerde later dat de leraar na dit echec een kleur had gekregen en zich haastig uit de voeten had gemaakt.

De stemming van de jongens verbeterde merkbaar.

'Zo moeten we het doen,' zei Ernő. 'Dat is de beste manier. Vanaf morgen houdt iedereen zijn sigaret weer achter zijn handpalm verborgen als hij iemand tegenkomt. En we moeten bekenden heel beleefd groeten, veel beleefder dan we tot nu toe hebben gedaan. En als we hier zitten, moet de ober het gordijn dichtschuiven en de caféhouder ervoor zorgen dat niemand ons te zien krijgt.'

Ook overwogen ze het plan om de komende week, voordat de leraren met vakantie zouden gaan, de vakdocenten zowel individueel als groepsgewijs op te zoeken en hen om uitleg van bepaalde duistere punten van de leerstof te verzoeken. De bezoeker moest daarbij de uiterste beleefdheid in acht nemen, nerveus aan de rand van zijn hoed frummelen, en blozend en stotterend zijn verzoek doen. Precies zoals ze dat voor het eindexamen altijd hadden gedaan.

Ernő stond op.

'Jij, Béla, gaat bijvoorbeeld naar Gurka en zegt: Goedemiddag, meneer, neemt u me niet kwalijk dat ik u stoor. Gurka zit achter zijn bureau, schuift zijn bril omhoog, schraapt zijn keel en knijpt zijn ogen half dicht. Met zijn nasale stem vraagt hij: "Wie is daar? Een leerling? Wat moet je, ventje?" Je nadert hem bedeesd, frummelt aan je hoed en kunt van nervositeit geen woord uitbrengen. Gurka komt langzaam overeind. "Wat is dat?" zegt hij. "Zie ik het goed? Jij bent toch niet Ruzsák? Warempel, Ruzsák." Hij loopt je tegemoet, geeft je een hand en begint verlegen te stotteren omdat hij degene was die je twee keer heeft laten zakken en je op het eindexamen alleen maar een voldoende heeft gegeven omdat het een oorlogsexamen was en de gecommitteerde dit van hem eiste. Bovendien heeft hij je tot de vierde klas geslagen. Hij was de docent die dikwijls urenlang op straathoeken en in portieken stond te loeren om te zien of wij de meisjes daar in de buurt wellicht ontmoetten. Hoe vaak heeft de man daarbij niet kougevat. Hij heeft zelfs een overjas laten maken met zo'n hoge kraag dat hij, als hij die opzette, onherkenbaar was, zodat hij groepjes leerlingen die niets vermoedend op straat stonden te praten, ongemerkt kon naderen. Typisch iets voor Gurka. Hij krijgt argwaan, fronst zijn wenkbrauwen en weet niet of hij je een stoel moet aanbieden. Jij staat daar maar te staan en staart hem zwijgend aan. Meneer krijgt al spijt dat hij je een hand heeft gegeven. Wat wil die leerling? Waarschijnlijk weinig goeds. Misschien heeft hij wel een boksbeugel of een dolk op zak en wil hij zijn vroegere docent daarmee te lijf gaan.

"Wel, Ruzsák, waar heb ik je bezoek aan te danken?" zegt hij naar lucht happend, maar jij geeft geen antwoord en beeft alleen, terwijl je gezicht beurtelings rood en bleek wordt.'

De jongens schoven wat dichter naar elkaar toe. Het door Ernő beschreven spel kenden ze maar al te goed. De ober schoof het gordijn dicht.

'Op dat moment laat je je hoed vallen en begin je te kuchen,' zei Ábel. 'Daarna zeg je bijvoorbeeld: "Ik ben zo vrij, meneer... meneer, met uw welnemen... Ik ben zo vrij u... te storen", waarbij je van het ene been op het andere gaat staan. Gurka herademt. Hij legt zijn hand op je schouder en zegt: "Je moet niet wanhopen, Ruzsák. Ik weet het, mijn jongen, de Schepper heeft je slechts karig met geestelijke vermogens bedeeld. Ik heb je verschillende malen een beetje moeten aansporen... inderdaad... misschien heb ik je zelfs weleens een ezel of een kaffer genoemd. Vergeet dat nu maar. Je hebt nu alles achter de rug. Er zijn beroepen die niet zo'n intellectuele lenigheid vergen als bijvoorbeeld het leraarsambt. Ik raad je aan kruidenier te worden, Ruzsák. Er zijn trouwens ook genoeg andere beroepen waar je geschikt voor bent. Het belangrijkste is dat je straks fatsoenlijk je mannetje staat op de plaats waar je terechtkomt."

Je geeft geen antwoord maar stottert alleen wat en pas wanneer hij je twee keer op je schouder klopt, houd je daarmee op en zeg je: "Ik ben gekomen omdat ik een probleem heb waar ik niet uit kan komen." "Voor de draad ermee, Ruzsák." "Die passage bij Tacitus," antwoord je. "Welke passage?" Gurka kijkt naar het raam en naar de deur en begrijpt er niets van. "Een paar regels," zeg je. "Hier, meneer, ik heb de tekst bij me", waarop je je boek te voorschijn haalt. Gurka zet zijn bril op zijn neus en kijkt radeloos om zich heen. Wat wil die vreemde jongen toch? Jij bent op dat moment al helemaal gekalmeerd en gedraagt je bescheiden. Op neutrale toon leg je het probleem uit. "Deze zin, meneer." Je opent het boek en wijst op de desbetreffende passage. "Ik geloof dat ik die zin niet helemaal snap. Na het examen begon ik te twijfelen. Het zit me niet lekker dat ik dat stukje misschien verkeerd begrepen heb."'

Béla boog zich vooroverover en vertrok zijn mond tot een brede grijns. 'Ik begrijp dit plusquamperfectum niet, meneer,' zei hij, zich opgewekt in de handen wrijvend.

'Precies, daarvoor ben je teruggekomen. Je probeert hem op een beleefde manier duidelijk te maken dat je niet graag met deze twijfel in je hart de maatschappij in wilt gaan. Je wenst niet het strijdperk te betreden zonder dat je eerst met hem die passage bij Tacitus hebt doorgenomen.'

'En er zijn ook twee prefixen van het werkwoord die ik niet goed begrijp,' zei Béla. 'Twee eenvoudige prefixen.'

'Gurka biedt je een stoel aan. Hij neemt zijn bril van zijn neus, kijkt je lang aan en zegt ten slotte: "Jij komt naar me toe hoewel je het eindexamen al achter de rug hebt, Ruzsák? Wat moet ik daarvan denken?" "Neemt u me niet kwalijk, meneer," antwoord je beleefd maar gedecideerd. "Ik twijfel alleen aan de juistheid van mijn interpretatie. Ik heb acht jaar lang onder uw leiding Latijn geleerd, acht jaar meneer... en ik weet daardoor hoe belangrijk dit vak is. Neem bijvoorbeeld Horatius. Of Cicero. Als u zo vriendelijk zou willen zijn... Het gaat alleen om een paar lastige fragmenten..."'

De souffleur stak zijn hoofd tussen de spleet van het gordijn door. 'De kust is vrij,' zei hij.

Het enige wat van hem te zien was, waren zijn kale schedel, zijn voorhoofd en zijn opgezwollen rode neus; zijn lichaam bleef achter het gordijn onzichtbaar. Het was duidelijk merkbaar dat de man perfect wist hoe men op het podium moet optreden, want hij draaide zijn hoofd bijna mechanisch eerst naar links, daarna naar rechts en verdween toen bliksemsnel.

Het orkestje was inmiddels begonnen te spelen en produceerde zoete, opwindende muziek in een primitieve driekwartsmaat, die door de herrie in het café met flarden van gesprekken en bordengerinkel was gelardeerd. De acteur maakte zich langzaam op om te vertrekken. Hij monsterde zijn pruik in een zakspiegeltje, bevochtigde zijn duim en wijsvinger met speeksel en streek daarmee zijn wenkbrauwen glad. Daarna trok hij met veel zorg zijn handschoenen aan. De acteur deed altijd net alsof de handschoenen die hij aandeed gloednieuw waren en door hem voor het eerst werden gepast: eerst schoof hij zijn vier vingers in het leren zakje, daarna wachtte hij even en ten slotte zond hij zijn duim met gedistingeerde snelheid achter zijn vier broertjes aan.

'Ik ga vast vooruit,' zei hij. 'Kom dadelijk achter me aan, maar niet allemaal tegelijk. Lajos, jij blijft hier tot het laatst! Ik wacht voor de artiesteningang op jullie.'

Hij bracht zijn wijsvinger naar zijn lippen, sloot heel even zijn ogen en fluisterde: 'Rustig en onopvallend.'

Onmiddellijk hierna verdween hij door de spleet van het gordijn, dat hij met een vlugge beweging achter zich sloot. Ze konden duidelijk horen hoe hij de gasten in de gelagkamer begroette.

'Moravecz vraag je bijvoorbeeld wat de oorzaak was van de impopulariteit van keizer Jozef de Tweede,' vervolgde Ernő. 'Dit dikke paard hier is de geestelijkheid, majesteit, dat andere daar de adel en die magere, blinde knol het volk. Je hebt het gevoel dat deze eigenaardige historische figuur onvoldoende is gewaardeerd. Zo'n gelegenheid krijg je nooit weer. Je blijft net zo lang tot hij je deze kwestie uit de doeken heeft gedaan.'

'Het rijk van Lodewijk de Grote was zo uitgestrekt dat het aan drie zeeën grensde,' zei Ábel. 'Om welke zeeën gaat het eigenlijk?'

Tibor zei op ernstige, bijna zorgelijke toon: 'Dat heb ik ook nooit geweten.'

'Je moet heel goed het belang van je vragen benadrukken,' zei Ernő. 'Dat zal waarschijnlijk het moeilijkst zijn. Probeer beleefd te blijven, maar toch vastberaden over te komen. Per slot van rekening verlang je niets bijzonders van ze. Het is net zoiets als wanneer je naar een winkel teruggaat om nog wat informatie te vragen over het gebruik of de kwaliteit van een apparaat dat je er hebt gekocht. Dat kunnen ze een oud-leerling moeilijk weigeren. Laat vooral merken dat je 's nachts niet kunt slapen omdat je voortdurend over die passage bij Tacitus ligt te piekeren. Je moet ze dit heel duidelijk vertellen. Morgen gaan we een beetje oefenen.'

'Eventueel kunnen we er nog meer mensen bij halen,' zei Béla. 'Jurák kan bijvoorbeeld de zangleraar zijn excuses aanbieden omdat hij altijd zo vals zong. Misschien kan hij om privé-lessen verzoeken om het euvel alsnog te verhelpen. Het geld daarvoor krijgen we wel bij elkaar.'

'Wat is Amadé eigenlijk van plan?' vroeg Ábel.

Het was een vraag die niemand kon beantwoorden, zelfs Lajos niet. Béla schoof met één hand voorzichtig het gordijn een stukje open, zodat ze konden zien wat er in de gelagkamer gebeurde. Ze zagen iedereen zitten: de primadonna, rechts van haar de inmiddels gearriveerde directeur, die een portie salami naar binnen zat te werken, links van haar de apotheker. De redacteur zat aan het uiteinde van de tafel en luisterde aandachtig naar het gesprek in de hoop iets op te vangen wat hij in een artikeltje kon verwerken. Twee jonge officieren in reservistenuniform dronken mousserende witte wijn. De cafékouder, die eruitzag als een hartpatiënt, leunde tegen de tapkast en liet zijn krachteloze, gelige handen slap langs zijn lijf hangen. Het was niet te begrijpen waarom iemand voor zijn plezier naar een café ging. Door het rumoer kon je elkaar nauwelijks verstaan. Ábel bedacht dat de avonden die hij als klein kind in zijn vaders kamer met de drie goedaardige gekken had doorgebracht, nog amusanter waren geweest.

Geleidelijk ebde de spanning waarin hij verkeerde weg. De mengeling van schaamte, verwarring en verbijstering die hem 's middags, na het vertrek van de bendeleden, had overvallen, maakte plaats voor een bijna verlammende onverschilligheid.

Verveeld hingen de jongens op hun stoelen en staarden naar het armzalige, smoezelige paradijs van de volwassenen, waar ze vroeger zulke hoge verwachtingen van hadden gehad.

'Intra muros,' zei Ábel zuur.

De anderen keken hem niet-begrijpend aan. Tibor zag die avond opvallend bleek. Hij zat stil en plechtig voor zich uit te staren en ondersteunde zijn kin met zijn hand, als een terdoodveroordeelde die op zijn executie zit te wachten. Ábel durfde hem niet te vragen wat hem scheelde. Je kon van hem van alles verwachten en soms gaf hij de meest dwaze antwoorden, die van een beschamende onnozelheid getuigden. Misschien zou hij wel antwoorden dat het bezoekende elftal de afgelopen zondag slecht had gespeeld en dat het de wedstrijd makkelijk met een vrije trap in zijn voordeel had kunnen beslissen. Als Tibor zorgen had, stuurde hij zijn geest graag naar andere contreien. Ábel was voortdurend bang dat Tibor iets zou zeggen waardoor hij in de achting van Ernő zou dalen. Alleen Ernő's reactie vreesde hij, Béla en Lajos waren veel minder kritisch. Hij was bang dat Tibor een fout zou maken en iets onhandigs zou zeggen waarover hij, Ábel, zich zou moeten schamen.

Hoelang kan dit nog duren? dacht hij. En wat gebeurt er daarna? Misschien zou de betovering die hen met elkaar verbonden hield over een paar minuten wel voorgoed voorbij zijn. Eén verkeerd woord was voldoende om, als bij een overbelaste leiding, de zekering te laten smelten, en dan zou alles in duisternis worden gehuld.

Ze hadden lang naar deze avond uitgekeken. Ábel zou niet precies hebben kunnen zeggen wat hij ervan verwachtte, in elk geval een soort bevrijding. Hij verbaasde zich erover dat al zijn vrienden even slecht gehumeurd waren. Nooit had hij gedacht dat ze het moment van hun bevrijding zo gedesillusioneerd zouden beleven.

De slechte hiërarchische positie waarin ze verkeerden ergerde hem. Plotseling waren ze van hun verheven voetstuk in de jongerenwereld getuimeld en in de laagste regionen van de volwassenenwereld terechtgekomen. Zachtjes mompelde hij tegen zichzelf: 'Nu kunnen we weer van voren af aan beginnen.'

Geen van hen wilde zonder Tibor naar Amadé gaan. 'Wie gaat het eerst?' vroeg Ernő. Toen niemand antwoordde en Tibor geen aanstalten maakte, zweeg hij zelf ook afwachtend.

Tibor staarde naar het marmeren tafelblad en keek niet op, hoewel hij wist wat iedereen van hem verwachtte. Hij zweeg koppig. De opdringerige sympathie en hartstochtelijke aanhankelijkheid, waarmee de jongens hem – feller en jaloerser dan ooit – van alle kanten belaagden, maakten hem weerspannig. Als een gekrenkte Paris keek hij hoogmoedig voor zich uit en beet op zijn lip. Hij was verbijsterd en verbitterd door hun onderlinge jaloezie, waarvan hij de hartstochtelijke kracht bijna fysiek voelde. Zijn gespannenheid en onzekerheid namen met de minuut toe en hij ervoer zijn vriendschap met de bendeleden enkel nog als een last. Zijn enige aangename gedachte was dat de strenge disciplinaire regels die hen tot nu toe bijeen hadden gehouden, vandaag definitief hun kracht leken te hebben verloren. Als hij daaraan dacht, voelde hij zich opgelucht en bevrijd. Hij had genoeg van de vriendschap met de jongens. Het was allemaal te veel geweest en had hem overstelpt. Ábels dweepzucht, Ernő's jaloezie, Béla's kleverige aanhankelijkheid, de spelletjes van de excentrieke acteur en de nieuwsgierigheid van de gebroeders Garren, die de bende leken te bespioneren, al deze eigenschappen en gedragingen ervoer hij als overdreven en verdroeg hij zo langzamerhand niet meer. Opgelucht bedacht hij dat hij misschien al over een paar maanden het leven van een kazernesoldaat zou leiden. Daar zou hij geen last meer hebben van mensen die voortdurend zijn doen en laten bekritiseerden, zoals zijn moeder, Lajos en Ábel, en ook niet van Ernő, die hij wel kon schieten vanwege zijn kritische smoel. Ook zou hij daar verlost zijn van die rare Béla met zijn fatterige maniertjes. Al die bemoeizuchtige mensen hingen hem mijlenver de keel uit. Verlangend dacht hij aan het front, waarvan hij niets afwist, behalve dat het definitief een einde zou maken aan het huidige leven met zijn niet meer te verdragen spanningen. Uit de oernevel rees het beeld van zijn vader op, groot en ontzagwekkend, als een uit brons gegoten heldenbeeld. Dat beeld was een zekerheid waaraan je je kon vastklampen, hoewel het met zijn reusachtige gewicht het omringende leven verdrukte. Morgen zou hij met zijn moeder praten en misschien alles opbiechten; hij wilde in elk geval de schuld aan Havas aflossen en het zilver terugkrijgen. Daarna zou hij opgelucht afscheid nemen van Ábel en Ernő, Béla een klap op zijn schouders geven, de toneelspeler uit de weg gaan en fluitend naar de kazerne vertrekken, desnoods zich naar het front laten sturen, naar de oorlog, die grote gemeenschap van volwassenen, waar een mens van elke verantwoordelijkheid werd verlost. Dan zou hij niet meer het idool zijn van een vriendenkring, wat des te belastender was omdat hij hun vriendschap niet kon beantwoorden. Alles zou goed zijn of op de een of andere manier in orde komen, misschien was één enkel woord voldoende om de betovering te verbreken en hen uit de beroerde situatie te bevrijden. Hij begreep er langzamerhand niets meer van, zo verwarrend en ondoorzichtig was het spel. Ze zaten hier allemaal met een gezicht alsof ze op iets wachtten. Hoe was dat mogelijk, wie was de schuldige? Zelf voelde hij zich in elk geval onschuldig; hij had tenslotte enkel geduld dat de jongens om hem heen zwermden. Wat dat betreft was hij zelfs rechtvaardig geweest, want hij had hun aanwezigheid zonder onderscheid te maken getolereerd. Hij had het gevoel dat hij een grote last op zijn schouders had genomen, die te zwaar voor hem was. Afwerpen moest hij die, met een wilde beweging, om daarna met verlicht gemoed verder te gaan. Nee, dit spel was niets voor hem, hij had er genoeg van, het wekte een spanning in hem op die zijn zenuwen slecht verdroegen.

Hij dacht aan Ábel en wierp een blik op hem. De dokterszoon, die meteen voelde dat Tibor naar hem keek, reageerde met zoveel ijver en met zo'n koortsachtig vragende blik, gereed om op te springen en zijn bevelen uit te voeren, dat hij mismoedig en schuldbewust langs hem heen keek. Wat was het toch moeilijk om je van iemand los te maken! We denken dat we vrij zijn, maar als we ons echt willen bevrijden, merken we dat we aan handen en voeten zijn gebonden. Het ging allemaal razendsnel: je lachte iemand per ongeluk even toe en een ogenblik later was je in een vriendschap met hem verstrikt. Voor hem, Tibor, was zo'n relatie als hij met Ábel had geen vriendschap. Hij had van dat begrip een heel andere voorstelling en zag het meer als een lichte, verkwikkende wandeling, als een tot niets verplichtende, oppervlakkige sympathie. Je loopt met iemand een eindje op en wisselt met hem van gedachten. Voor de eerste keer in zijn leven bedacht hij dat vriendschap ook een knellende, onlosmakelijke band tussen mensen kan zijn, die niet kan worden verbroken zonder elkaar pijn te doen.

En toch ontmoedigde de gedachte dat je met een geforceerde scheiding iemand kon kwetsen hem niet werkelijk. Het deed er niet toe dat de jongens daardoor pijn zouden lijden. Het liefst zou hij ze in hun gezicht stompen, Ernő de bril van zijn neus stoten, Ábel een ongenadige opstopper verkopen en Béla een bloedneus slaan, om vervolgens met opgeheven hoofd weg te lopen. Het eigenaardige was dat hij hen niet zomaar kon verlaten omdat een mens niet zomaar uit zijn wereld kan stappen, uit zijn eigen omgeving, die hij met zijn wezen heeft gevormd. Hij en zij ademden dezelfde lucht in, leefden in dezelfde atmosfeer, zich daaruit terugtrekken was een bijna fysieke onmogelijkheid, ze waren planeten van een apart universum, die elkaar met zoveel kracht aantrokken dat geen van hen zich van een ander verwijderen kon.

Misschien kan ik me met iedereen verzoenen, dacht hij hoopvol. Een mens kan tenslotte zelfs het ergste verduren. Ik moet met Havas gaan praten, en als Ábel morgen weer voor het raam staat te fluiten, zeg ik gewoon dat ik geen tijd voor hem heb. Misschien schrijf ik wel een brief aan mijn vader en vraag ik of hij naar huis wil komen. Als hij eenmaal hier is en mij vergeeft, durft niemand mij meer lastig te vallen.

Zijn gezicht nam een sombere, hoogmoedige uitdrukking aan. Wat kijken die lui toch naar me, dacht hij geïrriteerd. Nu gapen ze me alle drie tegelijk aan. Ze wachten op het moment dat ik opsta en springen dan overeind om me achterna te gaan. Ze laten me geen stap alleen doen uit vrees dat ik er dan vandoor ga. Ik wou dat dit alles voorbij was, dat ik dit alles kon vergeten, dat ik een heel nieuw leven kon beginnen! Eindelijk, nu ik de vrijheid heb om dat te doen... Ik moet de jaren die achter me liggen vergeten, de bende, de diefstallen, de angst, het hele gedoe, al die onbegrijpelijke narigheid. Het liefst zou ik die lui zoveel mogelijk kwetsen. Vaag dacht hij ook: waarom doet het pijn als iemand van je houdt. Al zijn zenuwen kwamen in opstand en protesteerden tegen de aanspraak die de anderen op hem maakten. Iedereen wil dat ik me alleen met hem bemoei, dacht hij. Ze zijn jaloers op elkaar. Om zijn lippen speelde een nauwelijks zichtbaar, hoogmoedig glimlachje.

Een van hen belazert de kluit, dacht hij. Er is een vuil spelletje gaande, al sinds een behoorlijk lange tijd. Iemand moet daar belang bij hebben. Minachtend als een slavenhouder staarde hij voor zich uit. Ik moet het woord vinden dat, eenmaal uitgesproken, die hele zeepbel uit elkaar laat spatten, het woord dat de onmogelijkheid van de bende voor iedereen zichtbaar maakt. Een woord scherp als een naald, waarmee je maar eenmaal hoeft te prikken. Ik veracht jullie. Als ik nu opstond en begon te schreeuwen dat ik er genoeg van heb, dat ik er niet meer tegen kan, denkt iedereen er het zijne van en staart me aan, en dat wil ik niet meer, het is genoeg geweest! Ik wil alleen zijn en nieuwe vrienden zoeken. Die vriendschap met jullie doet alleen maar pijn. Ik kan er niet meer tegen.

Bijna smekend keek hij om zich heen.

Alsjeblieft niet te veel vriendschap, dacht hij. Het spijt me, maar dat is niets voor mij. Ik heb jullie niet gevraagd naar me toe te komen, dat hebben jullie op eigen houtje gedaan. Hij stak zijn hand op en zag dat alle jongens hem met onverholen nieuwsgierigheid aanstaarden. In Ernő's ogen las hij kille vijandigheid en spot. Diep in hun hart haten ze me allemaal, dacht hij, en er ging een golf van woede door hem heen.

Bedaard rekte hij zich uit en stond op.

'Kom,' zei hij afgemeten. 'Het heeft nou wel lang genoeg geduurd.'

Terwijl ze door het café liepen, bleven ze dicht bij elkaar. Voorop Tibor, daarna de drie andere bendeleden en ten slotte Lajos. De jeune premier boog zich naar de directeur en fluisterde wat. Alle cafébezoekers keken de jongens na. 'Amadés vrienden,' zei iemand aan een van de tafeltjes, waarna er een giechelend gelach opging, dat hen tot aan de deur achtervolgde. Ze voelden de nieuwsgierige blikken van de bezoekers in hun rug prikken. Ábel voelde dat hij bloosde. Blijkbaar waren ze in de gelagkamer over de tong gegaan. Toen ze door de draaideur gingen, stokte deze even doordat iemand haar in de tegengestelde richting trachtte te draaien. Iedereen die hen vanaf de plaats waar hij zat kon zien, staarde hen na. Misschien waren boeken toch betere vrienden dan mensen. Hij had beter bij zijn boeken kunnen blijven. Alles wat je van een mens kreeg was teleurstellend en onzuiver. Zijn vader sliep nu al, maar tante Etelka was misschien nog wakker en zat in zijn kamer op hem te wachten. Wat had de schoenmaker ook alweer over Tibors moeder gezegd? 's Ochtends was ze nog redelijk goed geweest. Als ze vannacht stierf, zou de kolonel morgen of overmorgen voor de begrafenis overkomen en dan... Hij moest zo snel mogelijk met Havas gaan praten. Waarom had Tibor gevraagd of hij mee wilde gaan? We vragen hem simpelweg om het zilver en geven hem een schuldbekentenis. Als we de oorlog overleven en genoeg geld hebben verdiend, voldoen we de schuld. Ik zal hem een brief geven, die hij, als ik mocht sneuvelen, aan mijn vader of aan tante Etelka kan tonen. Misschien ben ik dit drama over een halfjaar wel vergeten. Misschien blijf ik in leven en kan ik, als ik er de gelegenheid voor heb, iets schrijven. Dat is ook moeilijk, maar niet zo moeilijk als tussen mensen leven. Daar staan we nu en iedereen gaapt ons aan. Ze lachen spottend en de redacteur wijst zelfs naar ons en zegt iets tegen de anderen. Misschien weten ze dat we naar Amadé gaan. Amadé is in het café niet erg populair. Als de mensen hem zien, grinniken ze of fluisteren achter zijn rug. Nu lachen ze ook om ons. Misschien denken ze dat we onder leiding van Amadé naar de meisjes gaan. Bordeelbezoek schijnt na het eindexamen gebruikelijk te zijn. Eigenlijk geen gek idee. Die krachtpatser van een Jurák is vorige week bij de meisjes geweest. Hij vertelde dat er een blondine uit de hoofdstad was, die hem haar vergunning liet zien. Had ze uit Boedapest meegenomen. Jurák heeft dat ding helemaal uitgespeld. De politie schrijft die meisjes alles tot in de kleinste details voor, zelfs waar ze mogen tippelen of passerende mannen aanspreken. In de Opera en het Nationaal Theater mogen ze alleen boven zitten, op de tweede galerij. Ook staat erin hoeveel de bordeelhouder voor het kamertje op haar verdiensten mag inhouden. Ik zou zo'n ding ook best eens willen lezen. Ik zou alles wel willen lezen wat de mensen hebben geschreven, en alles willen bekijken wat ze hebben geconstrueerd en gebouwd. Waar wachten we eigenlijk op? Ik geloof dat we allemaal een hekel aan elkaar hebben. Ik heb in ieder geval een hekel aan Amadé, en die Lajos met zijn stompzinnige vragen kan ik niet meer luchten of zien. Hij springt altijd van de hak op de tak als we ergens over praten. Als Tibor mijn vriend was, zou ik altijd bij hem blijven en alles met hem bespreken, ook als ik van tevoren wist dat hij me niet zou kunnen volgen of niet geïnteresseerd zou zijn. Misschien zou het helpen als ik hem iets gaf, een cadeau, iets heel waardevols. Ik heb hem al alles gezegd en weet niet wat ik hem zou kunnen geven. Het zal er wel op uitdraaien dat we allemaal onze eigen weg gaan en elkaar vergeten. Gingen we maar naar de meisjes! Als ik wist dat we allemaal tegelijk... Misschien brengt Amadé ons er wel naartoe. Schiet op jongens, laten we hier weggaan. De danseres kijkt ook al onze kant op. Ze lacht en wuift. Misschien heeft ze wel een oogje op Tibor. Wat zou ik doen als Amadé me aan de danseres voorstelde? Morgen zou hij het kunnen doen. Ik moet erachter komen wie van ons de bedrieger is. Ik moet me helemaal losmaken van Amadé en van Ernő, en ook van Havas. Ik wil niet meer van die enge pandjesbaas dromen. Op welke leeftijd zou een mens echt volwassen worden?

De draaideur kwam in beweging en ze liepen mee. Twee seconden later stonden ze op straat.

Het plein was feestelijk overgoten met het licht van de straatlantaarns, dat nog werd aangevuld door het ongewoon heldere schijnsel van de maan. In het zoetelijke licht staken enkele lage, witte barokhuizen met ronde vormen fel af tegen de donkere achtergrond. De muziek, waarvan de draaideur nog een paar maten in de richting van de jongens zond, verwoei tot flarden die spoedig door de stilte werden geabsorbeerd. De kerk, die één kant van het plein afsloot, scheen met haar kolossale gewicht de lage huizen neer te drukken. Achter een van de grote openslaande ramen van het bisschoppelijk paleis brandde nog licht. In het kleine parkje midden op het plein staken de kastanjebomen rondom de opgedroogde fontein hun kleine kaarsjes op. De lucht was lauwwarm en even drukkend als op een zomernacht. Nergens was een mens te bekennen. Voor het park rees de slecht geproportioneerde schouwburg met zijn hoge toneelzolder plomp op, als een verwaarloosde boerenschuur. De donkere, met spinrag bedekte ramen van het gebouw loensten kippig naar het plein. De stad sliep zijn eerste, diepe slaap. Ergens in de buurt van het station krijste een locomotief, alsof hij de bewoners wilde waarschuwen dat ze tevergeefs hun hoofd onder het kussen begroeven omdat de treinen met de zwijgzame passagiers toch wel af en aan bleven rijden. Die waarschuwing liet de bewoners echter zichtbaar onberoerd. Voor de kazernepoort trachtten twee gehelmde schildwachten die van standplaats wisselden, gelijke tred te houden met elkaar.

Achter het verlichte raam zat de bisschop in zijn hoge leunstoel de krant te lezen. Op een tafeltje binnen zijn bereik stond een glas water en daarnaast lag een doosje antipyrine in ouwelcapsules. Af en toe stak hij zijn benige hand uit om het glas te pakken en zijn lippen met wat water te bevochtigen, waarna hij verstrooid doorlas. De bisschop sliep in een ijzeren veldbed, net als de keizer. Boven het eenvoudige bed hing een ivoren kruisbeeld en tegen de muur stond een bidstoeltje met een wijnrood fluwelen kussen. Ook de zware gordijnen voor de ramen waren van wijnrood fluweel.

De bisschop, die moeilijk in slaap kon komen, ging naar een van de boekenkasten en liet zijn bleke, knokige wijsvinger over de vergulde ruggen van de boeken glijden, alsof hij, een orgel bespelend, de juiste toets zocht. Hij trok enkele boeken naar voren, maar duwde ze meteen weer terug om daarna hijgend van inspanning een dik, zwart boek uit de boekenkast te lichten. De broze oude man droeg het zware boek moeizaam naar het nachtkastje en legde het naast zijn brevier en zijn rozenkrans. Hij opende het boek en bekeek aandachtig enkele platen. Het was het boek van Brehm over het leven der dieren. De bisschop was al heel oud. Zachtjes kreunend ging hij op de rand van het bed zitten om zuchtend zijn knoopschoenen uit te trekken.

De ramen van het ziekenhuis waren nog verlicht, alsof in

het gebouw een bedrijvige fabriek was gevestigd, waar 's nachts ook werd gewerkt. Aan het eind van de straat, onder de brug, was een stoommolen in vol bedrijf. Langzaam liepen de jongens, die door het schuin invallende licht reusachtige schaduwen achter zich wierpen, over het plein. Midden in het parkje, waar een vlierboom tussen de struiken stond, bleven ze staan. De wrange, haast bijtende lucht van de vlier trof hun reukzintuig bijna fysiek. Ze staken een sigaret op en stonden enige tijd zwijgend te roken. Die paar met gelig licht overgoten huizen om hen heen vormden het decor van hun jeugd. Van elk huis wisten ze wie erin woonden en van elk raam wie erachter sliep. De vergulde letters op het firmaschild van de boekhandelaar waren bijna volledig afgesleten. In de winkels met hun lage gevels kochten ze op rekening van hun vaders potloden, boeken, boorden, hoeden, lekkernijen, figuurzagen en elektrische zaklantaarns. 'Wilt u het op de rekening zetten?' Nergens vroeg men hen om geld. Het krediet van de vaders was kennelijk onbegrensd, want ze hadden gedurende hun schooljaren nog nooit hoeven te betalen. Uit het vierkante luikje in het neergelaten rolluik van de apotheek straalde fel licht. De apotheker, die nachtdienst had, was vermoedelijk in het gezelschap van enkele officieren en uit het officierslogement aangevoerde dames. Hij schonk zijn gasten altijd 'cognac médicinal'. De slagen van de torenklok braken de stilte zo heftig dat hun nagalm een fijn gerinkel voortbracht, als bij het breken van dun glas. De jongens posteerden zich om de vlierboom en leegden hun blaas, met de ene hand hun sigaret vasthoudend en met de andere hun kleren schikkend. De eenarmige hield tijdens het urineren zijn sigaret in zijn mond omdat hij zijn enige hand voor zijn kleren nodig had.

Tibor begon zachtjes te fluiten. Ze vervolgden hun weg en liepen langs het hek dat het park omgaf over het zachte, verende gazon. De schoenmaker zat in zijn onderaardse hol met een geïllustreerd tijdschrift op schoot. Bij het licht van het olielampje las hij halfluid spellend een artikel, getiteld 'Levensbeschrijvingen van onze legeraanvoerders'. Van tijd tot tijd hield hij even op met lezen om voor zich uit te kijken, zijn baard te strelen en zachtjes te kreunen. In de openbare bibliotheek met haar dertigduizend boeken hadden de ratten bezit genomen van de in het maanlicht glanzende vloer van de grote zaal en renden daar opgewonden heen en weer. Het oude gedeelte van de stad werd door een rattenplaag geteisterd. Op een keer was er op uitnodiging van het stadsbestuur een rattenverdelger naar de stad gekomen, die in de hermetisch afgesloten schouwburg een paar uur bezig was geweest. Toen hij klaar was met zijn werk lagen er honderden dode ratten in het gebouw – in de zaal en op het podium, maar ook in de gangen en de loges. Ábel herinnerde zich de rattenvanger nog, die slechts één middag in de stad was geweest. Hij had de openbare gebouwen van ratten en muizen gezuiverd en was de volgende dag weer verdwenen – met medeneming van zijn geheim en het honorarium dat hij van het stadsbestuur had ontvangen. Men beweerde dat hij een Italiaan was.

De voorjaarsmaan heeft de eigenaardigheid voorwerpen die ze beschijnt groter te laten lijken dan ze in werkelijkheid zijn. Het is alsof de voorwerpen, huizen, pleinen en steden het maanlicht absorberen en daardoor opzwellen als lijken die een tijd in het water hebben gelegen. Er dreven soms ook echte lijken in de woonplaats van de jongens, aangevoerd door de snelstromende rivier die de stad doorsneed. De doden hadden geen kleren meer aan en waren uit verre, bergachtige streken door kleine beekjes naar een plaats boven de stad getransporteerd, waar vele kleine wateren in de rivier uitmondden. Vandaar werden ze door de voorjaarsvloed snel voortgestuwd naar hun uiteindelijke bestemming: de zee. Soms dreven er 's nachts twee of drie van die lijken in elkaars nabijheid, die een snelheidswedstrijd leken te doen. De rivier kende haar plicht tegenover de stad en verrichte zulke dodentransporten in ijltempo en hoofdzakelijk 's nachts. Deze drijvende lijken, die een lange reis achter de rug hadden, waren 's winters in de koelcel van de bevroren rivieren volledig gevrijwaard van verder bederf, maar de eerste voorjaarsdooi sleurde hen naar de Hongaarse Laagvlakte. Ze waren talrijk en niet bepaald jong, deze doden. Hun voeten en buik kwamen boven het water uit, hun hoofd bleef er net iets onder. Op hun lichaam, hoofd en borst gaapten wonden. Soms dreven ze tegen de pijlers van de brug aan en kwamen daar vast te zitten. Het personeel van de stoommolen viste de lichamen 's morgens vroeg uit het water en ontcijferde moeizaam de briefjes uit de waterdichte blikken kokertjes die ze om hun hals hadden, om achter de identiteit van de doden te komen. Er werden veel doden door de rivier meegevoerd, want in het voorjaar trof men er elke week wel een paar bij de brug aan. Als zo'n dode uit het water was gehaald en het uit zijn kokertje afkomstige briefje leesbaar was, publiceerde de redacteur de naam van de gearriveerde vreemdeling zo snel mogelijk in de krant.

In het begin van de oorlogstijd had een storm veel schade aangericht in de sparrenbossen in de omgeving van de stad. Hoewel dit al jaren geleden was gebeurd, voerde de lentewind nog steeds de geur van dennenhars naar de stad, en op warme nachten had de lucht de lauwe zwoelheid van badwater dat met dennennaalden is geparfumeerd.

Op de hoek van de Visserssteeg sliepen de slager en zijn twee dochters in een alkoof. Ze hadden de deur naar de winkel open laten staan, zodat de maan hun slapende lichamen bescheen. Het maanlicht viel ook op de lichamen van enkele geslachte dieren, die, van de ingewanden ontdaan, aan grote haken langs de wand hingen. Op de marmeren dekplaat van de toonbank lag de afgehakte kop van een schaap. De ogen in de kop waren gesloten en uit de neusgaten druppelde donker bloed op het marmer.

De oude advocaat, die elke avond als laatste in de stad naar bed ging, zat nog in zijn werkkamer in een met rode stof beklede en met witte geëmailleerde spijkerkoppen versierde fauteuil van kersenhout. Op zijn schoot lagen een paar stoffige insectendozen. Hij was zijn vlinderverzameling aan het bekijken. Aan de muren van de kamer hingen soortgelijke dozen met vele honderden vlinders. De advocaat had ze allemaal eigenhandig gevangen met een wit vlindernet en ze daarna in een potje met cyaankali gedaan. Dat net en dat potje droeg hij altijd bij zich in de achterzak van zijn lange geklede jas, ook als hij naar vergaderingen of de rechtbank ging. Zijn beide zoons waren in de oorlog gesneuveld, hun foto stond in een koperen lijstje met een rouwsluier eromheen op zijn bureau, maar hij treurde niet meer om het verlies want hij was al oud en die zoons waren al meer dan twee jaar dood. In twee jaar tijd kan een mens elke slag te boven komen. Aandachtig tuurde hij door een vergrootglas naar een koolwitje. Op de tafel lagen een tabakszeef en een korte pijp. De advocaat ving al zo'n zeventig jaar vlinders en in elk warm jaargetijde kon je hem in de buurt van de stad aantreffen, waar hij met golvende baard en fladderende jaspanden over pas geploegde akkers strompelde en achter vlinders aan holde.

Er waren natuurlijk nog talloze anderen in de stad; ook mensen van wie de jongens alleen het gezicht of de stem kenden. Aan al deze lieden bewaarden ze op de geheimzinnige plaats waar de geest de zintuiglijke ervaringen opslaat, herinneringen die ze nooit meer kwijt konden raken. Gezichten van invaliden, geestelijken en verwelkte vrouwen, met wie ze tussen de paar toneeldecors die 'stad' worden genoemd, hadden samengeleefd; met mensen die op de een of andere manier hier waren terechtgekomen en zich door afkomst of beroep met elkaar verbonden voelden, die bij elkaar hoorden en alles van elkaar wisten, maar niets met zekerheid. Misschien zouden ze later, op hun sterfbed, opeens aan de manke speelgoedhandelaar van het Kerkplein moeten denken, die hun ooit de voordelen van een nieuw type goocheldoos had uitgelegd. Er woonde trouwens ook een professionele goochelaar in de stad, die elke herfst een voorstelling in de 'cultuurzaal' gaf en in zijn vrije tijd piano's stemde.

Ja, ze leefden op een eiland dat ze waarschijnlijk nooit volledig konden ontvluchten, ook niet door naar elders te verhuizen, want als ze stierven zou de familie hun lichaam terug laten brengen naar deze plaats, om het in de aarde van het eiland te begraven.

Ábel gooide zijn sigaret weg.

'Avanti,' drong de toneelspeler met gedempte stem aan. Hij stond zonder hoed voor de acteursingang en grijnsde naar de jongens. In het maanlicht zagen ze zijn gouden tanden blinken.

De tekstrepetitie

De zaklantaarn van de acteur bescheen de onderste trede van de trap, waarna de lichtbundel nieuwsgierig over de muur gleed. In een houten kastje, waarvan het ruitje door dun traliewerk werd beschermd, hing een velletje papier waarop stond: '9.30 uur tekstrepetitie Rigoletto'. De acteur liep op zijn tenen verder en opende een ijzeren deur die toegang gaf tot een tussenverdieping.

De lange gang was zo smal dat ze onder het lopen met hun beide handen links en rechts de wanden aftastten. Ze liepen met onzekere passen als ganzen achter elkaar, voorop de acteur, die met verende tred als een wandelende lichtbron voor hen uit ging, beurtelings naar voren en naar achteren schijnend om zijn gevolg de weg te wijzen. Bij elke stap doemden matglazen en soms ook ijzeren deuren op, en het ging trap op trap af. Het inwendige van de schouwburg scheen alleen maar uit trappen en deuren te bestaan. Waar ze ook liepen, overal roken ze dezelfde zoete, muffe lucht, die niet van reukmiddelen, schimmel of lijm afkomstig was, maar van linnen, verf, geconcentreerde alcohol, menselijke lichamen, stof, vuil en gebrek aan frisse lucht. Daarbij kwam echter nog de met niets vergelijkbare geur van het theater – het extract van stijlbloempjes en declamaties, het distillaat van woorden, gekleurd licht en bewegingen. Deze zeer sterke, bijna lichamelijke geur, die in de kleding van toneelspelers blijft hangen en zich zelfs aan hun huid en haren hecht, is ook waarneembaar als ze zich niet op het podium bevinden. Ábel begreep opeens de eigenaardige voorliefde van de acteur voor exotische en opdringerige reukmiddelen. Kennelijk trachtte hij daarmee die toneellucht te maskeren, want niemand vindt het aangenaam als zijn medemensen uit de door hem verspreide geur zijn beroep kunnen afleiden. Om diezelfde reden gebruiken dienstmeisjes, die naar de keuken ruiken, goedkope parfums, schoenmakers weeïg ruikende pommades, kruideniersbediendes muskustinctuur, en besproeide de toneelspeler zich met Chypre.

Nooit hadden ze gedacht dat een gebouw zoveel gangen, trappen en deuren kan hebben. Ze waren al twee verdiepingen hoger gekomen, maar de acteur stootte nog steeds nieuwe deuren open. Piepend en knarsend opende zich een eindeloze reeks met ijzer beslagen klapdeuren. De acteur floot zachtjes onder het lopen. Hij liep met de lantaarn in zijn hand voor hen uit en floot zachtjes het zoetelijke, steeds onderbroken en herhaalde operettewijsje dat de jongens hem al vaker hadden horen fluiten. Ten slotte bleef hij voor een matglazen deur staan.

'Het domein van de kapper.'

Hij opende de deur, deed het licht aan en zei: 'Ga zitten.'

Tegen de wand van het vertrek, dat ze niet geheel konden overzien doordat een van de hoeken door een van het plafond afhangend, roodgestreept gordijn was afgeschermd, stond een lange, smalle bank zonder rugleuning. Op een eenvoudige ruwhouten tafel stond een naar achteren geklapte goedkope spiegel met bobbelig glas, en voor de tafel een zitbankje.

'Laten we de kapper alle eer bewijzen, mannen.' Met één hand rukte hij het gordijn opzij, waarachter honderden pruiken verborgen bleken te zijn, die aan lange, aan de wand bevestigde stangen hingen. Blonde, donkere, grijze, gekrulde, golvende en steile, die, doordat ze van hun raison d'être waren beroofd, een hulpeloze en onzegbaar trieste indruk maakten. Het menselijke haar behoudt altijd iets van zijn menselijkheid, zelfs nadat het is afgeknipt. Een blonde damespruik met twee lange vlechten scheen te verlangen naar het vrouwenhoofd waar hij voorgoed van was gescheiden. De vlechten zochten moedeloos in de lege ruimte naar een paar schouders om zich op te ruste te leggen. De zware manen die eens de nek van een anti-Habsburgse opstandeling hadden omgolfd, hingen nu hopeloos omlaag en het lange, verwarde haar viel piekerig over een onzichtbaar voorhoofd. Aan weerszijden van de gladde scalp die men een kaalkop had ontnomen, hing een witte haarlok, en onder de lokken bungelden, wasachtig glanzend, de oren van een grijsaard, die al heel wat gehoord hadden maar hun geheimen listig voor zich hielden. Alle pruiken bewaarden iets van het karakter van de mens uit wiens haarwortels zij waren gesproten, zodat er onder hen ontelbare onzichtbare gehangenen bungelden en ze de herinnering wekten aan een verschrikkelijk bloedbad dat de beul aller beulen, de tijd, onder hun voormalige eigenaren had aangericht.

'De kapper heeft een bovenmenselijke macht,' verklaarde de toneelspeler. 'Hij doet wat dat betreft nauwelijks onder voor de natuur.' Hij haalde diep adem en vervolgde: 'Alleen is hij veel handiger.'

Hij ging voor de spiegel zitten en bekeek zichzelf geruime tijd.

'Er zijn pruiken die zelf acteren.' Hij trok een la open. 'Neem bijvoorbeeld deze blonde... Hoe vaak heeft die niet in mijn plaats gespeeld!' Met een plotselinge beweging rukte hij zijn pruik af. De beweging was zo verrassend en het effect zo dramatisch dat de jongens, die tot dan toe zwijgend en geboeid op de bank hadden gezeten, zich gelijktijdig oprichtten. Tibor sloeg zelfs de hand voor zijn mond. Toch wisten ze allemaal dat de acteur een pruik droeg en die geregeld voor een andere verwisselde om zich aan de kleuren van het seizoen aan te passen. Soms was de pruik koel lichtblond, soms ook zuidelijk donker. Een haarwisseling was dus niets bijzonders, maar de woeste beweging waarmee hij zijn pruik had afgerukt, was zo ontluisterend geweest dat ze een bijna lichamelijke pijn voelden. Had de toneelspeler zich stoutmoedig een arm uitgerukt of geprobeerd zijn hoofd van zijn romp te draaien, dan had hij hen niet meer verrast dan nu. De plotseling ontblote schedel van de toneelspeler, glad als een biljartbal en sneeuwwit, was zo naakt en lichamelijk, zo onverhuld en schaamteloos bloot dat het leek alsof de man al zijn kleren had afgeworpen en poedelnaakt voor hen stond. Met zijn bleke hand streek hij over de gladde schedelhuid, boog zich onverschillig naar de spiegel en bekeek vakkundig zijn hoofd.

'Zorg ervoor dat je haar nooit met water in aanraking komt,' zei hij terwijl hij zijn vuist in de blonde pruik stopte en teder de krullen streelde. 'Dat is het allerbelangrijkst. Jullie zijn nog jong en daarom zal ik je het geheim verklappen. Mij heeft helaas niemand tijdig gewaarschuwd. Er zijn mensen die bij het baden hun hoofd in het water dompelen en vervolgens hun schedel met zeep inwrijven. Dat is de grootste fout die een mens kan maken. Anderen maken hun haar nat nadat ze zich gewassen hebben, waardoor de hoofdhuid gaat schilferen en het haar uitdroogt en vaal en bros wordt. Breng je haar dus nooit met water in aanraking. Er zijn uitstekende haarwaters en droogshampoos te krijgen... Wacht even!' Hij boog zich voorover naar de spiegel en bekeek zijn gezicht met samengeknepen ogen van heel dichtbij.

Zo voor de spiegel en zonder pruik had zijn gezicht iets onverschilligs en levenloos en leek elke trek verslapt. Het enige wat wel leefde waren de ogen. Het was alsof de acteur, door zich de pruik van het hoofd te trekken, elke trek had uitgewist die het leven en de tijd ooit in zijn gelaat hadden gekerfd, zodat zijn gezicht van elke expressiviteit en individualiteit was beroofd en een nietszeggende, doodse indruk maakte. Het was materiaal geworden, dat hij naar believen kon bewerken. Alsof hij dit wilde illustreren, vatte hij met twee vingers zijn neuspunt en draaide zijn hoofd als een levenloos voorwerp naar links en naar rechts. Opeens zat daar voor hen een man die ze nog nooit hadden ontmoet, een brok ruw materiaal waarvan de bezitter kon maken wat hij wou.

De acteur masseerde zijn gezicht met eindeloze zorgvuldigheid, alsof hij alleen in de kamer was, trok zijn oogleden omlaag, liet zijn ogen rollen, bedekte met één hand zijn onderkin en leunde achterover om zichzelf met bijna dichtgeknepen ogen te bekijken, zoals een schilder zijn werk keurt.

'Ik heb een stuk of vierendertig gezichten,' zei hij bijna terloops. 'Vierendertig of zesendertig, ik heb ze al een hele tijd niet meer geteld. Ik heb een negerdominee... en een Cyrano. En een Caesar die op een natuurlijke manier kaal is, zonder hulpmiddelen, een paar lijntjes naast mijn mond... Kijk maar.'

Hij nam een staafje houtskool en trok twee lijnen naast zijn jukbeenderen. Zijn gezicht vermagerde zichtbaar, al zijn trekken leken opeens hoekiger en scherper, en zijn kaalhoofdigheid begon te leven, werd een symbool van het lot, een duidelijk teken van een of ander stil verdriet, dat door geen successen, triomfen of overwinningen kon worden verdreven.

'Mijn Caesar,' zei hij, 'verbergt zijn kaalheid niet met een lauwerkrans. Hij trekt zich niets aan van de wereld en laat iedereen zijn schande zien. Ze mogen alles zien, als ze hem maar vrezen. Onder die kale schedel wordt over het lot van werelddelen...'

Met een trage beweging plaatste hij de blonde pruik weer op zijn hoofd en vervolgde: '... en sluimert de vraag van het zijn of niet zijn.'

Plechtig paradeerde hij langs de jongens en maakte een diepe buiging: '... en ik zeg u, Polonius...'

Heel even staarde hij met de verdwazing van een Hamlet voor zich uit om daarna langzaam een blonde lok van de pruik over zijn voorhoofd te schikken, zijn lippen te tuiten en aarzelend enkele passen te doen. Kennelijk speelde hij een rol waarvan hij geen tekst maar alleen een plagerig glimlachje kende, waarschijnlijk afgekeken van een passant op straat. 'Ja, die pruik heeft dikwijls in mijn plaats geacteerd...' zei hij peinzend. Opnieuw nam hij voor de spiegel plaats, ontblootte zijn schedel, trok een half dozijn pruiken uit een la, gooide ze ruw op het tafelblad en paste ze allemaal. Zijn gelaat veranderde hierbij van minuut tot minuut. Het ene ogenblik was hij heel jong en goedhartig, het andere stokoud en boosaardig. Hele levens weerspiegelden zich in zijn gezicht, flitsen van tijdperken en mensen. Hij zei niet wie hij uitbeeldde, maar speelde met zijn gezicht, zoals een begaafd musicus zijn instrument bespeelt. Nu eens werd zijn neus zo stomp dat hij op een mopshond leek, dan weer zwol zijn gezicht elastisch op om vervolgens rimpelig ineen te zakken.

Om hem heen lagen en stonden tal van hulpmiddelen binnen handbereik, zoals poederdonsjes, grimeerstaafjes, kwasten, flessen alcohol, potjes lijm en geplozen touw om snorren en baarden van te maken. Hij plakte een moesje onder zijn kin en een paar smalle bakkebaardjes op zijn jukbeenderen en strompelde mopperend en kreunend van de jicht door het vertrek. Met zwakke stem gaf hij opdracht hem warme wijn te brengen. Hij speelde met zijn gezicht en met het geplozen touw als een kind met afwrijfplaatjes. Soms wekte hij met twee nonchalante lijnen het gelaat van een historische figuur tot leven.

Ten slotte schoof hij alles opzij en zei: 'Misschien vind ik ooit een gelaat uit waarmee ik lang kan blijven rondlopen, heel lang. Dat is niet eenvoudig. Geplozen touw, pruiken en schmink zijn daarbij van weinig nut. Dit hier' – bij deze woorden tikte hij met twee vingers op zijn wang – 'is het bruikbaarste materiaal, je moet er alleen wel mee overweg kunnen. Natuurlijk wordt het naarmate de jaren verstrijken rimpelig en minder elastisch. Vlees leeft, waarde vrienden, evenals de ziel. Je moet het in bedwang houden en temmen. Dit lichaam,' zei hij, met tegenzin zichzelf bekijkend en een minachtend gebaar makend, 'heb ik totaal opgebruikt en kan ik zo langzamerhand niet meer zien! Binnenkort wil ik me aan de mensen in een andere stad presenteren, in een andere verschijningsvorm, misschien als een blozende jongeman. Ik weet het nog niet, het kan ook best zijn dat ik dan het uiterlijk van een grijsaard aanneem. Mijn rimpels zijn dieper dan vroeger en minder gemakkelijk te verbergen. Ja, ik begin oud te worden.'

Geërgerd plukte hij met twee vingers aan zijn onderkin.

'Ik ben gek op dit spul,' zei hij, een handvol vlasafval nemend. 'En hierop ook,' vervolgde hij, enkele pruiken opgooiend. 'Geloof me, als ik die rossige Titus-pruik opzet, herkent niemand me.'

Om het te bewijzen schoof hij de Titus-pruik over zijn schedel, waarbij de roodachtig glanzende krullen tot aan zijn neuswortel over zijn voorhoofd buitelden. Met vaardige hand verfde hij zijn lippen, die opeens veel voller leken, zoals bij jonge mensen, en met het zwart van een uitgebrande lucifer versterkte hij de uitdrukkingskracht van zijn ogen, zodat zijn doffe, onrustig ronddwalende pupillen begonnen te glinsteren. Zijn hoofd straalde als een jongenskop, blozend, maar met wulpse onzuiverheid en hovaardige schaamteloosheid. Ook zijn stem was veranderd, want hij sprak opeens op krachtige, gebiedende toon.

'Ik heb vierendertig gezichten!' riep hij, zijn onderkin opblazend als een keelzak. 'Of zijn het er zesendertig? Wie kent mij? Ik verdwijn als de onzichtbare ziel, ik glip de mensen tussen de vingers door. Mijn wereld is de onsterfelijkheid, want ik ontglip ook aan de klauwen van de Dood. Magere Hein kent mijn gezicht niet. Ja, zelfs als ik alleen thuis ben, vindt hij daar niet degene die hij zoekt.'

Aarzelend keek hij om zich heen en vervolgde op zachte toon: 'Ieder mens draagt verschillende maskers over elkaar heen. Bij mij zijn het er zoveel dat ik soms niet weet wat het laatste is, waaronder enkel nog kale beenderen zijn.'

Hij rukte de Titus-pruik van zijn hoofd en veegde zijn gezicht met een doek af om de schmink te verwijderen. Opnieuw onderzocht hij het ruwe materiaal in de spiegel, waarna hij op gedeprimeerde toon zei: 'Ben ik dat kale, tandeloze varken? Foei! De duivel hale het!'

Hij nam zijn gebit uit zijn mond en gooide het naast de pruik, alsof het een toneelattribuut was. Vervolgens reinigde hij het met een doek en stopte het weer in zijn mond.

Ernő stond op en ging stilletjes achter hem staan. De acteur viste een sigaret uit zijn zak, wond een handdoek om zijn nek en bekeek zichzelf wantrouwend, met de brandende sigaret tussen zijn lippen.

'In Parijs,' zei hij, 'zitten de obers na hun dienst zo te eten. Ze draaien een servet in elkaar, zodat het een soort sjaal wordt, en doen dat om hun hals.'

'Als jij het zegt, zal het wel zo wezen,' zei Ábel.

Terwijl de jongens naar de toneelspeler zaten te kijken en te luisteren, vergaten ze alles om zich heen. Geen wonder dat ze zo graag zijn gezelschap zochten. Ze voelden dat hij iets van plan was dat veel grootser en vermakelijker was dan de met te veel drank besproeide eindexamenfeestjes, waarbij ze gewoonlijk met een dronken kop en een bedorven maag in een bordeel eindigden. Ze hadden alle vertrouwen in hem en sloegen zijn kameleontische gedaanteverwisselingen geboeid gade. Béla keek gefascineerd naar de kwistige wijze waarop de auteur met de aanwezige voorraad geplozen touw, grimeerstaafjes en dozen met poudre de riz omsprong. Ábel bedacht dat de toneelspeler misschien nóg een gezicht had, dat niemand nog had gezien en waarmee hij mogelijkerwijs vanavond zou optreden. Hij dacht aan de halve minuut dat de toneelspeler in zijn eentje voor het raam van zijn kamer had gestaan. De rillingen liepen hem over de rug, maar hij wist dat hij voor geen geld van de wereld weg zou gaan. Deze nacht zou hij met dit groepje mensen, met de bende en de toneelspeler doorbrengen. Hij wilde net zolang blijven totdat de acteur zijn laatste masker had afgeworpen.

Zoals de man nu voor de spiegel zat, niet geheel gladgeschoren en kaal, met de handdoek om zijn hals en een sigaret tussen zijn lippen, de handen nonchalant op de heupen en de benen over elkaar geslagen, leek hij wel een vreemdeling van onbekende herkomst en met een onbekend beroep, iemand met een vreemde taal, aan wie je absoluut niet kon zien wat voor plannen hij had. Hij pauzeerde, rookte en liet zijn benen bungelen. Ja, hij was in alle opzichten een vreemdeling, zo vreemd dat ze allemaal verlegen zwegen. Alles hier was in handen van de toneelspeler: de vele pruiken aan de muur en alle karakters en lotgevallen die achter de pruiken leken te hangen, in hun schaduw. Al deze zaken behoorden tot het rijk van de toneelspeler. Hij hoefde maar een wenk te geven en hele legerscharen zouden zich verheffen, mensen met afzichtelijke tronies die uit de spelonken van het verleden, uit het niets, te voorschijn kropen. De acteur glimlachte zelfgenoegzaam, zelfverzekerd en verwaand, terwijl de sigarettenpeuk van zijn ene mondhoek naar zijn andere verhuisde.

De enige die hem met enige scepsis gadesloeg was Ernő.
'Wat ben je van plan?' vroeg hij rustig.
De toneelspeler gooide het laatste eindje van zijn sigaret weg, sprong op en zei: 'Aan het werk!'

Hij plaatste Ábel voor de spiegel en bekeek hem met het hoofd achterover en zijn vinger tegen zijn onderlip. Daarna ging hij naar het raam, leunde met zijn rug tegen de vensterbank en bestudeerde hem nogmaals langdurig. Hij gaf hem een wenk, zoals een schilder met zijn model doet, om hem te beduiden dat hij zich en profil moest laten zien. Ten slotte, toen hij gevonden leek te hebben wat hij had gezocht, vloog hij naar de tafel, greep een handvol zwartgeverfd vlasafval, schudde zijn hoofd, floot en draaide het hoofd van de jongen met twee vingers naar links en naar rechts. In opperste verbazing zuchtte hij 'ah!' en 'oh!' 'Wat ik van plan ben?' vroeg hij, verstrooid in zichzelf pratend. 'Ik kneed en ik vorm. Ik organiseer een feestje voor ons. Een mens doet wat hij kan!'

Hij haalde een van fraai grijs haar geknoopte pruik te voorschijn, waarvan de scheiding aan de zijkant liep. Terwijl hij de pruik begon te borstelen, zei hij: 'Je bent de laatste tijd absoluut ouder geworden, mijn jongen. Verdriet maakt een mens oud.' Met een kam scheidde hij de pruik zorgvuldig in het midden. 'Ik had gedacht: een afscheidsfeestje,' zei hij, 'maar we kunnen natuurlijk ook naar de meisjes of naar café Petőfi gaan.' Hij wikkelde een plukje watten om een lucifer en haalde een paar flesjes te voorschijn. 'Ga maar voor de spiegel zitten. Ik heb me er al een voorstelling van gemaakt hoe je er over dertig jaar uit zult zien. Ik hoop dat je dan nog eens aan me denkt.'

Met een onverwachte beweging drukte hij de pruik op Ábels hoofd, als een hypnotiseur die met een plotselinge handbeweging zijn slachtoffer in trance brengt. Ábels uiterlijk veranderde meteen. Toen hij in de spiegel keek, zag hij een onbekende tegenover zich zitten, boven wiens verschrikte ogen een oud voorhoofd welfde.

De acteur nam een staafje houtskool ter hand en begon daarmee de omgeving van Ábels ogen te bewerken. 'Ik had gedacht: een feestje; een feestje ter ere van ons allemaal, dat we nooit meer zullen vergeten. We hebben het er weleens over gehad dat we een keertje samen zouden moeten optreden... Met kostuums en zonder script, iedereen mag zeggen wat hij wil. Ik denk aan een soort amateurvoorstelling... alleen moet iedereen zijn eigen tekst bedenken.'

Hij plakte een vaalgrijs puntbaardje onder Ábels kin, rukte het af en gooide het weg, waarna hij met twee bakkebaardjes begon te experimenteren. 'Deze avond is het goede moment. Jullie kunnen over alle kostuums beschikken. En over het podium, inclusief de decors. De zaal is uiteraard leeg, we spelen voor onszelf. Tot morgenochtend zijn we hier alleen, ik heb alles geregeld. Vannacht is deze schouwburg met alles wat erbij hoort, ook de zaal en het podium, van ons.'

Hij glimlachte verstrooid en koos definitief voor de bakkebaardjes – twee zilvergrijze, harige reepjes, die hij naast Ábels oren plakte. Een weeïge lijmlucht verspreidde zich door het vertrek. 'Zo zie je er lang niet gek uit,' zei hij met een tevreden blik op Ábel. 'De lippen dun... hier nog een tikkeltje teleurstelling, daar een lichte twijfel. En hier... een ogenblik, honnepon, ik ben bijna met je klaar... een beetje inzicht en superioriteit, een zweempje hulpeloosheid en grootmoedigheid.'

Terwijl hij zo bezig was, veranderde Ábel elke minuut meer. De jongens gingen achter hem staan en keken zwijgend toe.

'Mijn werk is geen toverkunst, geen hekserij...' declameerde de toneelspeler, terwijl hij met enkele zeer vlugge bewegingen de kam en het houtskoolstaafje over Ábels gezicht haalde. Hij schikte nog wat weerspannige haren, zette een lijn wat duidelijker aan en verzachtte een paar scherpe hoeken. '... ik heb geen pact met de duivel gesloten.' Terwijl hij dit zei, borstelde hij Ábels wimpers. 'Enkel handigheid en vakkennis. Zet de klok dertig jaar vooruit, dan zul je zien dat het klopt. Je bent klaar, Ábel.' Hij stopte de handdoek met een zwaai onder zijn arm, stak de kam achter zijn oor en maakte een diepe buiging, met de zwierigheid van een Figaro. 'Mijn complimenten, monsieur. De volgende patiënt graag.'

Ábel stond wat onzeker op en de halve cirkel achter hem verwijdde zich. De toneelspeler bekommerde zich niet meer om hem, maar richtte zijn blik op Ernő. 'Een koud hart, groene gal, de angel der intrige, een slangentong en ook nog een bochel,' declameerde hij. 'Zonder wrat kom je niet van me af, mannetje.' Hij duwde de jongen naar de spiegel en plantte hem op een stoel.

Ábel ging met zijn armen op zijn rug in de hoek staan. Het had iets geruststellends zo vermomd te zijn. Je leefde als het ware achter een masker en kon denken wat je wou. Hij keek naar Tibor en glimlachte superieur. De anderen omringden hem en lachten en de eenarmige besnuffelde hem nieuwsgierig en liep om hem heen. Tibor staarde hem met ogen als theeschoteltjes aan. Ábel lachte en kon aan de gelaatsuitdrukking van zijn vrienden zien dat zijn lach ook was veranderd. Ze keken ernstig en vol aandacht naar hem.

'Laten we de natuur een beetje opjagen en corrigeren,' zei

de toneelspeler, die druk aan het werk was. 'Meer hoeven we niet te doen. Ik wil jullie rijpheid een beetje accentueren.' Terwijl hij dit zei, plaatste hij een vuurrode pruik op Ernő's schedel. 'Als je volwassen bent, moet je er ook volwassen uitzien en de consequenties van je volwassenheid dragen,' voegde hij eraan toe. Onder het spreken plakte hij een rossige snor op de haarloze, met zomersproeten bezaaide bovenlip van de jongen. 'De hand van de meester wordt door inspiratie geleid, maar zijn raadgevers zijn kennis, waarneming en ervaring. Ik weet zeker dat je een bochel hebt.' Hij legde zijn handen op Ernő's slapen, duwde zijn hoofd achterover en keek hem doordringend aan. 'Wat een vreselijk hoofd. Ik zal je villen en je lichaam een nieuwe huid geven, een slangenhuid.' Met twee vingers duwde hij Ernő's oogleden omlaag en knipoogde naar de jongens.

Toen de acteur zich uiteindelijk in zijn kleedhokje terugtrok, monsterden ze elkaar wantrouwend, maar geen van hen ging voor de spiegel staan. Een mens went in elke nieuwe situatie of gedaante wonderbaarlijk snel aan zichzelf. Het was alleen jammer dat de toneelkostuums hun niet goed pasten: ze waren allemaal te groot, zodat hun handen en voeten volledig in de om hun lichaam slobberende stof verdwenen. In luttele minuten waren ze veel forser en dikker geworden. Ernő stond op zijn stok geleund voor de tafel. Onder zijn witte cape welfde zich een opvallende bochel, zijn rode haar viel vanonder zijn hoge hoed piekerig over zijn voorhoofd en zijn ouderwetse rokkostuum en zijden kniebroek flodderden om zijn armetierige lichaam. Naast zijn neus had hij een donkere, behaarde wrat. Zijn diepliggende kleine oogjes, die verwarring, ergernis en koppigheid verrieden, schitterden nerveus en zijn mond was tot een smartelijke, bittere grimas vertrokken. Ábel zei zachtjes en op strenge toon: 'Het leven heeft mij bovenal geleerd de waarheid te beminnen.'

'Doe je gulp dicht,' bitste Ernő.

In hun haast hadden ze zich slordig aangekleed. Ábel trok de rode toga wat strakker om zich heen. Béla, de halfnaakte Spaanse scheepsjongen met hoofddoek en kokette, met speeksel op zijn voorhoofd geplakte krullen, zat met zijn handen op zijn heupen op de vensterbank. De eenarmige was in de plooien van zijn toga verdwaald. Hij zat met een lint om zijn voorhoofd op de tafel en liet zijn in sandalen gestoken blote voeten maar wat bungelen. Met de hoogmoedigheid van de plebejer Mucius Scaevola, die zijn arm offerde voor zijn vaderland, dat hij diep in zijn hart verachtte, keek hij trots en gekrenkt om zich heen.

'Rome, je hebt voor mij afgedaan!' zei hij.

Rusteloos ijsbeerden ze door het nauwe vertrek. Ze braken zich het hoofd over hun onbekende rol en trachtten niet op Tibor te letten.

De kolonelszoon boog zich gefascineerd en met de verrukking van Narcissus over de spiegel. Zijn twee blonde vlechten vielen over zijn schouders en zijn hooggetailleerde zijden japon spande om zijn lichaam. Hij lichtte de rok van zijn japon op en sloeg zijn door zijden kousen en lakschoenen slank lijkende benen over elkaar. Zijn welgevormde, volle boezem, die de toneelspeler van twee handdoeken had gemodelleerd, rees bij iedere ademhaling onder zijn diep uitgesneden japon. Zijn armen, hals en het zichtbare gedeelte van zijn borst waren overdadig met sneeuwwit poudre de riz bestrooid en zijn wimpers waren onder Amadés vingers op wonderbaarlijke wijze gegroeid. En doordat de acteur met een fijn donsje een laag poeder op zijn gezicht had aangebracht, waren zijn pukkels geheel verdwenen.

Ernő liep voorzichtig en gebukt om hem heen, nam zijn hoge hoed af en mompelde onverstaanbare woorden. Tibor antwoordde met een glimlachje en wendde zich meteen weer naar de spiegel, die hem als een magneet leek aan te trekken. Hij lichtte zijn rok hoog op en probeerde een paar passen te doen. De pruik broeide op zijn hoofd en verspreidde een onaangenaam luchtje.

'Ik zweet verschrikkelijk,' zei hij met een zonderling diepe, verstikte stem.

Ernő wilde hem een arm aanbieden, maar de eenarmige sneed hem de pas af.

'Ik heb maar één arm, schone dame, maar hij is sterk en u kunt u eraan vastklampen,' zei hij.

Ábel opende het raam. De warme buitenlucht en een zware, nachtelijke geur van aarde stroomden de kamer in. Ze werden er stil van, alsof het geopende raam hen op de buitenwereld attent maakte, op de huizen die rondom het plein stonden, en op de mensen, die hen misschien zouden kunnen zien. Ze keken elkaar aan, maar waren niet in staat om te lachen. Een mengeling van gevoelens en gedachten golfde door hen heen: het besef van hun onloochenbare medeplichtigheid; de onrustbarende maar aangename gedachte dat ze bij elkaar hoorden en hun plezier in de grijnslach waarmee ze, wellicht voor de allerlaatste keer, de wereld konden bespotten. De toneelspeler hield de bende nog heel even, misschien alleen vannacht nog, bijeen. Op dat ogenblik kwam hun alles weer voor de geest: hun gemeenschappelijke herinneringen; de geest van verzet die hen bijeen had gebracht en hun brandende haat tegen een wereld die even onbegrijpelijk en onwaarschijnlijk, even onbewust en leugenachtig was als de hunne. Maar ook andere zaken, zoals de kameraadschap die hen bij elkaar had gehouden en hun verlangens en angsten, die hun een verdriet hadden gedaan dat nog in hun ogen was te lezen.

Tibor lichtte zijn rok op en draaide zich verbaasd een paar maal om en om. 'Zo'n vrouwenrok is niet eens zo onaangenaam om te dragen als je zou verwachten,' zei hij oprecht verrast.

Opeens kwam er een zwaarlijvige matroos binnen in een mouwloos, gestreept hemd, dat om zijn buik spande. Daaronder droeg hij een wijde broek van blauw linnen en stevige schoenen van juchtleer. De man stond breeduit in de deuropening met een pijp losjes in zijn mond. Zijn plakkerige, naar voren gekamde haar, dat onder zijn platte matrozenmuts uitkwam, kleefde wasachtig op zijn voorhoofd. Wat verder aan hem opviel was dat hij scheel keek. Krombenig stond hij daar, nam zijn pijp uit zijn mond en beduidde hun met een wenk dat ze voor hem uit moesten lopen.

De matroos strompelde met kletsende schoenzolen over de hol klinkende planken en draaide de lichtschakelaar om. Een explosie van licht, dat van onderen en van de zijkant kwam, verblindde de jongens. Achter het licht gaapte een diepe ruimte:

de donkere, onafzienbare zaal, waarin de stoelenrijen met donkere, naar naftaline ruikende lakens waren afgedekt. De toneelspeler liep zelfverzekerd en met de rust van een toneelmeester heen en weer zonder acht op hen te slaan. Hij haalde hendels over, schakelde weerstanden in en temde de lichtbundels op een geheimzinnige manier, zodat ze ten slotte als een kleurige, vlammende vlek in een hoek van het podium bijeenkwamen. Opeens waren de bungelende touwen, de decors, de elektrische schakelborden en de opgestapelde planken om hen heen in het duister verdwenen. Hij trok aan een koord en greep met één hand een touw met knopen uit een naar hem toe schietende bundel touwen. Reusachtige, kleurige zeilen draaiden zachtjes klapperend in een andere richting. De matroos was met zijn pijp in zijn mond rustig bezig met het touwwerk en de zeilen om het schip op een opstekende storm voor te bereiden. Een terras met trappen en palmen daalde neer en belemmerde het uitzicht. Aan de zijkant van het podium kwam een pergola met verlepte rozen omlaag in een wervelende stofwolk.

'We krijgen storm,' zei de matroos onverschillig. Hij verdween snel achter de coulissen en imiteerde het geluid van wind die door een pergola giert. Op het geloei van de storm volgde een aantal korte maar heftige donderslagen. De acteur kwam met een somber gezicht achter een bestofte cactus vandaan, wreef zich de handen, stak een pijp op en keek hoofdschuddend om zich heen.

'Het is nog niet precies wat ik voor ogen heb,' zei hij, waarna hij het mediterrane terras met een handbeweging liet verdwijnen. 'Ga gauw in het midden van het podium staan!' Het terras was inmiddels in de lucht verdwenen en nu steeg ook het met rozen begroeide prieeltje langzaam op. Opeens kwamen enkele eenvoudige witte muren uit het niets te voorschijn. De tovenaar wierp een touw omhoog en meteen schrompelde het podium op onverklaarbare wijze ineen. Toen de jongens om zich heen keken, was het al te laat en zaten ze in een scheepskajuit gevangen. De golven sloegen bruisend tegen de patrijspoorten en de wind gierde om het schip. Twee fakkels ontbrandden gelijktijdig en wierpen een mat lichtschijnsel op de wand van de kajuit. Naast een van de patrijspoorten ging een smalle deur open en vanuit de ruimte boven het podium kwam een schemerlamp met een versleten kap omlaag. De matroos greep met beide handen de touwen en onmiddellijk werd een ruitvormig dakje op de kajuit neergelaten. Tot besluit van dit alles ging de schemerlamp aan. Inmiddels waren alle jongens al aan het werk. Niemand sprak een woord, behalve de toneelspeler, die een aantal korte commando's blafte. Hij wijdde Ábel in de geheimen van het wind maken in, en onder zijn instructies begon de wind opnieuw te loeien. Ábel merkte dat het niet eens zo moeilijk was om storm te maken, althans veel gemakkelijker dan de meeste mensen denken. 'Jaag ze op, Aeolus,' zei de acteur, terwijl hij een schragentafel naar het midden schoof. 'Je heerst nu over de winden van de vier hemelstreken.' De eenarmige rolde een vat naar de wand en de anderen liepen met kisten te sjouwen, die waarschijnlijk scheepsbeschuit en drinkwater bevatten. Aeolus geselde zijn dienaren zo hard dat hun jammerkreten over de zee loeiden.

'Alle hens aan dek!' schreeuwde de matroos. 'Eerst de dame! Schuif de kisten om de tafel! Schroef de deksels op de patrijspoorten!' Hij zweeg even en zei toen: 'Op een keer sprongen de negers in het water... Nee, dat heb ik al eens verteld.' Hij schopte een achtergebleven rozenstruik door de deuropening de kajuit uit. Een luide donderslag weerklonk, zodat de lucht trilde en de vloer onder hun voeten beefde. Ábel liet de storm extra hard loeien. 'Die is heel dichtbij ingeslagen,' zei de acteur na een nieuwe donderslag, en hij spuugde op de grond. 'Voorlopig is het genoeg geweest, Aeolus.'

Een zonderlinge stilte volgde op het hemelgeweld. Lampen, wanden en banken, alles stond nog op zijn plaats, wat zo onverwachts en zo onwaarschijnlijk was dat Ábel wankelend de kajuit betrad, alsof hij zich op het dek van een stampend schip in evenwicht trachtte te houden. Met een paar bewegingen namen ze de nieuwe wereld in bezit. Ernő hield Tibor theatraal bij de hand en leidde hem met plechtige schreden naar de tafel. De eenarmig stond op het vat en keek door een patrijspoort aandachtig naar de hoge golven. Ábel ging bij hem staan en sloeg zijn arm om zijn schouders. 'Een majesteitelijk gezicht,' zei hij geëmotioneerd. 'Je voelt je heel klein worden als je zoiets ziet.' In de vloer ging een luik open waaruit een dienblad met flessen, daarna een blote mannenarm en ten slotte het hoofd van de toneelspeler te voorschijn kwamen. De acteur klauterde moeizaam door het luik en liet het daarna dichtvallen. Hij hield het volle dienblad met één hand omhoog en bewoog zich lenig buigend met de bij zwaar weer gebruikelijke serveertechniek van hofmeesters voorwaarts, waarbij het leek alsof hij struikelend het blad met de flessen achtervolgde, dat hij ten slotte zonder ongelukken op de tafel wist te deponeren.

'Het voornaamste bij een storm zijn kalmte en alcohol,' zei hij hijgend. 'Er zijn mensen die hun kalmte verliezen als de wind opsteekt, anderen raken hun maaginhoud kwijt. We varen momenteel acht knopen en de lucht is aardig afgekoeld. Een goede slok brandewijn en een portie beschuit met gezouten vlees, mijne heren, dan kunnen we de komende uren rustig tegemoet zien. De kapitein is op zijn post en het moreel van de passagiers is goed.'

Het dienblad was volgeladen met beschuitjes met vlees en flessen met een heldere vloeistof, die inderdaad brandewijn bleek te zijn. De acteur glimlachte bescheiden bij het horen van de complimenten die hem werden gemaakt. Hij ging op de tafel zitten, klopte zijn pijp uit, deed zijn riem een gaatje losser en begon smakkend grote brokken vlees in zijn mond te proppen. 'Van een creatieve daad wordt een mens hongerig,' zei hij. Hij veegde met zijn hand de hals van een van de flessen af, nam een grote slok brandewijn en merkte op: 'Dat spul brandt in je keel.' Daarna vroeg hij aan Tibor: 'Wilt u ook een slokje, schone dame?'

Toen de eerste fles leeg was, bekende de onbekende schone dame dat ze zich misselijk voelde. De acteur kende een middel tegen zeeziekte, dat men een uur voor het opsteken van een storm moest innemen. De jongens legden de dame languit op de kist, wuifden haar koelte toe en probeerden haar te vermaken. In de kajuit werd het steeds donkerder. De scheepsjongen verliet elke vijf minuten de kajuit om de vier winden te laten loeien en met het weerbericht terug te keren.

Een gemeenschappelijk gevaar brengt mensen nader tot elkaar. De toneelspeler liet zijn Spartaanse principes varen en dronk en at voor twee. Hij was de eerste van hen aan wiens houding je kon zien dat hij te veel op had. De jongens hadden hem nog nooit dronken gezien. Ernő, die voorzichtig en met kleine slokjes dronk, hield de acteur nauwlettend in het oog omdat hij zijn dronkenschap niet helemaal vertrouwde. De toneelspeler schoof een kist onder de patrijspoort en ging daarop zitten. Met zijn beide armen deed hij alsof hij een harmonica bespeelde en opeens begon hij met een nasaal klinkende stem te zingen. 'Dit lied zongen de negers voordat ze in het water sprongen,' merkte hij op. De eentonige melancholie van het lied ging verloren in de grote ruimte die hen omgaf. De acteur stond op en liep met zijn onzichtbare instrument onvermoeibaar heen en weer. Intussen onderging hij een zonderlinge gedaanteverwisseling. Terwijl hij speelde en zong, zagen ze tot hun verbijstering hoe hij in enkele minuten tijd in het niet verdween. Plotseling zat er een dikke, beschonken matroos met een harmonica op de tafelrand – levensecht, met een ander gezicht en schele ogen, ietwat lomp, maar welwillend, gemoedelijk en traag van de brandewijn –, die de triestheid van havens, dichtgeslibde wateren en dokken bezong. Hoewel de acteur niets bijzonders had gedaan was hij toch volledig veranderd. Hij brabbelde in een onbegrijpelijke taal, in een mengelmoesje van Engels, Spaans en een derde, onbekende taal, af en toe luidruchtig snuivend of verre, exotische landen roemend. In zijn woorden klonk de sores van talloze doelloze reizen door.

Hoe goed de toneelspeler kon acteren werd nu pas duidelijk. Aan de rand van het podium, met zijn gezicht naar de donkere zaal toegekeerd, zat een dronken matroos te zingen. Terwijl de storm voortwoedde en het scheepje met zijn passagiers zwoegend en stampend de haven trachtte te bereiken, liepen de jongens over het podium en neurieden het langzame, slaapverwekkende liedje van de toneelspeler mee. De kajuit geurde opdringerig naar brandewijn. Het gevoel dat ze in groot gevaar verkeerden en van elkaar afhankelijk waren kreeg hen steeds meer in zijn greep. Zolang het schip niet was aangemeerd, konden ze elkaar moeilijk ontlopen. Tibor voelde zich weer wat beter en propte zich als een hongerige wolf met voedsel vol. Béla zat aan de voeten van de acteur en staarde hem gebiologeerd aan, zijn kin met zijn handpalm ondersteunend. Na een tijdje begonnen de acteur en Béla om elkaar heen te draaien, waarbij de eerstgenoemde het ritme van hun bewegingen aangaf en zijn bitter verdriet met een lied ventileerde.

Hoewel de jongens nog nooit van hun leven op een podium hadden gestaan, namen ze de uit wat planken en drie wanden bestaande wereld zonder aarzeling in bezit en voelden zich er op een eigenaardige manier thuis. Ábel ging voor het voetlicht staan en declameerde zachtjes een gedicht voor de onzichtbare mensenmenigte in de zaal.

De toneelspeler ging geheel in zijn rol op. Bij elke beweging die hij maakte, verwijderde hij zich verder van het wezen dat zij kenden. Hij haalde nu herinneringen aan Le Havre op en verhaalde, over het toneel wankelend, van liefdesnachten in verre havensteden, waarbij zijn blik verwilderd van de een naar de ander dwaalde. Het vlees van zijn reusachtige naakte bovenlichaam trilde bij elke beweging en hij hield zijn buik niet meer in, zodat die aan alle kanten onder zijn hemd uit puilde. Op een gegeven moment, toen hij langs een schijnwerper liep, zag Ábel dat hij enkele tatoeages op zijn arm en zijn borst had. De eenarmige riep: 'Een getatoeerde! Kijk uit, mensen!'

Ernő had zijn hoge hoed afgezet om die te luchten. De bochel drukte zwaar op zijn rug en belemmerde hem in zijn bewegingen. Ábel had de eigenaardige gewaarwording dat ze met zeer velen op het toneel stonden, ook met mensen die hij nauwelijks kende en met vreemden, daarom telde hij de aanwezigen af en toe. De toneelspeler danste in verstokte eenzaamheid in een hoekje van het podium, terwijl hij met zijn hakken in een gejaagd maar strak volgehouden ritme op de planken vloer roffelde en zijn trekharmonica geen ogenblik liet rusten. De jongens gingen om de tafel zitten en Ábel haalde de speelkaarten te voorschijn.

'Met bedriegers speel ik niet,' lalde de eenarmige.

De kaarten lokten ook de toneelspeler naar de tafel. Hij inspecteerde alle kaarten die hij in handen kreeg zorgvuldig, draaide ze om en om, uitte zijn ongenoegen in vreemde, beledigende bewoordingen en rinkelde met zijn kleingeld. Terwijl de kaarten kletsend op de tafel belandden, leunden ze met hun ellebogen op het tafelblad, en om beter licht te hebben schoven ze een lamp naar zich toe. Béla zei herhaaldelijk dat ze hem mochten fouilleren. Gedurende enige tijd heerste er stilte om hen heen. Het schip voer kennelijk in rustiger vaarwater en de wind was gaan liggen. De toneelspeler verliet tussen twee spelletjes door even de kajuit om een nieuwe fles brandewijn te gaan halen. Toen hij terugkwam, meldde hij tevreden: 'Een bijna wolkeloze nacht, zuidoostelijke wind. Tegen de ochtend kunnen we in Piraeus zijn.'

Ábel had graag geweten hoelang ze al in de schouwburg waren. Hij wist dat ook ervaren zeelui dikwijls hun besef van tijd kwijtraken. Wat doet het er ook toe, dacht hij met een geluksgevoel dat hem bijna deed duizelen. Ik bevind me in een goed onderhouden, veilig schip, tussen hemel en zee, en straks zullen we wel ergens aanleggen. Hij liet zich in het souffleurshokje zakken en bekeek vanuit die positie zijn metgezellen. Béla, die zijn arm om de nek van de acteur had geslagen, stond met zijn ene been schuin voor het andere en zijn bovenlichaam een beetje voorovergebogen, waardoor hij extra slank en jongensachtig leek. Een sigaret bungelde nonchalant tussen zijn weke, verdorven glimlachende lippen, terwijl zijn gelige gezicht zonder dat hij daar erg in had een wellustige, gulzige tevredenheid weerspiegelde. Tibor zat tussen Ernő en de eenarmige en ondersteunde zijn kin met twee vingers, terwijl hij met vrouwelijke, bijna damesachtig mondaine bewegingen de speelkaarten hanteerde. Ernő had voor hem uit het deksel van een kartonnen doos een waaier geknipt, waarmee hij zich met langzame bewegingen koelte toewuifde.

Ábel leunde op zijn ellebogen in het souffleurshokje. Toekijken is interessanter dan vals spelen, dacht hij, duizelig van de brandewijn. Alleen de acteur gedroeg zich alsof hij zijn hele leven in een matrozenhemd met een pijp in zijn mond op een schip had rondgelopen en viel geen enkele maal door een verkeerd gebaar of een verkeerde blik uit zijn rol. Op een gegeven moment, toen hij enigszins verstoord om zich heen keek, ontdekte hij Ábel in het souffleurshokje, waarop hij in grote woede ontstak.

'Jij bedondert de kluit, smerige bastaard!' schreeuwde hij met stentorstem. 'Lekker op de oever gaan zitten om toe te kijken hoe wij door de stroom worden meegesleurd! Leuk, hè, dat kijken? Breng hem onmiddellijk hier, dan zullen we hem eens onder water duwen!'

De jongens stormden op hem af en sleurden hem uit zijn schuilplaats. Ábel verweerde zich niet. Hij strekte zich op het podium uit en spreidde zijn armen. De toneelspeler liep minachtend om hem heen, alsof hij een kadaver was. Nadat hij hem even met de neus van zijn schoen had aangeraakt, wendde hij zich van hem af.

'Er zijn op deze wereld heel wat verdorven lieden die niets liever doen dan hun smerige hartstochten botvieren,' zei hij met zichtbare walging. 'De ergsten van allemaal zijn degenen die ermee volstaan andermans hartstochten te beloeren. Ik heb daar altijd een gruwelijke hekel aan gehad. In een huis in Rio heb ik ooit zo'n pottenkijker een tand uit zijn mond geslagen. Je hebt daar van die koppelaars en pommadeventers die gaatjes in de muur boren om je te bespieden. Kijk uit voor dat soort mensen! Zolang je iets doet, ben je onschuldig. Je zondigt pas als je uit de kring stapt om toe te kijken.'

Hij liep om de kajuit heen en zette een fles brandewijn bij Ábel neer.

'Drink,' zei hij, waarna hij naast Ábel ging zitten alsof hij vermoeid was. 'Kom, Donna-lief!' zei hij, Tibors hoofd met vaderlijke tederheid op zijn schoot vlijend. De jongen ging gehoorzaam naast hem liggen. De acteur stopte zijn pijp op de manier van goudzoekers en ervaren zeebonken die onwaarschijnlijke verhalen over verre streken plegen te vertellen. 'Op schepen moet je heel erg oppassen,' zei hij knikkend, 'want voordat je het weet steekt er muiterij de kop op. Nergens worden mensen zo geknecht als op schepen, neem dat maar van me aan. Er is een tijd geweest... Met andere woorden: op een schip heerst een ijzeren tucht, en dat is ook noodzakelijk. Stel je eens voor, jaar na jaar met elkaar opgesloten in een kleine ruimte, als gevangenen. Een matroos verliest snel zijn ontvankelijkheid voor de schoonheid van de natuur. Hij wordt altijd in de gaten gehouden en is nooit alleen. Zoiets is beslist het ergste wat een mens kan overkomen. Muiterij op een schip breekt altijd onverwachts uit. De bemanning doet jarenlang zonder morren haar werk, je hoort geen onvertogen woord, wat geen wonder is, want bij het eerste teken van weerspannigheid word je in je kraag gepakt en in de eerstvolgende haven aan land gezet. Met de scheepsraden valt niet te spotten. Soms gaat het trouwens nog veel eenvoudiger en vliegt iemand gewoon over de reling. Zoiets gaat snel en de oorzaak ervan is later niet meer te achterhalen. Als dat wel lukt, blijkt die oorzaak meestal een futiliteit: ruzie om een stuk zeep of een slok brandewijn, voor niemand te begrijpen.'

Béla, die bij het voetlicht stond, begon te lachen.

'Daar heb je de loge die wij hebben gehuurd,' krijste hij uitgelaten. Hij wees met uitgestrekte arm de donkere zaal in. 'Nummer drie links. We moesten daar elke zondagmiddag zitten, netjes gekamd, en we mochten niet over de balustrade hangen. Ook snoepjes waren verboden, omdat vader bang was dat de mensen zouden lachen als de kinderen van een kruidenier op snoepjes sabbelden.' Opeens brulde hij de zaal in: 'Vader heeft namelijk principes. Ik heb ze niet.'

Hij rolde bijna om van het lachen.

'Als hij me hier zou zien...'

'Nummer twee rechts,' zei Ábel. 'Die was van ons, daar, rechts, de tweede. Tibor, als je vader je zo zou zien! Pas op, je rokje zit niet goed, ik kan bijna in je kruis kijken.'

Tibor ging overeind zitten en streek met zijn hand over zijn rok, zodat die weer zijn knieën bedekte. Ábel zei zorgelijk: 'Heb je wel eens je oren met watten dichtgestopt en toen een gedicht gelezen? Of een prozatekst, dat kan ook... Het is echt een heel bijzondere ervaring. Moet je eens proberen.'

De toneelspeler haalde een apparaatje uit zijn zak dat op een zakhorloge leek en besproeide zijn handpalmen en zijn gezicht met parfum. De sterke Chypre hulde niet alleen hemzelf maar ook Tibor in een onpasselijk makende wolk.

'Een goede zeeman is dol op reukmiddelen, en zijn kist en zijn zakken zitten altijd vol cadeaus voor zijn vrienden en bruiden,' zei de acteur.

Hij haalde uit zijn zakken handspiegels, kammen en stukjes zeep te voorschijn en distribueerde die met een plechtig gezicht. Het restant van de Chypre goot hij over Tibor uit.

Muziek

Over wat er hierna gebeurde, werden de dag erna verschillende verhalen verteld. Ernő beweerde dat ze, afgezien van de toneelspeler, allemaal dronken waren geweest. De toneelspeler had alleen maar geveinsd dat hij te veel op had. De eenarmige beweerde met grote stelligheid dat de acteur op het kritieke ogenblik stomdronken was geweest omdat hij als een zak in elkaar was geploft toen hij hem maar even 'met zijn vingertoppen' had aangeraakt.

Hoe het ook zij, de jongens herinnerden zich allemaal dat de acteur tegen het aanbreken van de dag abnormaal spraakzaam was geworden en zich nogal vreemd had gedragen. Hij liep heen en weer en vertelde, druk gesticulerend, vreemdsoortige verhalen in een soort koeterwaals. Wat hij allemaal voor onzin had verteld herinnerde niemand zich meer de volgende dag. Hij schermde met de namen van grote steden, maakte minachtende gebaren in de richting van de lege schouwburgstoelen en schreeuwde obscene woorden naar de donkere zaal. Wat later spraken ze allemaal door elkaar heen. De eenarmige wankelde huilend over het podium. Hij liep van de een naar de ander en betastte ieders armen om vervolgens op de plaats te wijzen waar zijn arm was afgezet. 'Dat is jouw arm, maar waar is de mijne?' vroeg hij steeds. Na verloop van tijd ging hij huilend op de grond zitten, waar hij zoekend om zich heen bleef tasten.

'Het moet een vergissing zijn,' zei hij. 'Zoek mijn arm nu eens, hij moet hier ergens zijn.'

De jongens stonden radeloos om hem heen en fluisterden kalmerende woordjes in zijn oor, maar ze wisten hem niet tot bedaren te brengen. Hij schreeuwde en moest ten slotte overgeven. Toen hij zich weer wat beter voelde, wasten de jongens zijn gezicht. Tibor ging bij zijn broer zitten en nam zijn hoofd op schoot. De eenarmige had last van de hik en zijn lichaam schokte van het huilen.

'Geef hem nog wat te drinken, hij heeft niet genoeg gehad,' zei de toneelspeler. 'Die huilbui gaat zo wel over. We kunnen moeilijk nog meer tijd aan hem besteden.'

Ze dronken niet meer uit glazen maar uit de fles en de toneelspeler ging af en toe weg om nieuwe flessen te halen. Hij beschikte kennelijk over een onuitputtelijke voorraad sterkedrank. Ernő schreeuwde boven het lawaai uit: 'Hoe ben je aan al dat geld gekomen?'

In de onverwachte stilte die ontstond, staarden ze elkaar wezenloos aan. Ja, dat was een goede vraag. Hoe had de acteur al die drank kunnen kopen? Normaliter beet hij elke cent doormidden.

Amadé antwoordde grijnzend: 'Jullie zijn mijn vrienden... Geld speelt geen rol. Een mecenas...'

Met een fles brandewijn in zijn hand liep hij wankelend naar het souffleurshokje. 'Dames en heren... Een mecenas... Een begunstiger der schone kunsten... Voor mijn jonge vrienden...' Grinnikend waggelde hij over het podium en riep: 'Muziek!'

Hij haalde een platenspeler uit een kist te voorschijn en zette met onzekere bewegingen een plaat op.

'Een stille naald,' zei hij. 'Heel stil. Laten we dansen.'

Hij liep naar Tibor en maakte een buiging. De eenarmige krabbelde overeind. 'Hij zit in de kist,' zei hij. 'Zoek eens in die kist.'

Het geluid van de platenspeler was zo zacht dat ze het in het begin niet eens hoorden. De toneelspeler sloeg zijn arm om Tibor en begon met hem te dansen.

Ábel volgde het tweetal ongerust. De toneelspeler danste zo goed dat het leek alsof hij geen druppel had gedronken. Hij danste alsof de dans voor hem de natuurlijke bewegingsvorm was, alsof zijn zware lijf gewichtloos werd door de dansbewegingen. Hij voerde Tibor gemakkelijk met zich mee en tilde hem met zijn beide handen nauwelijks zichtbaar op. De muziek was zo zacht en slepend dat aanvankelijk alleen de twee dansenden haar hoorden. Het was een klaaglijke, elegische melodie met gerekte en steeds weer abrupt afgebroken maten, die de toneelspeler tot een onbekende dans inspireerde. Zijn gezicht stond nu ernstig, bijna extatisch. Toen Ábel achter hen aanliep, zag hij dat de man Tibor uitdagend aanstaarde. Zowel hij als Tibor bleven doodernstig tijdens het dansen. Ze keken elkaar oplettend, met een sombere, bijna vijandige gelaatsuitdrukking aan en geen van beiden wendde ook maar een seconde zijn hoofd af. Terwijl ze over het podium wervelden, hielden ze steeds visueel contact, alsof ze elkaar geen seconde uit het oog mochten verliezen. Ze hielden hun hoofd opvallend rechtop bij het dansen en hun hals en hoofd volgden niet de buigingen van hun romp. Wie heeft Tibor zo leren dansen? vroeg Ábel zich af. Misschien liet hij zich enkel hulpeloos door de toneelspeler leiden, die hem in de vaart van zijn bewegingen met zich meevoerde, terwijl hij hem gewillig volgde. Hoe zou die dans aflopen? dacht Ábel ongerust. De twee dansers bewogen zich nu langzamer, met rustige en gelijkmatige bewegingen, totdat de plaat was afgelopen en de toneelspeler Tibor losliet. De jongen raakte even met zijn hand zijn voorhoofd aan en greep daarna met een aarzelende beweging in de lucht, alsof hij zich aan iets wilde vastklampen. Zo bleef hij staan, met geheven hand, wachtend op het moment dat de acteur naar hem terug zou keren. Ábel kreeg de indruk dat Tibor in een soort trance was geraakt. De toneelspeler was met de grammofoon bezig en zette een nieuwe plaat op.

De muziek op de nieuwe plaat was luider, wat op de eenarmige kennelijk een kalmerende invloed had, want hij hield op met jammeren. De acteur omarmde Tibor en voerde hem opnieuw met zich mee in dat eigenaardige, steeds sneller wordende maar toch slepende, ingehouden ritme. Het scheen Ábel toe dat de dansenden bij het wervelen een weerstand hadden te overwinnen en bij elke draaiing met opzet de natuurlijke vaart van hun bewegingen verminderden. De toneelspeler hield Tibor af en toe een eindje van zich af, alsof hij een breekbare last over een afgrond moest tillen, met veel lichaamskracht maar toch niet zonder een zekere inspanning. Hun manier van dansen en het aanzwellen van de muziek verrieden het gestaag dichterbij komen van iets onbekends, het ophanden zijn van een dramatische maar onvermijdelijke gebeurtenis. De toneelspeler voerde Tibor al dansend naar de lichtvlek van de schijnwerper op het podium en bleef daar dansen; hij verliet de ronde vlek niet meer. Béla ging bij de grammofoon staan, corrigeerde de stand van de naald en wond de veer op. De plaat verwisselde hij niet. Tussen twee maten van de muziek, nog bijna zwevend, onderbrak de toneelspeler de dans. Hij liet Tibor los, trok met een vliegensvlugge beweging zijn matrozenhemd uit en wierp het in de hoek. Daarna rukte hij zijn pruik af en slingerde die in de richting van de toneelzolder.

Halfnaakt danste hij door. Zijn bijna vrouwelijke boezem ging bij iedere beweging op en neer en zijn blote, melkwitte rug trilde spekachtig in het licht van de schijnwerper. Hij probeerde nu een nieuwe dansfiguur uit en naderde Tibor met een bijna onzichtbare beweging. Hoewel hij hem niet naar zich toe trok, dansten ze opeens toch heel dicht bij elkaar en elke nieuwe beweging leek de afstand tussen hen te verkleinen. Als ze om hun as draaiden raakten hun lichamen elkaar zelfs even aan. Het was alsof zich een sluier om de twee dansende mensen wond, die hen bij elke wending steviger aan elkaar vastsnoerde, met een onstuitbare kracht. Ook scheen het vlugge wervelen van de dansenden het ritme van de muziek te versnellen, ja het was alsof de grammofoonplaat hun bewegingen nabootste door steeds sneller en gejaagder te gaan draaien.

De eenarmige krabbelde overeind, sloop achter Ábel aan en observeerde de dansenden met open mond. Hij boog hierbij zijn hoofd naar voren en rekte zijn hals zo ver mogelijk uit. Ábel, die zich ongemakkelijk voelde door zijn aanwezigheid, deed een stap opzij, maar de eenarmige stak zijn arm uit, greep hem bij zijn schouder en fluisterde hem in het oor: 'Zet die muziek af!'

Voordat Ábel antwoord had kunnen geven, deed zich iets zo onverwachts en onvoorstelbaars voor dat ze één ogenblik onbeweeglijk en bijna verdoofd toekeken, alsof zich een wonderbaarlijk natuurverschijnsel voor hun ogen voltrok.

De muziek was afgelopen en de naald schuurde en kraste over de nog steeds ronddraaiende plaat, zonder dat iemand zich daarom bekommerde. De toneelspeler zwierde nog eenmaal rond met zijn partner en bleef daarna verstard in zijn beweging staan, een weinig opzij gebogen, als het beeld van een mens die in volle actie door een beeldhouwer is vereeuwigd. Zo stonden de twee dansers daar roerloos in het felle licht van de schijnwerper, als een tableau vivant, als de verbeelding en het symbool van *De dans*. Eén voet van de toneelspeler zweefde nog boven de vloer en zijn lichaam helde in de richting waarheen de vaart van de dans het had gebogen. Opeens kwam het standbeeld langzaam tot leven. De toneelspeler plaatste zijn wijdgespreide benen stevig op de planken, zijn armen gingen omhoog en hieven Tibor, die zijn hoofd iets achterover hield, enkele decimeters van de grond. Tegelijkertijd viel zijn grote, kale paardenhoofd naar voren.

Ábel en de eenarmige vlogen precies op hetzelfde moment op het tweetal af. Béla stootte een soort blaffend geluid uit en dook naar de benen van de acteur om zijn logge lichaam met twee handen omver te trekken. Het grote, plompe lijf rustte echter zo onwrikbaar op de twee wijdgespreide benen dat de jongens het aanvankelijk niet uit balans wisten te brengen. Ábel sloeg zijn arm om Tibors hals en rukte hem met zo'n kracht naar achteren dat ze allebei hun evenwicht verloren en op de grond terechtkwamen. Ze rolden vechtend over het podium totdat ze door de tafel werden gestuit, waar ze heel even roerloos bleven liggen zonder elkaar los te laten. Tibor maakte, nu hij met geweld van de acteur was gescheiden, een onmachtige en gewichtloze indruk, alsof hij buiten de aantrekkingskracht van een grotere massa was geraakt. Béla sjorde nog steeds als een boze terriër aan de enkels van de toneelspeler en produceerde daarbij een geluid dat het midden hield tussen keffen en kreunen. Opeens sprong de eenarmige naar voren en gaf de acteur een vuistslag in zijn nek. Het zware lichaam viel langzaam, als een omvergetrokken afgodsbeeld, opzij en belandde met een dreunende slag op het podium.

Ernő, die aan de rand van het podium stond, tuurde met zijn handen boven zijn ogen de donkere zaal in. 'Daar zit iemand!' riep hij.

Alle jongens verstijfden van schrik. De eenarmige was de eerste die zich, op zijn knieën glijdend en voorzichtig over de acteur klauterend, in de richting van Ernő bewoog. De zoon van de schoenmaker boog zich ver voorover naar de zaal, hief zijn stok en wees daarmee bevend op een donkere loge helemaal achter op het balkon. Iemand zat daar verborgen in de duisternis naar hen te kijken. Béla trachtte klappertandend iets te zeggen.

Ernő's stem klonk schel door de zaal; volkomen van streek krijste hij met schrille stem: 'Daar zit iemand! Kijk dan toch! Die heeft daar al die tijd gezeten!'

Niemand kon zich echter verroeren. In de diepe stilte, in de blinde duisternis viel ver van hen vandaan, boven in de donkere loge, een stoel om en onmiddellijk daarna hoorden ze een deur dichtslaan.

Argwaan

De kolonelsvrouw bleef tussen de beide bedden staan. Ze had Tibors zwarte pak over haar arm en zijn glimmend gepoetste rijgschoenen in haar hand. De vrouw was op haar tenen de nog halfdonkere kamer ingeslopen en hield zich op haar opgezette, wiebelige benen met moeite in evenwicht. Door het vierhoekige venster drong vaag schemerlicht de kamer in. Met een geërgerde en sluwe uitdrukking op haar gezicht liet ze haar blik over de twee bedden en de ruimte daartussen dwalen.

Lajos lag hoog op zijn kussens, stijf en roerloos als een dode. Zijn enige arm rustte op zijn borst en de lege mouw van zijn nachthemd hing over de rand van het bed omlaag. Zijn gezicht was ontspannen en glad. Tibor lag bijna dwars in bed, zijn voet stak onder het dekbed uit en zijn hand omklemde een punt van zijn kussen.

De kolonelsvrouw bracht het kostuum van Tibor met een moeizame beweging naar haar puntige neus om eraan te ruiken. De lichaamsgeur van de jongen en de stank van goedkope parfum die hij van zijn nachtelijke avontuur mee naar huis had genomen, overheersten de geur van de lakense stof. Die parfumlucht was haar al opgevallen toen ze 's morgens de door de kamer verspreide kledingstukken had opgeraapt om ze af te borstelen. Kijk eens aan, de kleine heeft vannacht met een vrouw geslapen, dacht ze.

Er is geen enkele twijfel mogelijk, dacht ze, de jongen was met een vrouw naar bed geweest, zoals alle mannen plegen te doen. Dergelijke geuren hadden ook dikwijls om het lichaam en de kleding van zijn vader gehangen als hij 's morgens thuiskwam, nadat zij met haar losgemaakte, dunne haar over haar magere schouders in haar peignoir de hele nacht in bed had gezeten, wakend, zachtjes huilend en zich met de walgelijkste voorstellingen kwellend, want ze kon in gedachten zien hoe haar man zijn hoekige schedel tussen de borsten van een andere vrouw boorde en zijn lendenen tegen die van de onbekende drukte, aldus haar, de moeder en eigenares van het gezin, bestelend. Ja, dit was heel belangrijk en mocht ze nooit vergeten: hij had haar bestolen. Mannen stelen allemaal, dacht ze minachtend. Ook in de kwellende jaren van haar jaloezie had ze altijd de deprimerende overtuiging gehad dat ze werd bestolen. Als gevolg van haar eigenaardige vrekkigheid, die een belemmering was voor de meestal tot onenigheid leidende en de gezinsstabiliteit ondermijnende ondernemingen van haar mannelijke gezinsleden, vond ze het altijd zonde als haar man of de jongens iets het huis uit sleepten. Ze misgunde de buitenwereld elke bloeddruppel en elke cent. Hier in huis was alles van haar, want zij was de behoedster van het gezin, of beter gezegd: zij was zélf het gezin. Ze had het gevoel een soort eiland te zijn in de grote wereld; een eiland waarop huizen waren gebouwd en mensen woonden. Ja, zij was het eiland waarop haar gezinsleden leefden en ieder van hen parasiteerde op haar, leefde van haar vlees en bloed, maar in plaats van haar daarvoor te waarderen, waren de mannen haar ontrouw en gingen ze naar andere vrouwen. Ze bestalen haar voortdurend. Ze wond zich zelfs op over het feit dat de drie mannen niet alleen thuis maar ook buitenshuis spraken en haar het gesprokene aldus onthielden. Ze besteedden geld en lieve woordjes – zaken die haar alleen toekwamen! – aan vreemde vrouwen en schonken die ontuchtige wezens hun bewegingen, zweet en bloed. Wat nog erger was: op een dag waren twee van hen ervandoor gegaan. Ze hadden het eiland heimelijk en onder valse voorwendsels verlaten, voorgevend dat de plicht, hun eed, het vaderland dat noodzakelijk maakten, en bij hun terugkeer waren ze niet meer degenen geweest die ze oorspronkelijk waren. Een van hen miste zelfs een arm. Ze keek naar de lege mouw van Lajos' nachthemd. Die ontbrekende arm was onbetwistbaar haar eigendom geweest, zij had hem immers gebaard. Het was haar vlees dat die sukkel had verkwanseld. Hij beweerde dat het door de oorlog kwam, maar ze wist wel beter. Oorlog voeren doen mannen alleen om van huis weg te kunnen lopen, omdat ze niet willen gehoorzamen en de kost verdienen.

De kleine had vannacht met een vrouw geslapen. Ze ging voorzichtig wat meer rechtop staan en liet haar blik over de vaag zichtbare kussens glijden, waar zich ergens de mond van de jongen moest bevinden. De mond met zijn opvallende bloedrode, dikke lippen, stond open. Precies de mond van zijn vader, dacht ze. Als dit gezinslid haar ook nog zou verlaten, bleef ze alleen achter en verzonk het eiland in de zee.

Ze deponeerde de kleren van haar zoon op een stoel. Haar leven was bijna voorbij, ze was er zeker van dat ze over niet al te lange tijd zou sterven. Misschien pas over een jaar, maar het kon ook evengoed morgen gebeuren. Haar benen waren helemaal opgezwollen en soms hoorde ze 's nachts haar hart niet meer slaan. Ze was aan de gedachte van de dood gewend geraakt en sprak over haar naderende einde alsof het om een intiem familiefeestje ging. De manier waarop deze gebeurtenis zou plaatsvinden had ze zich al vaak voorgesteld en ze maakte zich daarover geen al te grote zorgen. Het enige wat ze zich wel vaak ongerust afvroeg was of de jongens wel op voldoende afstand van haar dode lichaam zouden worden gehouden als ze na haar overlijden de dokter en mevrouw Budenyik hadden laten komen. Mevrouw Budenyik, die in de stad de lijken aflegde, zou haar uitkleden en met azijnwater wassen – eerst haar verflenste lichaam en daarna haar opgezwollen, dode benen, die allang dood waren toen haar geest en haar zintuigen nog volop leefden. Overigens schaamde ze zich er absoluut niet voor dat mevrouw Budenyik haar in die ontluisterende toestand zou zien, want de aflegster was vroeger vroedvrouw geweest en had haar nog naakter dan naakt gezien toen ze haar zoons ter wereld bracht. Ze hoorde bij de familie – enerzijds bij de grote familie van de vrouwen, die elkaars bondgenoten waren, anderzijds bij de familie Prockauer. Ook grootmoeder was door haar voor het laatst gewassen, en de kleine Tibor voor de eerste keer. Belachelijk dat ik me zorgen maak, dacht ze. Mevrouw Budenyik zou haar taak nauwgezet verrichten, het doodszweet zorgzaam met azijnwater van haar lichaam wissen en haar schone kleren aantrekken voor haar laatste reis. Tijdens die bezigheden zou ze zeker niet de aanwezigheid van de jongens dulden, nee, die zou ze beslist de kamer uit sturen. De afschuwelijke gedachte dat ze de jongens uit medelijden of door gebrek aan daadkracht toch zou toestaan in de kamer te blijven als ze haar waste, had haar gedurende de jaren dat ze hulpeloos in bed lag steeds opnieuw verontrust. Er was een bijzondere reden waarom de jongens haar nooit naakt mochten zien, noch bij haar leven, noch bij haar dood, dat maakte geen enkel verschil. Ze droeg altijd een tot aan de hals gesloten peignoir en de kinderen hadden haar nooit gezien als ze zich waste of in doorschijnende kleding was gehuld. Ze wist dat alles in elkaar zou storten als één blik van hen ook maar de kleinste bres zou slaan in de verdedigingsmuur die ze in de loop van de jaren tussen haar lichaam en haar zoons had opgetrokken. De jongens konden haar alleen dan als moeder, als belichaming van het hoogste gezag beschouwen als ze niet door de aanblik van haar vlees op de gedachte waren gekomen dat ook hun moeder een vrouw was, een wezen dat een man in zijn armen kon nemen, kon strelen en met zoete woordjes verwennen. Als ze daar op haar ziekbed aan dacht, kreunde ze onwillekeurig. Ze moest deze kwestie absoluut nog met mevrouw Budenyik bespreken. Het was een actueel probleem, want nu ook de jongste de nacht buiten de ouderlijke woning doorbracht en met vreemde vrouwen sliep, was haar verzet zinloos geworden en kon ze zich het beste op haar weldra te verwachten dood voorbereiden.

Met veel moeite slofte ze terug naar haar kamer en ging weer in haar bed liggen, dat ze de afgelopen drie jaar alleen heimelijk had verlaten, 's nachts, als iedereen sliep. Haar zoons mochten niet weten dat ze nog kon lopen. De jongens dachten dat ze al jarenlang aan het ziekbed was gekluisterd. Ze was niet van plan hun dit geheim te verklappen, want het kwam de strategie ten goede die ze had bedacht om haar gezin bijeen te houden. Ze had de gewoonte alles onder haar kussen te verstoppen – haar sleutels, een hypotheekakte betreffende een lening van achtduizend kronen en haar schaarse sieraden: een paar zwarte, geëmailleerde medaillons met ingelegde briljantsplinters, enkele oorhangers, een lange gouden ketting en een gouden dameshorloge. In een leren koffer onder haar bed bewaarde ze het zilver, het oude, gedreven tafelzilver dat de herinnering levend hield aan de vroegere luister van de familie. Het weinige geld dat de kolonel maandelijks van het front naar huis stuurde, bewaarde ze in een zeemleren zakje op haar borst. Meer kostbaarheden had ze niet. Wat ze heimelijk in haar bed had verzameld en voortdurend binnen handbereik hield, vergrootte de superioriteit die ze aan haar schijnbare hulpeloosheid ontleende. Het feit dat zij machteloos in bed lag, verschafte haar een zeer groot overwicht op haar gezinsleden en een doelmatig strijdmiddel tegen hun ontwrichtende gedragingen. Zij was van alles het middelpunt en de hele bloedsomloop van het gezin pulseerde om haar heen. Drie jaar lag ze nu al in bed, schijnbaar niet in staat om te lopen. De kolonelsvrouw wist dat haar man niet thuis was omdat het oorlog was, maar diep in haar hart beschouwde ze dit als een voorwendsel dat hem in staat stelde een vrolijk leventje te leiden en niet aan haar ziekbed te hoeven zitten. Haar oudste zoon had een jaar geleden onder hetzelfde voorwendsel de benen genomen en nu was de jongste aan de beurt. Ze bedriegen me allemaal, dacht ze vermoeid.

Ze lag onbeweeglijk in bed. De afgelopen nacht had ze van haar tanden gedroomd, die in die droom allemaal waren uitgevallen. Ze wist dat dit de dood symboliseerde, haar lange leven en de talrijke door haar bestudeerde droomboeken hadden haar dat geleerd. Ze zou weldra sterven en dan zouden de jongens de woning doorzoeken en het zilver, het waardepapier en de sieraden vinden. Ze had er weleens vagelijk over gedacht een soort stichting op te richten; een stichting bestuurd door de voogdijraad, die haar man en haar zoons elk kwartaal een uitkering zou geven in de vorm van een zilveren vork of lepel. Met open ogen lag ze naar de geluiden van de ochtend te luisteren, maar af en toe werd ze moe en sluimerde voor korte tijd in. Altijd lag ze zo in bed, in haar oude, niet geheel schone, met kant afgezette peignoir, alsof ze bezoekers verwachtte. Het was haar nog niet opgevallen dat haar vroegere bezoekers zich allang niet meer aandienden en ze vond het vanzelfsprekend dat iemand als de echtgenote van kolonel Prockauer veel bezoek kreeg.

De grote droom van haar leven, die nooit werkelijkheid had kunnen worden, was een feestelijke soiree die zij, de echtgenote van kolonel Prockauer, in alle kamers van de woning zou geven. In alle drie de kamers en in de tuin, waar ze een gedeelte van het meubilair in zou plaatsen. Een soiree met lampions en allerlei heerlijkheden, zoals wijn, koud vlees en zoetigheden, die op kleine tafeltjes zouden worden uitgestald. Een echt avondfeest met zigeunermuziek, waarbij alle officieren van het regiment tegenwoordig zouden zijn, ook de korpscommandant, die hen een halfuur lang met zijn aanwezigheid zou vereren, en natuurlijk ook de ambtenaren van het stadhuis, aangevoerd door de burgemeester. Dikwijls had ze uitgerekend of de kamers wel groot genoeg waren en wat zo'n avond zou kosten. Om haar gasten te ontvangen zou ze met haar twee zoons bij de tuindeur staan in de grijze zijden japon die ze voor haar zilveren bruiloftsfeest had laten maken en sindsdien nooit meer had gedragen. Haar man zou voor die gelegenheid al zijn medailles opspelden. Als deze nooit werkelijkheid geworden maar tot in de kleinste details uitgewerkte droom haar kwelde, begon ze zachtjes te huilen, iets wat niemand van haar gezin wist.

De jongens ontwaakten en begonnen met water te spetteren. Ze wasten zich en spraken met gedempte stem. In de keuken was het dienstmeisje bezig. Het werk van de nieuwe dag begon en daarmee ook de eigenaardige en ingewikkelde strijd die ze roerloos maar geen ogenblik verslappend voerde door vanuit haar bed de huishouding te leiden en elke belangrijke beslissing van de jongens te beïnvloeden. Ze had het huishouden zo ingericht dat alle levensmiddelen in huis in het buffet tegenover haar bed werden bewaard. Door het meubel daar te laten plaatsen kon ze het dienstmeisje voortdurend in de gaten houden. Elk handje bloem, stukje spek of ei verliet het buffet uitsluitend onder haar toeziend oog en zodra het meisje de glazen deur had dichtgedaan en afgesloten, borg ze de sleutel weer onder haar kussen op. Zodra haar zoons het huis verlieten, ging ze met veel inspanning rechtop in bed zitten om hen met starre blik na te staren, desnoods dwars door de muur. Ook als de jongens buitenshuis waren, meende ze hen te begeleiden en te zien. Soms zag ze hen met volmaakte scherpte ergens in de stad op een straathoek rondhangen. Zelfs hun stemmen meende ze dan duidelijk te horen en ook wat ze met deze en gene bespraken. 's Avonds, als ze weer terug waren, hoorde ze hen grondig uit en niet zelden stemden haar visioenen nauwkeurig met de mededelingen van de jongens overeen.

Het dienstmeisje kwam binnen, kuste haar mevrouw de hand, trok de rolluiken op en serveerde het ontbijt. De kolonelsvrouw gaf het meisje de sleutel en observeerde nauwlettend wat ze in het buffet uitspookte. Nadat ze de trommel met suikerklontjes had gekregen, die ze op haar schoot hield, telde ze vijf klontjes uit. De jongens kregen ieder anderhalf klontje en zij en het meisje maar één. De zon, die al bijna zomerse kracht had, zond haar warme stralen de kamer in.

'Koop straks vlees voor bij het middageten en maak een pot ingemaakte kersen open,' instrueerde ze het meisje. 'Maak als hoofdgerecht deegkussentjes. Als ze klaar zijn, kun je ze met het restant van de pruimenjam vullen. Daar staat de pot, naast de zeep.' Ze sloot vermoeid haar ogen. 'Het moet een feestelijke dag worden, net zo feestelijk als op zijn verjaardag.'

Ze moest hem eigenlijk een cadeautje geven omdat hij was geslaagd. In haar gedachten liet ze al haar waardevolle spullen de revue passeren, maar ze constateerde dat elk geschenk bepaalde gevaren in zich borg en de jongen in verleiding kon brengen. Als ze hem de gouden ketting schonk, zou hij die misschien verkopen of aan een vrouw weggeven.

Kolonel Prockauer verlangde elke dag een schoon paar witte handschoenen en 's zomers wisselde hij om de andere dag van overhemd. Als hij de lente in zijn hoofd had, goot hij eau de cologne door het water waarmee hij zich waste, terwijl zij, de moeder van zijn kinderen, met goedkope huishoudzeep genoegen moest nemen.

'Hij heeft een keer gezegd dat ik naar talg ruik,' zei ze halfluid tegen zichzelf.

Het meisje, dat bezig was de tafel te dekken, onderbrak haar werkzaamheden even, maar zonder op te kijken. Ze kende inmiddels de gewoontes van de zieke, die af en toe zonder enige aanleiding met halfluide stem iets verkondigde en niet verwachtte antwoord te krijgen. De kolonelsvrouw gluurde vanuit haar ooghoeken naar het meisje om te zien of ze haar klacht had gehoord. Het stoorde haar niet als iemand meeluisterde wanneer ze onder het voorwendsel ondraaglijke pijn te lijden van tijd tot tijd de grieven uitte die haar al meer dan dertig jaar bezighielden en meedogenloos kwelden.

Prockauer had haar ooit verweten dat ze geen geurige zeep en parfum gebruikte. Haar handen roken in die tijd, als die van de meeste officiersvrouwen, meestal naar benzine doordat ze zijn handschoenen elke dag moest reinigen. De laatste tijd moest ze voortdurend aan de kwetsende opmerkingen van haar man denken. De foto's van kolonel Prockauer hingen tegenover haar aan de muur, boven het bed. Het waren allemaal variaties op hetzelfde thema: de militaire loopbaan van de kolonel. Hij was op verschillende momenten van zijn carrière afgebeeld: eerst als luitenant en ten slotte als kolonel, in gala-uniform. De laatste foto, waarop hij in veldtenue was gekleed, toonde hem te paard. Al drie jaar lang sprak de kolonelsvrouw tegen deze foto's, meestal gedurende de lange nachten in haar ziekbed, maar soms ook 's middags, in gedachten of half hardop. Prockauer was ervandoor gegaan en amuseerde zich aan het front, waar hij ongetwijfeld aan slemppartijen deelnam en wissels uitschreef om geld te lenen. Met leedvermaak bedacht ze dat hij de hierdoor ontstane financiële problemen straks, na haar dood, in zijn eentje mocht oplossen. Met een stekende blik van haar bijna dichtgeknepen ogen wendde ze zich naar het portret van de kolonel om hem met een spottend glimlachje op te nemen.

De zoons gaven hun moeder een handkus en vielen aan op het ontbijt. Lajos droeg sinds enige tijd weer burgerkleren. Hij had zijn oude zomerkostuums te voorschijn gehaald, maar doordat hij forser en dikker was geworden, waren ze hem te klein geworden. In die te krap zittende kleren zag hij eruit als een middelbare scholier. De lege mouw stak hij in de rechterzak van zijn colbertjasje. Na de amputatie van zijn arm was hij schrikbarend veel aangekomen en ook zijn karakter was veranderd, want hij was verlegen en gulzig geworden. Aan de krappe portie eten die hij als maaltijd kreeg, had hij niet genoeg. Hij geneerde zich niet om tijdens de lunch voedsel van zijn tafelgenoten te accepteren of bij zijn broer en zijn moeder om lekkere hapjes te bedelen en hun voorstellen te doen om te ruilen. Het dienstmeisje klaagde erover dat hij soms restanten van de lunch opat die ze voor de avondmaaltijd had willen gebruiken. Het is maar goed dat ik alle levensmiddelen in mijn kamer bewaar, dacht de kolonelsvrouw. Sinds Lajos een paar maanden geleden uit het ziekenhuis was ontslagen, had hij een dikke buik gekregen, zodat zijn moeder hem ervan verdacht dat hij heimelijk bij andere mensen meeat. Hoewel hij sinds enige tijd niet meer nerveus zijn lippen en zijn neusvleugels vertrok, waren zijn ogen dof en apathisch en het kwam nog maar zelden voor dat zijn blik door een boosaardige glinstering werd verlevendigd.

Zijn stem was ook anders gaan klinken, gerekt en langzaam, bijna zangerig. Als hij iets wilde hebben en het niet kreeg, jengelde hij als een klein kind. Hij was snoepgraag en sloom geworden. Zijn moeder durfde hem niet aan te sporen om een baan te zoeken. Ze moest dulden dat de twintigjarige jongen zijn dagen met de vrienden van haar jongste zoon verbeuzelde. Af en toe trok hij zijn vaandrigsuniform aan, speldde zijn onderscheidingen op en stond in zijn moeders kamer langdurig voor de spiegel. Hij bekeek zichzelf van alle kanten en sprak in zichzelf als in zijn kindertijd, zonder zich om de aanwezigheid van zijn moeder te bekommeren. Het leek wel alsof hij soldaatje speelde. Voor zijn moeder kende hij geen schaamte en op haar vragen gaf hij geen antwoord, hij gedroeg zich als een klein kind dat geheel in zijn spel is verdiept.

Ze zijn op geld uit, dacht ze, haar ogen sluitend. Het was ochtend, de periode van de dag waarin het gevecht begon dat ook 's nachts in haar slaap niet eindigde. Vastberaden klemde ze haar dunne, bloedeloze lippen op elkaar. 's Nachts had ze uitgerekend hoeveel ze Tibor vandaag zou geven – voor de foto en het banket. Ze wilde hem ook een bidprentje geven met de afbeelding van Sint-Lodewijk, die als beschermheilige van de familie gold omdat Prockauer senior, die evenals zijn zoon Lajos heette, naar hem was vernoemd. Ze was er wel niet geheel zeker van dat ze Tibor met de beeltenis van Sint-Lodewijk een plezier zou doen, maar voor alle zekerheid zocht ze het plaatje in haar gebedenboek op en legde het op haar nachtkastje.

'Moeder,' zei Lajos op klaaglijke en zangerige toon, 'Tibor heeft geld nodig.'

's Morgens vroeg, toen de jongens zich stonden te wassen, hadden ze de laatste gezamenlijke aanval besproken. Moeder moest het geld fourneren, dat was de enige mogelijkheid. Niemand anders kon hen helpen. Als moeder hun het benodigde geld gaf, zouden ze 's middags de lening van Havas aflossen en het zilver heimelijk weer op zijn oude plaats leggen. Daarna zou Tibor zich vrijwillig voor de militaire opleiding aanmelden en kon de bende nog de komende nacht worden opgeheven.

Over de afgelopen nacht hadden ze met geen woord gesproken. Lajos had Tibor thuisgebracht en hem zijn schoenen uitgetrokken. Vervolgens had hij hem in bed gelegd en als een patiënt verpleegd. Nadat hij hem had ingestopt, was hij naast het bed blijven zitten totdat zijn broer in slaap was gevallen. Tibor had zich alles laten welgevallen. 's Nachts was hij echter opgestaan en naar Lajos' bed gegaan. Toen hij zag dat de eenarmige met gesloten ogen in bed lag, was hij voorzichtig naar de wasbak geslopen om zijn mond en zijn gezicht met een borstel en met zeep te reinigen. Hij had zijn gezicht langdurig schoongeboend en afgespoeld en was daarna weer naar bed gegaan, waar hij nog lang klaarwakker en onrustig had gelegen, af en toe zijn hand naar zijn lippen brengend om ze te wrijven. Het bed wentelde langzaam met hem om zijn as, maar die beweging had iets geruststellends. Hij voelde dat het draaien weldra zou eindigen nu de plaat bijna was afgelopen. Het zou stil worden, en terwijl ze daar onbeweeglijk in de stilte stonden, zou het steeds lichter worden, totdat de zon was opgekomen.

Morgenochtend ga ik naar het zwembad, dacht hij. Hij had het gevoel dat hij van een berghelling was neergestort en in een diep ravijn lag. Rustig blijven liggen was het beste, er kon hem nu toch niets meer overkomen. Zich bewegen durfde hij nog niet, alsof hij bang was dat hij een arm of been had gebroken. Van tijd tot tijd voelde hij aan zijn mond, waarna zijn lippen zich elke keer tot een opgeluchte glimlach plooiden. Hem kon niets meer overkomen, hij had alles van belang achter de rug. Zijn moeder zou het geld geven en daarna zou iedereen zijn eigen leven gaan leven. Ja, genezing is mogelijk, dacht hij. Als ik dit huis eenmaal verlaten heb, zal ik volledig genezen.

'Ik weet helemaal niets,' zei de kolonelsvrouw in plaats van antwoord te geven. 'Mij vertelt nooit iemand wat. Ik lig hier hulpeloos in bed en haal misschien morgenochtend niet eens, maar jullie komen pas tegen de ochtend thuis en kruipen door dat vervloekte raam naar binnen. Ik weet niet eens of je dat examen hebt gehaald, Tibor.'

Het feit dat Tibor was gezakt en alles wat daarmee samenhing, hadden ze gisteren zo grondig verdrongen dat ze over de vraag van hun moeder eerst moesten nadenken.

'Heb je het diploma al gekregen, jongen?' vroeg de kolonelsvrouw. De eenarmige keek om zich heen. Alsof zijn moeder niet in de kamer aanwezig was, zei hij bemoedigend: 'Ze zal het je straks heus wel geven. Geloof me nu maar. Ze kan het moeilijk weigeren.'

Een paar tranen biggelden over de wangen van de moeder. Ze kon op elk gewenst moment in snikken losbarsten. Tibor sloeg haar met een mengeling van wanhoop en onverschilligheid gade. Hij was er in die drie jaar wel aan gewend geraakt dat zijn moeder in tranen uitbrak als men haar om iets verzocht.

'Ze hebben de diploma's nog niet uitgereikt,' zei hij bemoedigend.

De kolonelsvrouw huilde gelijkmatig, zonder uithalen, als een uurwerk dat is opgewonden en zonder haperen afloopt. Toen ze haar tranen had afgewist, pakte ze het bidprentje en overhandigde het aan Tibor.

'Hier, jongen, dit zal je beschermen,' zei ze, luidruchtig snuivend. 'Ik durf niet te vragen waar je vannacht bent geweest. Ik weet dat je geld nodig hebt, Tibor, dat heb ik al gehoord. Hoeveel kost het banket?'

'Er komt geen banket,' zei Lajos. 'In plaats daarvan krijgen we een lentefeest.'

'Een lentefeest? Dat is zeker iets nieuws,' zei de kolonelsvrouw afkeurend. 'Ik weet nu al waar dat mee eindigt: met een flinke verkoudheid. Lajos, neem je jas mee als je ernaartoe gaat.'

'Mama,' zei Lajos, 'ik heb vier maanden in een loopgraaf bij de Isonzo gelegen, in de stromende regen. Toen kon je ook niet zeggen dat ik een jas moest aantrekken. Waarom zeg je het nu dan wel?'

Hij stond op, legde een hand op zijn rug – een kenmerkend gebaar van de Prockauers – en begon door de kamer te ijsberen. Zijn moeder volgde hem met een schuchtere blik. Vroeger placht Lajos, net als zijn vader, zijn armen op zijn rug te kruisen en met zijn vingers te knakken. Dat weet hij vast niet meer, dacht ze met plotselinge mildheid. Ze sloeg hem beschroomd gade. Het was duidelijk dat er van de vroegere discipline niets meer over was. Elk moment konden de jongens tegen haar in opstand komen, haar zachtjes, zonder geweld, uit bed tillen en ergens neerleggen om vervolgens op de matras en de kussens af te vliegen en zich in haar bijzijn alles toe te eigenen wat ze daar verborgen had: het zilver, de sieraden en het geld. Hulpgeroep en smeekbeden zouden niets uitrichten, de jongens konden triomfantelijk de woning leegroven en haar een prop in haar mond stoppen als ze om hulp riep. Er was iets onvoorstelbaars gebeurd: ze had het gezag over de jongens verloren. Met een hulpzoekende uitdrukking op haar gezicht liet ze haar blik over de op de gevoelige plaat vastgelegde hoogtepunten van kolonel Prockauers militaire loopbaan glijden. Eigenlijk was haar leven gemakkelijker geweest toen Prockauer nog thuis was. Ze wist dat het leven van een mens op onvoorspelbare momenten bedorven kan worden, bijvoorbeeld als hij zwijgt wanneer spreken geboden is, of wanneer hij uit lafheid toelaat dat de gebeurtenissen een ongewenste wending nemen. Misschien had ze tegen Prockauer moeten zeggen dat hij niet naar het front moest gaan. Als hooggeplaatst militair was hij misschien in staat geweest het uitbreken van de oorlog te verhinderen.

In de langwerpige kamer, die met talrijke overbodige meubelen was volgepropt, hing aan elk voorwerp de onaangename, zurige geur die vaak in ziekenhuizen en in woningen van vereenzaamde en verwaarloosde mensen is te bespeuren. In deze kamer, waar hun moeder de hele dag lag, moesten de jongens eten. Ooit had de kolonelsvrouw in het circus een vrouw gezien die, gewapend met een zweep en gekleed in avondjapon, met twee wolven optrad. Ze gaf de dieren geen commando's met haar stem, maar hield ze alleen met haar blikken in bedwang. Daarom meende de kolonelsvrouw dat ze enkel de blik van de jongens naar zich toe moest trekken om de orde weer te herstellen, maar het tweetal ontweek haar blik. De verbinding was verbroken en ze had geen macht meer over hen. Als ze in haar kamer kwamen, zwegen ze. Ze wist dat dit zwijgen gevaarlijk was, maar kon er niets tegen doen. De jongens zwegen al maandenlang. De reden van hun uithuizigheid was haar niet bekend, want ze vertelden haar niets over hun problemen, maar dat ze op iets broedden stond voor haar vast. Misschien hadden ze al een gedetailleerd plan en wachtten ze alleen op een geschikte gelegenheid. Elk moment konden ze in opstand komen en misschien hadden ze wel handlangers, bijvoorbeeld het dienstmeisje of iemand anders. Mogelijk hadden ze besloten op een afgesproken teken op haar toe te stappen en haar magere lichaam met hun sterke armen van het bed te lichten. Misschien zou alleen Tibor haar optillen en Lajos met zijn enige hand de matrassen doorzoeken. Het geld dat ze om haar hals droeg, zouden ze waarschijnlijk niet durven aanraken, dacht ze snel. Ze werd steeds banger en huiverde.

Opeens ging ze rechtop zitten en schoof een kussen onder haar rug.

'Ga allebei de kamer uit,' zei ze. 'Ik zal jullie zo geld geven.'

De eenarmige haalde zijn schouders op en gaf Tibor een wenk, waarop ze naar hun kamer gingen. De moeder luisterde ingespannen en drukte haar beide handen tegen het zakje op haar borst. Nu proberen ze te horen wat ik doe, dacht ze. Misschien bespieden ze me wel. Ze had het bed gelukkig zo laten neerzetten dat het door het sleutelgat niet zichtbaar was. Als ze de jongens geld moest geven, stuurde ze hen altijd de kamer uit. Ze drukte haar handen tegen haar borst en bedacht dat er van gevoelens dikwijls eigenaardig weinig overblijft.

Ze dacht aan het ogenblik waarop ze zwanger was geworden van Tibor, in het achtste jaar van haar huwelijk, nadat Prockauer en zij al een aantal maanden gescheiden hadden geleefd. Op een middag was de kolonel van het exercitieveld thuisgekomen, bestoft en met zijn rijlaarzen nog aan. In zijn hand hield hij zijn rijzweepje en zijn handschoenen. Toen hij midden in de kamer bleef staan en zijn officierspet op de tafel gooide, zag ze zijn bezwete voorhoofd vochtig glanzen. Ze waren de enige twee mensen in de kamer, want de kleine Lajos speelde in de tuin. Maandenlang hadden ze nauwelijks meer iets tegen elkaar gezegd. Prockauer sliep op een divan in de eetkamer, zij met het kind in een dubbel bed. Er was geen onmiddellijke aanleiding voor hun verwijdering geweest. Ze hadden allang geen reden meer nodig om elkaar te haten. Jarenlang hadden ze elkaar gekrenkt en gekweld, maar in het achtste jaar van hun huwelijk waren hun wederzijdse haatgevoelens opeens verflauwd. Hun voor die tijd regelmatig plaatsvindende verzoeningen bleven uit en de nooit aflatende strijd die ze met en tegen elkaar voerden – een gevecht dat hen in hun hele wezen verwondde – kwam tot bedaren. Toen Prockauer zo binnenkwam, haatten ze elkaar al maandenlang kalm en woordeloos, bijna toegeeflijk, en met een zeker begrip voor elkaar. Ze zat in de schommelstoel bij het raam en trachtte een vetvlek – waarschijnlijk ontstaan doordat de kolonel op een ingevet zadel had gezeten – uit zijn gele rijbroek te verwijderen. Ze herinnerde zich nog dat die rijbroek een opvallend mooie kleur had gehad, maïsgeel, en dat de vlek, die, zoals alles bij de kolonel, zeer opvallend en groot was geweest, ergens ter hoogte van de knie had gezeten. Ja, die vlek herinnerde ze zich nog heel goed omdat het verwijderen van vlekken haar in die tijd een zekere bevrediging gaf. Prockauer liep, nog nahijgend van het paardrijden, rustig op haar toe, bleef staan en stak zonder een woord te spreken zijn hand uit. Hij greep haar in haar nekvel en hees haar met één hand uit de stoel, op de manier waarop hij zijn honden placht op te tillen, ze beetpakkend waar dit het minst pijnlijk was. Terwijl ze, bijna flauwvallend van walging en afkeer, worstelde om zich uit zijn greep te bevrijden, ging er een zoete pijn door haar heen, veroorzaakt door het besef dat ze op dat moment werkelijk leefde. Wat er daarna zou komen was enkel nog de weg omlaag, die misschien wel naar de dood zou leiden.

Aan dit ogenblik moest ze denken terwijl ze daar in bed lag, aan het enige werkelijk bewuste moment van haar leven, toen ze in Prockauers armen spartelde en half bezwijmd voelde dat ze werkelijk leefde. Hierna had ze dat gevoel nooit meer gehad. Van dat ogenblik was Tibor de vrucht geweest. Prockauer had ook later nog weleens toenadering tot haar gezocht, maar daarvan kon ze zich niets meer herinneren. Voorzichtig en met tastende vingers opende ze het hemd dat haar boezem bedekte en haalde het geldzakje te voorschijn, nog steeds aan dat merkwaardige ogenblik denkend. Het zakje was met een veiligheidsspeld aan het hemd bevestigd. Nadat ze het geld eruit had genomen, legde ze dit op het bidprentje dat op het nachtkastje lag, om daarna met een zucht van verlichting achterover te leunen.

Met zwakke stem riep ze haar zoons en ze wees met een verlegen glimlach op het stapeltje geld. Lajos staarde haar zwijgend aan en ging op een stoel tegenover haar bed zitten. Tibor knikte en stak het geld in zijn zak.

'Ik weet dat we geen geld hebben, moeder,' zei hij vriendelijk. 'Ik zou je er dan ook liever niet om vragen. Ik heb nu geen tijd meer, ik moet weg. Ik wil je vragen me vanavond, als ik weer thuiskom, zeshonderd kronen te geven. Heb je me begrepen? Zeshonderd.'

'Zeshonderd,' zei zijn moeder snel, alsof het om de gewoonste zaak van de wereld ging. Ze ging rechtop in bed zitten.

'Doe je het?'

'Zeshonderd,' antwoordde de vrouw, met haar hand in de lucht graaiend. 'Zeshonderd.' Ze viel terug in het kussen en staarde met een starre, bevroren glimlach voor zich uit. 'Jullie vader vecht aan het front voor het vaderland en jij vraagt om zeshonderd...' Ze slaakte een paar vreemd klinkende gilletjes en schudde heftig haar hoofd.

Tibor ging aan haar bed zitten, pakte haar hand en wachtte tot ze weer enigszins gekalmeerd was. 'Wind je niet zo op, moeder,' zei hij. 'Ik zie dat je me niet begrijpt. Wind je alsjeblieft niet zo op.' Hij stond op en zei: 'Het zal op de een of andere manier wel lukken.'

'Zeshonderd,' herhaalde de vrouw. 'Grote God! Heilige Lodewijk!'

De jongens drukten haar zachtjes achterover tot ze weer op het kussen lag. Haar lippen zagen krijtwit en ze stootte een onverstaanbaar gebrabbel uit. Tibor legde zijn hand op haar voorhoofd en gaf de eenarmige een wenk om hem te kennen te geven dat langer aandringen zinloos was.

'Er is nog een mogelijkheid,' zei hij, zich naar Lajos buigend. 'Ik ga vanmiddag met hem praten.'

De eenarmige knikte met een somber gezicht zonder zijn blik van zijn moeder af te wenden, die zachtjes hijgde en haar ogen gesloten had, alsof ze sliep. Met een ernstige en nieuwsgierige gelaatsuitdrukking boog hij zich naar voren en observeerde nauwlettend zijn moeder, alsof hij een nieuwe gelaatstrek bij haar had ontdekt. Zijn mond plooide zich tot een vreemd glimlachje, dat een intense interesse verried.

'Ik zie je vanavond in het hotel,' zei Tibor zachtjes bij wijze van afscheid, waarna hij op zijn tenen naar de deur liep.

'Tot vanavond,' zei de eenarmige, die nog steeds zijn ogen op zijn moeder had gericht en ze geen ogenblik van haar afwendde. Hij bracht zijn wijsvinger naar zijn lippen om zijn broer te beduiden dat hij geen leven moest maken.

Nadat Tibor de deur achter zich had gesloten, bleef de eenarmige zwijgend bij het bed staan en boog zich over zijn moeder. Hij observeerde haar enkele ogenblikken met gespitste oren en een oplettende, gewichtigdoenerige uitdrukking op zijn gezicht. De vrouw opende haar ogen onverwachts heel wijd, zodat de twee mensen elkaar van heel nabij aanstaarden. Ze keken elkaar met grote, ronde ogen aan, alsof het de eerste of de laatste keer was dat ze elkaar zagen. In de blik van de moeder vlamde pure angst op en haar uitgebluste ogen begonnen als twee waarschuwingslampen te gloeien. Ze bracht haar beide handen afwerend voor haar borst. De eenarmige nam weer op zijn stoel plaats en ondersteunde zijn kin met zijn handpalm, alsof hij van plan was net zolang te blijven zitten tot hij zijn doel had bereikt.

Het meisje kwam binnen en ruimde de tafel af. De vrouw, die haar instructies wilde geven, probeerde moeizaam rechtop te gaan zitten en iets te zeggen, maar de eenarmige bracht met een gebiedend gebaar zijn wijsvinger naar zijn lippen. De vrouw begon te beven en te klappertanden. Toen het meisje de kamer had verlaten, schoof hij zijn stoel dichter bij het bed en zei met zachte, bedaarde stem: 'Je móét het geld geven, moeder.'

Zijn stem klonk niet streng of dreigend, maar de vrouw sloot met een blik alsof ze op het punt stond een flauwte te krijgen haar ogen. Van tijd tot tijd keek ze even op, maar bij de aanblik van de kalme, volhardende en zelfs koppige blik van haar zoon sloeg ze dadelijk haar ogen weer neer. Lange tijd volhardden de twee mensen in hun houding. Het beven van de vrouw hield geleidelijk op. Af en toe gluurde ze met een schuine blik door haar oogharen om te zien of de jongen nog aan haar bed zat. De tijd kroop oneindig langzaam voorbij. De vrouw hield met een hand haar nachthemd krampachtig bijeen, alsof ze het zakje wilde beschermen dat daaronder rustte. Ze lag met gesloten ogen in bed en leek niets te zien of te horen. Ze wist dat alles zinloos was, maar voordat ze zich gewonnen gaf, verroerde ze geen vin, als een insect dat zich dood houdt wanneer het wordt belaagd. De eenarmige schoof zijn stoel nog wat meer naar zijn moeder toe en leunde op de rand van het bed. Alsof hij vermoedde nog lang te moeten wachten, maakte hij het zich zo gemakkelijk mogelijk.

De mandarijn

Ábel had in hotel Boschlust overnacht. Doordat er geen gordijn hing voor het raam van het kamertje waarin hij sliep, was hij vroeg wakker geworden. In de warme ochtend onthulden zich voor zijn vensterraam de bergen en het bos, fris en geurig, als een mollig meisje met trage, poezelige ledematen. Hij ging in hemdsmouwen voor het raam zitten en liet zijn gezicht door de zon beschijnen. Als je nog niet ontbeten hebt, kan de zon bedwelmend zijn als wijn. Hij had heel diep geslapen en herinnerde zich op dat ogenblik absoluut niet meer wat er de afgelopen nacht was gebeurd. Een onuitsprekelijk geluksgevoel overweldigde hem. Hij durfde zich haast niet te bewegen omdat hij bang was dat de verrukking dan zou vervagen. Zijn lichaam, dat erg koud was geweest, werd geleidelijk warmer en zijn bevroren ledematen ontdooiden.

Om tien uur moest hij in de stad zijn. Op de binnenplaats van het gymnasium zou een groepsfoto worden gemaakt, die bij de serie groepsfoto's zou worden gevoegd die in het verleden van hun vaders was gemaakt. Het hotel had nog geen gasten. In de tuin was de hotelier bezig lampionnen op te hangen. Ábel liep doelloos door de kamer en keek naar de opgestapelde goederen die de bende bijeen had gestolen. Het was allemaal rommel waarmee je niets kon beginnen. Hij gaf de globe met zijn vinger een duwtje en wachtte tot het ding weer tot stilstand was gekomen, daarna plaatste hij zijn vinger precies in het midden van Afrika. Grote God, dacht hij, Afrika. Wat doet het er eigenlijk toe dat de toneelspeler Tibor Prockauer heeft gekust?

Na de bijeenkomst in de schouwburg was hij niet naar huis gegaan. Toen ze voor het gebouw afscheid van elkaar hadden genomen, was hij eerst in de richting van zijn ouderlijk huis gelopen, maar opeens had hij zich omgedraaid en was hij de weg naar het hotel ingeslagen. Een deel van de weg had hij zelfs hollend afgelegd om zo snel mogelijk buiten de stad te komen. Pas bij de rivier was hij langzamer gaan lopen. De nacht was helder en warm. Het plan om naar huis te gaan had hij volledig laten varen. Misschien ga ik wel nooit meer naar huis, dacht hij verstrooid. Er zou nu een leven beginnen dat heel anders was dan het voorbije, waarin tante Etelka, zijn vader, de leraren, Tibor en de toneelspeler de hoofdrol hadden gespeeld. Een eenvoudig, aangenaam bestaan. Alle problemen konden immers met praten worden opgelost. Maar meteen daarop bedacht hij dat hij zichzelf maar wat wijsmaakte. Het hotel en de bijgebouwen hadden in het maanlicht een ongewone, sneeuwwitte kleur en glansden onwerkelijk, alsof ze op een plaatje waren afgebeeld. Zachtjes sloop hij de trap op naar de kamer van de bende, waar hem bij binnenkomst een bedompte lucht van rum en schimmel tegemoet sloeg. Hij opende het raam en plofte op het bed neer, waarna hij meteen in slaap viel. In zijn droom naderde de toneelspeler hem met ontbloot bovenlijf en een scheefgezakte pruik. Tibors hoofd viel achterover en Ábel sjorde aan de arm van de toneelspeler en riep: 'Het is veel koeler geworden! De nacht is kristalhelder!' De droom vervaagde en hij sliep verder diep en roerloos.

De volgende ochtend schoot hij in zijn kleren en ging op weg naar de stad. Het was al zo warm dat hij begon te zweten in zijn nette zwarte pak. Uit een van de zakken puilde nog de pruik van geplozen touw. Hij haalde het ding te voorschijn en keek om zich heen of iemand hem kon zien, daarna gooide hij de pruik weg. Ze lag levenloos op de rijweg, als een harig dier dat door een boerenkar is overreden. Met de neus van zijn schoen lichtte hij het vreemdsoortige voorwerp even op om er vol walging een trap tegen te geven. Degene die deze pruik heeft gedragen is voor eeuwig gestorven, dacht hij.

Toen hij het verbeteringsgesticht passeerde, versnelde hij zijn pas. De lucht was tintelend zuiver en de wind voerde het geluid van een verre kerkklok aan. Hij moest een goede dagindeling maken. Het was vrijdag de achttiende mei. Eerst de fotograaf. Daarna moest hij Tibor spreken. Om twee uur had hij een afspraak met Havas. Misschien zou hij ook nog even naar huis gaan om zijn tante gedag te zeggen. 's Avonds zou hij met zijn vrienden teruggaan naar het hotel om het lentefeest te vieren. Al deze voorgenomen activiteiten interesseerden hem nog maar nauwelijks. Hij bleef staan en keek om zich heen. Heel even voelde hij de aandrang om nu al naar het hotel terug te keren en daar de avond af te wachten, maar onmiddellijk verwierp hij dat idee omdat hij beslist Tibor wilde spreken. Hij moest voortmaken.

De takken van de fruitbomen hingen over de schuttingen en de regen van de vorige dag had de bloesems uit de bomen geslagen, zodat de grond ermee was bezaaid. Hij passeerde het zwembad en zag dat de wilgen zich diep voorover hadden gebogen; hun takken hingen gedeeltelijk in het water. Op de brug bleef hij staan om naar de sterk gestegen, gelige rivier te kijken, waar hij als kind zo dikwijls bij had gespeeld. De wrange geur van het water trof zijn neus.

Over de brug naderde rechter Kikinday, die door de mandarijn ter dood was veroordeeld.

Ábel boog zich over de brugleuning. Kikinday had eigenlijk allang dood moeten zijn, want de mandarijn had hem drie jaar eerder ter dood veroordeeld omdat dit de eenvoudigste oplossing was. Kikinday had tijdens zijn ambtsuitoefening verscheidene mensen ter dood veroordeeld, van wie er zeven daadwerkelijk waren opgehangen. Hij was persoonlijk aanwezig geweest bij de executie van al deze mensen, van wie de laatste een zigeuner was geweest.

De mandarijn was Ábels oudste kennis en zijn persoonlijke ontdekking, de enige van de mythische personages uit zijn jeugd die niet uit een sprookjesboek afkomstig was maar door hem zelf was uitgevonden. Hoe, dat was niet geheel duidelijk; misschien had iemand hem ooit verteld dat er vreemde dingen konden gebeuren als in het verre China een mandarijn op een knop drukte. Toen Ábels relatie met de stad verslechterde, had hij ergens een kapotte bel opgescharreld, waarmee hij zijn vijanden bestreed. Als ze hem te na kwamen, drukte hij eenvoudig op de knop van de bel, waarna zijn belagers werden terechtgesteld. Als hij bijvoorbeeld had gelogen en werd betrapt, moest degene die hem ontmaskerd had, sterven. In de loop van nog geen drie jaar waren op deze manier vier mensen ter dood veroordeeld, van wie er drie ook werkelijk waren geëxecuteerd. De eerste was Szikár geweest, de zoölogieleraar, die Tibor in de vijfde klas een draai om zijn oren had gegeven; de tweede was kanunnik Lingen, die hen in restaurant Jachtlust had bespied; de derde was Fiala, een medeleerling in de zesde klas, die een geheim had verraden dat Ábel hem had toevertrouwd, en de vierde ten slotte was de genoemde Kikinday, een vriend van kolonel Prockauer, die, toen hij de bendeleden in een café was tegengekomen, had gedreigd hun ouders hiervan schriftelijk op de hoogte te brengen.

De mandarijn was Ábels persoonlijke geheim, waarover hij met niemand sprak, zelfs niet met de bendeleden. Hij woonde ergens in China, in een met gele zijde behangen kamer, had lange, spitse nagels en een haarvlecht van een halve meter. Op een gelakt tafeltje voor hem lag een apparaat waarvan hij de knop slechts met de punt van zijn nagel hoefde aan te raken om iemand ergens ter wereld om het leven te brengen. De mandarijn was goed noch slecht, hij diende volkomen objectief het recht. Als iemand zijn medemens in San Francisco scheef aankeek of hem grof bejegende, onderzocht de mandarijn met gefronste wenkbrauwen de zaak en nam daarna een beslissing. Zijn macht kende geen beperkingen en strekte zich over de hele wereld uit. Als hij besloot dat de dader de dood had verdiend, tikte hij met de punt van zijn lange, sierlijke nagels even de op knop bij zijn hand, die in Ábels verbeelding het meest op de knop van een bel leek, en dan zakte de veroordeelde ergens aan de andere kant van de aardbol als een zoutzak in elkaar.

Van dit feit waren maar zeer weinig mensen op de hoogte. Over het algemeen meende men dat Szikár, de zoölogieleraar, zich dood had gedronken en dat kanunnik Lingen het slachtoffer van aderverkalking was geworden, terwijl Fiala door een op jeugdige leeftijd optredende agressieve vorm van tuberculose zou zijn geveld. Ábel wist dat al deze verhalen slechts lariekoek waren. De werkelijke oorzaak van hun dood was de beslissing van de mandarijn, die overigens Ábels persoonlijke beschermheer was en een klein beetje van zijn macht aan hem had afgestaan.

Ábel beschouwde zich als 's mans plaatselijke vertegenwoordiger, die in de stad vrijelijk mocht optreden, maar daarbij de grootste zorgvuldigheid moest betrachten. De mandarijn was Ábels kostbaarste geheim. Elk mens wil diep in zijn hart graag beul zijn, maar zal daar nooit over spreken. Van de vier vonnissen die hij op grond van het oorlogsrecht had geveld, waren er door de mandarijn drie in verbluffend korte tijd bekrachtigd en voltrokken. Kikinday daarentegen, wiens veroordeling al een jaar oud was, liep nog welgemoed door de stad en genoot zichtbaar een uitstekende gezondheid. Hij was weliswaar wat kortademig, maar paradeerde niettemin waardig en zelfvoldaan over de brug.

Ábel wist dat de mandarijn slechts een weinig over tijd was met de voltrekking van het vonnis. Hij nam het spel dermate ernstig dat hij er zelf verbaasd over was. Onlangs had hij het executiemiddel, de kapotte bel van de vestibule, die de laatste tijd doelloos in een la had gelegen, weer eens te voorschijn gehaald en met afschuw bekeken. In het geval van Fiala was Ábel namelijk achteraf door een zekere twijfel overvallen. Het vonnis in zijn zaak was weliswaar niet onrechtvaardig geweest, maar mogelijk wel te streng uitgevallen. Misschien had Ábel hem beter tot levenslange dwangarbeid in een bankfiliaal of op een belastingkantoor kunnen veroordelen. Soms vergist een mens zich weleens, dacht Ábel. Neem nu die Kikinday... 'Nebulo nebulorum!' begroette de veroordeelde hem met de opgewektheid waar hij in de hele stad om vermaard was. 'En, hoe bevalt meneer de volwassenheid?'

Ábel keek van onderen op naar Kikindays opgezwollen gezicht. De zwarte tanden van de man schemerden viezig onder zijn keizer-Wilhelmsnor en zijn waterige ogen keken over Ábels hoofd de verte in. Ze liepen samen over de brug in de richting van de stad.

Kikinday informeerde naar Ábels papa en vroeg vaderlijk wanneer hij met zijn klasgenoten naar het front hoopte te gaan. Zo had hij ook Lajos uitgehoord voor diens vertrek. Overigens was de vraag absoluut niet kwaad bedoeld: Kikinday hield elke jongeman tussen de zeventien en negentien jaar staande om naar het tijdstip van zijn 'vertrek' te informeren. Langzaam liepen ze door een laan die aan weerskanten met populieren was begroeid naar de stad. Boven de rivier hing nog wat nevel – de ochtendnevel van een zeer hete dag.

Kikinday zei bemoedigend dat de basistraining tegenwoordig veel korter was dan in zijn tijd. 'O, jullie hebben er geen idee van wat een echte training is,' zei hij met gespeelde droefenis. 'Hoe zou je dat ook kunnen weten? De tijd dat je eindeloos in een kazerne werd afgebeuld is voorbij; drie, vier weken oefenen en je kunt naar het front. In mijn tijd' – bij deze woorden spreidde hij zijn armen heel wijd, zoals hij altijd deed wanneer hij over 'zijn tijd' sprak, die hij niet nader beschreef, maar met dit gebaar als de vervlogen, nooit meer terugkerende bloeitijd van de mensheid typeerde – '... in mijn tijd moesten we voortdurend kniebuigingen maken, opdrukoefeningen doen en marcheren, en dat bij een onmogelijke hitte. En jullie? Drie weken en je bent klaar voor het front.'

Kikinday had de laatste tijd zelden verzuimd de met jongemannen volgeladen veewagens die naar het front vertrokken met zijn hoed na te wuiven. In de afscheidscomités van de stedelijke notabelen was hij op het station altijd helemaal vooraan te vinden, die plaats kwam hem op grond van zijn maatschappelijke positie en als vriend van de jeugd toe.

Voor het gebouw van de rechtbank scheidden hun wegen zich. Ábel moest Kikinday beloven hem tijdig van zijn vertrek op de hoogte te brengen. Als Kikinday het over het transport van de jongeren naar het front had, noemde hij dat altijd tactvol hun 'vertrek'. Nadat ze afscheid van elkaar hadden genomen, schreed de rechter met een kaarsrechte rug door het koele trappenhuis van het gerechtsgebouw naar boven. Ábel keek hem na totdat de man in een buiging van de trap bij een tussenverdieping uit het zicht verdween. Hij voelde zich zo misselijk dat hij wel kon braken.

Langzaam beklom hij de drie treden die naar de binnenplaats van het gymnasium voerden. De klas had zich al in een halve cirkel onder de lindeboom opgesteld. Hij ging zover mogelijk aan de kant staan. De klassendocent zat met een gezicht alsof er een historische gebeurtenis plaatsvond in het midden van de groep; aan zijn voeten lagen Béla en Tibor, als twee getemde doggen. De fotograaf had zijn met een zwart gordijn behangen kanon al opgesteld en nu schalden er enkele corrigerende commando's over de binnenplaats, de laatste die ze van een docent zouden krijgen. Precies op tijd keerde Ábel de lens de rug toe. Ernő volgde, toen hij zag wat zijn vriend deed, zijn voorbeeld, nog voordat de sluiter had geklikt. Hiermee was aan alle voorwaarden voldaan om de klas voor eeuwig een plaats in de portrettengalerij van de school te geven.

'Hele generaties leerlingen zullen zich later het hoofd breken over de vraag wie die twee figuren zijn die met hun rug naar de onsterfelijkheid gekeerd staan,' zei Ábel.

Tussen de alweer uit elkaar gaande groepen leerlingen lummelden de leden van de bende onuitgeslapen en rillerig in de zonneschijn. Béla was zo moe dat hij stond te klappertanden.

'Ik ga pitten,' zei hij. 'Ik kan niet meer. Tot vanavond, lui.'

'Tot vanavond.'

Ernő boog zich plotseling naar hen toe.

'Ik ben vanochtend bij hem geweest,' fluisterde hij.

Toen niemand reageerde en allen met neergeslagen ogen koel en koppig voor zich uit keken, voer hij snel voort: 'Hij wilde me niet binnenlaten, maar zei alleen door de deur dat het goed ging met hem. Hij zei ook nog dat we niet op hem moesten wachten.'

In de diepe stilte die op zijn woorden volgde, zweeg hij verrast. Tibor stak een sigaret op en gaf de anderen vuur.

'Prima, dan wachten we niet op hem,' zei hij met onverschillige beleefdheid. Hij talmde nog even, maar reikte toen de anderen met een lichte buiging de hand. 'Nou, tabee dan, lui, ik zie jullie vanavond.' Hij gaf Ábel een arm.

Voor het zwembad moesten ze een poosje wachten omdat het damesuurtje nog niet afgelopen was. Ze gingen voor de kassa op een bank zitten. Een bekend luchtje van vermolmd hout, algen en muf ondergoed zweefde over de planken wand van de cabines naar hen toe. Zo nu en dan hoorden ze een vrouw een gilletje slaken. 'Ze zijn bang dat hun haar nat wordt,' zei Tibor. De hitte scheen het water met zijn loodzware gewicht volkomen glad te drukken. De warmte maakte alles kleverig en was zo drukkend dat ze bijna tastbaar werd. Tibor leunde achterover en begon te fluiten.

'Fluit liever niet, Tibor,' zei Ábel.

Tibor bestudeerde zijn nagels. Onbevangen zei hij op zangerige toon: 'De toestand van moeder bevalt me niet. Vanmorgen gedroeg ze zich erg vreemd. Wat ik je overigens nog zeggen wilde: vanmiddag gaan we met die Havas praten.'

Hij floot nog een paar maten en staarde daarna met samengeknepen ogen verstrooid naar de rivier.

'Ik wou je nog zeggen dat ik een halfuur geleden bij de garnizoenscommandant ben geweest,' vervolgde hij. 'De commandant is met mijn vader bevriend, ik heb me bij hem aangemeld. Ik heb toestemming gekregen om als vrijwilliger naar het front te gaan. Morgenochtend vertrek ik al.'

Toen Ábel bleef zwijgen, legde Tibor zijn hand op diens knie.

'Ik kan zo niet verder leven, Ábel, het spijt me.' Hij hief zijn arm, en beschreef met zijn vuist een cirkel. 'Ik kan er niets aan doen.'

Hij rolde een sigaret en ging met bungelende benen op de leuning van de houten brug zitten.

'Wat vind je ervan? Na afloop van het feest moet iedereen alles uit het hotel meenemen wat voor hem belangrijk is... Het zadel moet ik in elk geval mee terugnemen naar huis.'

Hij likte aan zijn sigaret en stak hem op. Toen hij lange tijd geen antwoord kreeg, vroeg hij, iets onzekerder dan daarvoor: 'Wat vind je ervan?'

Ábel stond op en leunde tegen de planken schutting. Zijn gezicht zag grauw, maar hij vroeg op rustige toon: 'Het is dus allemaal voorbij?'

'Ik denk het wel.'

'Ook de bende? En het hotel?'

'Ik denk het wel.'

Ze hijgden allebei van emotie. Tibor ging op de bank zitten en begroef zijn gezicht in zijn handen. Ábel liep langzaam de brug over, bleef nog even staan, leunde tegen de leuning en boog zich over het water. Achter hen klonken voetstappen op de brug. Tibor wachtte tot de onbekende hen gepasseerd was, liep toen naar Ábel toe en sloeg zijn arm om zijn schouder. Zijn gezicht was betraand.

'Geloof je in God?' vroeg hij.
'Ik weet het niet,' antwoordde Ábel.
'Wat denk je?' vroeg Tibor onzeker. 'Overleven we dit?'
'Ik denk het wel,' zei Ábel langzaam en verwonderd. 'Ik durf nu te hopen dat we het overleven.' Hij keek voor zich uit en zei huiverend: 'Daarnet geloofde ik het nog niet.'

De pandjesbaas

Precies om twee uur stonden ze voor het gebouw van de bank van lening, dat in de nauwe steeg het enige huis was met een bovenverdieping. De middaghitte maakte alles grauw en kleverig als lijm. De ingang was door een ijzeren rolluik afgesloten. Ze belden aan de zijdeur aan en wachtten, maar toen niemand opendeed, drukte Tibor de klink omlaag en stapte naar binnen. Ábel volgde hem. In het halfduistere trappenhuis, waar een zurige lucht van schimmel en kool hing, leidde een smalle houten trap naar de eerste verdieping, waar de pandjesbaas woonde.

De bepleistering was gedeeltelijk van de muren gebladderd en overal zagen ze vuil, spinnenwebben en sporen van verwaarlozing. Ábel vroeg: 'Ben je bang?'

Tibor bleef staan en keek om zich heen.

'Nee,' zei hij onzeker. 'Niet bepaald. Ik vind het alleen walgelijk, zoals de toneelspeler zou zeggen. En wat ruikt het hier vies.' Hij draaide zich om en zei zachtjes: 'Laat mij maar het woord doen en houd je kalm.'

Ze hadden in het zwembad gegeten en de rest van de ochtend zwijgend doorgebracht. Tibor was slechts af en toe uit het water gekomen om bij de oever op zijn rug te liggen en langdurig naar de hemel te staren. Ze hadden zich in één cabine uitgekleed, onbevangen maar iets luider pratend dan anders. Ábel had veel en nerveus gelachen en ze hadden elkaar vanaf de kant allerlei schunnigheden toegeroepen. Ze namen elke gelegenheid te baat om de herinnering aan wat ze tegen elkaar hadden gezegd te neutraliseren en spraken over onbelangrijke zaken, zoals over hun toekomstplannen en de mogelijkheden die ze zouden hebben als alles goed afliep. Natuurlijk kon ook de kleine onaangenaamheid die hun nog wachtte – de oproep voor de militaire dienst en het 'vertrek', zoals Kikinday het transport van de militairen naar het front tactvol placht te noemen – alsnog roet in het eten gooien. Tibor wilde een paardenfokkerij beginnen op de Laagvlakte. Waarom juist een paardenfokkerij? Op die vraag kon hij geen antwoord geven, maar hij verklapte dat hij daartoe al geruime tijd voorbereidingen trof, in het geheim contacten met paardenhandelaren had gelegd en vakliteratuur over dit onderwerp las. Midden in zijn relaas zweeg hij plotseling, alsof hij tot bezinning kwam, en vroeg beleefd: 'En jij?'

Ábel haalde zijn schouders op. 'Misschien ga ik naar het buitenland,' antwoordde hij.

De hemel betrok en in de verte was onweersgerommel te horen, maar er kwam geen regen. De jongens, die niet meer wisten wat ze tegen elkaar moesten zeggen, zwegen enigszins onbeholpen. Ábel ging als eerste de cabine in om zich aan te kleden. Hij wachtte op straat totdat Tibor klaar was.

Op de gang van de eerste verdieping zagen ze twee deuren. Ze keken aarzelend om zich heen. Nog voordat ze de gelegenheid hadden om aan te kloppen, ging een van de deuren open en kwam Havas naar buiten.

Als Ábel later aan deze dag terugdacht – aan deze middag en nacht – dan drong zich nog het meest de herinnering op aan de afschuw die hij had gevoeld toen de pandjesbaas plotseling tegenover hem stond. Havas stond in de deuropening en veegde met de rug van zijn hand over zijn walrussnor. Hij glimlachte, boog en frummelde met één hand aan zijn losgeknoopte boord. Als hij glimlachte verdwenen zijn ogen bijna helemaal tussen de naburige vetkussentjes. Hij duwde de deur met een uitnodigend gebaar wijd open en liet hen voorgaan. Zijn adem, dacht Ábel, heeft een keukenluchtje, de geur van afwaswater en koud vet. Die gedachte kwam waarschijnlijk bij hem op omdat op de gang een onaangename geur van te lang bewaarde levensmiddelen hing. In de kamer waar Havas hen binnenleidde, zag hij op een halfgedekte tafel kommetjes, borden en aardewerken schaaltjes met etensresten staan. Dit alles zou hem niet zo geschokt hebben als hij niet zeer sterk het gevoel had gehad dat hij een en ander al eens eerder had gezien en meegemaakt. Tegelijkertijd wist hij dat hij hier nog nooit eerder was geweest. Hij had Havas ooit in zijn droom ontmoet en de man was toen precies zo op hem afgekomen als nu, met zijn hand zijn snor strelend en aan zijn boordenknoopje frummelend. Het was alsof hij de lucht van de koude etenswaren, dit hele ogenblik met al zijn details, geuren, geluiden en licht, al eens eerder had beleefd. Hij wist dat de pandjesbaas hem alleen zó tegemoet kon komen, zijn walrussnor gladstrijkend en aan zijn boordenknoopje prutsend... Die herhaling van een nooit werkelijk beleefd moment verbijsterde hem zo dat hij een stap achteruit deed, maar Havas merkte zijn verwarring niet, maakte een buiging en liet hen passeren. Toen ze in de kamer waren, sloot hij de deur achter zich.

'Neemt u plaats,' zei hij, twee stoelen naar de tafel schuivend. 'De jongeheren hebben waarschijnlijk al gelunched. U zoudt mij ten zeerste verplichten als u mij toestond mijn middagmaal te beëindigen.'

Hij wachtte hoffelijk tot Tibor hem met een hoofdknikje permissie had gegeven, ging aan tafel zitten, knoopte een servet om zijn hals en liet zijn ogen over de borden en de schalen dwalen. 'Ik geloof dat ik hier gebleven was,' zei hij toen, een schaal naar zich toe trekkend die gevuld was met iets wat op paté leek. Hij stak een soeplepel in de paté, schepte flink wat op en stak de lepel in zijn mond. 'U bent waarschijnlijk verbaasd dat ik vlees zonder brood eet,' zei hij smakkend en met een bescheiden glimlach. 'Brood maakt dik, vlees niet. Ik heb me het eten van brood geheel afgewend, zoals u ziet. Kan ik de heren misschien iets aanbieden?'

'Doet u geen moeite, meneer Havas,' zei Tibor.

'Een glaasje kontuszówka? Nee?' De aarden kruik stond binnen handbereik op de tafel, zonder kurk. 'Een ziekelijk, zwaarlijvig mens als ik moet heel voorzichtig zijn met zijn maag,' zei de pandjesbaas, en hij nam een teug uit de kruik. 'Tot op zekere hoogte moet ik dieet houden.' Hij gebaarde met zijn vlezige hand vluchtig naar de koffiekopjes, kommen en schalen. De tafel was bezaaid met hompen vlees in gestold vet, diverse soorten paté en worsten. Vers klaargemaakt eten was nergens te zien. De pandjesbaas was kennelijk een vleesliefhebber en had de gewoonte alle restjes zorgvuldig te bewaren. 'Ik ben een eenzame weduwnaar en moet voorzichtig zijn met wat ik eet,' herhaalde hij terwijl hij een stuk gekookt rundvlees afsneed. Hij nam het stuk vlees in zijn hand en begon het met grote happen te verorberen. 'Daarom heb ik een speciale manier van eten uitgevonden. Vlees is het lichtst verteerbare voedingsmiddel dat er is, mijne heren. Het ligt niet zwaar op de maag. Elke week laat ik twee keer voor me koken, 's zaterdags en 's woensdags, en altijd alleen vlees. Naar restaurants ga ik niet omdat de hoeveelheid voedsel die ik per maaltijd tot me moet nemen zo groot is dat het opzien zou baren als ik in het openbaar at,' voegde hij er met neergeslagen ogen aan toe. 'Vanaf een bepaalde leeftijd wil een mens niet graag aanstoot geven. Ik moet' – hier pauzeerde hij even om het vet van zijn druipende vingers te likken en zijn handen aan het servet af te vegen – 'per keer een kilo vlees eten.'

Hij greep een halfafgeknaagde ham, hield die in het licht en beet in het gedeelte waar nog vlees aan zat.

'Anders voel ik me ziek,' zei hij met grote vanzelfsprekendheid. 'Ik heb precies die ene kilo vlees nodig, zonder brood, zowel 's middags als 's avonds. Daarom laat ik vleessoorten toebereiden die een paar dagen houdbaar zijn. Bovendien moet ik ervoor zorgen dat ik afwisselend eet. Ik heb een heel lastige maag. Als ik vier of vijf soorten vlees door elkaar eet, kan ik die kilo verteren en voel ik me er zelfs wel bij, maar als ik maar één soort eet, bijvoorbeeld een kilo rundvlees bij wijze van lunch, krijg ik 's middags al last van mijn maag. Mijn hoofdvoedsel is paté. Ik heb altijd een paar soorten paté in huis, want paté is het langst houdbaar van alle soorten vlees. Soms moet ik 's middags nog een keer extra eten. Wilt u misschien een hapje?'

Hij schoof de jongens een schaaltje met vaalbruine paté toe. 'Nee? Zoals u wilt.' Hij nam grote happen van de varkensbout, scheurde zo nu en dan met zijn tanden een stukje taai vlees af en trok het zenige gedeelte van het bot. 'Tussen de verschillende vleessoorten door neem ik een slokje kontuszówka. Dit is echte Poolse kontuszówka, mijne heren, een weldaad voor de darmen. Als de ingewanden van streek zijn, werkt kontuszówka als een soort brandspuit, het blust als het ware de brandjes. Een of twee glaasjes zijn al voldoende. Ik kan het u aanbevelen.'

Hij hield zijn hoofd achterover, bracht de kruik naar zijn lippen en dronk gulzig.

'Ik geloof, met uw welnemen, heren, dat ik klaar ben,' zei hij toen onzeker. 'Als u het mij toestaat, ruim ik even de levensmiddelen op.'

De pandjesbaas stond moeizaam op, nam een paar schalen in zijn hand, schoof zijn vingers door de oren van enkele kommen en liep daarmee naar de hoek van de kamer, waar hij de deur van een oude keukenkast opende. Hij zette de resterende vleeswaren zorgvuldig op de planken van de kast en gooide de afgeknaagde botten in een kistje dat voor de kachel stond. Toen hij alle restjes had opgeborgen, draaide hij de kast zorgvuldig op slot en zei op klaaglijke toon: 'Helaas kan ik me niet de luxe veroorloven er personeel op na te houden. Ik heb allerlei spullen in huis die ik niet onder de hoede van een vreemde kan laten. Bovendien ben ik graag alleen.'

Hij stopte de sleutel in zijn broekzak en ging voor het raam staan, waardoor de kamer iets donkerder werd. Onmiddellijk daarop haalde hij een sigaar te voorschijn, die hij omslachtig aanstak. Hij ging weer op zijn stoel zitten, installeerde zich behaaglijk, schoof zijn buik met een handbeweging op zijn plaats en leunde met zijn ellebogen op het tafelblad. Terwijl hij van zijn sigaar genoot, blies hij de rook in de richting van de lamp. Opeens vroeg hij, over hun hoofden heen kijkend, op zakelijke toon: 'Waarmee kan ik de jongeheren van dienst zijn?'

De lucht van bedorven, ranzig vet in de kamer was zo penetrant dat Ábel bijna kokhalsde. Minutenlang zaten ze zwijgend en onbeweeglijk in de kamer.

Havas' gedrag en eetgewoonten hadden als een indrukwekkende natuurgebeurtenis op hem gewerkt. Als de pandjesbaas in hun aanwezigheid een paar levende geiten uit elkaar had gerukt en daarna smakelijk verorberd, zou hij niet verbaasder zijn geweest. Het wemelde in de kamer van de vliegen, die, aangelokt door de etenslucht, via het gedeeltelijk geopende raam naar binnen waren gevlogen. Ze gingen voortdurend op ieders gezicht en benen zitten en staken gemeen. 'We krijgen onweer,' zei Havas, de rug van zijn hand krabbend. 'Die vliegen zijn hondsbrutaal.' Afwachtend en geduldig trok hij aan zijn sigaar.

De kamer was met eigenaardige voorwerpen volgepropt. Er hingen maar liefst drie kroonluchters, maar ze werden kennelijk niet gebruikt, want de gloeilampen ontbraken. Bij de wand stond een reusachtige fotocamera op een statief met drie poten, en boven op een kast zag Ábel ontelbare bestofte tinnen kruiken. Op een tafel was een hele rij zevenarmige zilveren kandelaars uitgestald en aan de muur hingen verscheidene speelklokken, waarvan de wijzers echter niet bewogen.

'Allemaal eersteklas spul,' zei Havas, die Ábels blik had gevolgd. Hij wees in de richting van het fototoestel en zei: 'Daar ben ik mee blijven zitten, zoals met zoveel dingen. Kennen de heren de fotograaf Vizi? Hij is gespecialiseerd in babyfoto's. Momenteel is hij aan het front. Zijn vrouw heeft het apparaat hier gebracht omdat ze geen cent meer in huis had. Zelf weet ze niets van fotograferen. Wat moet ik met zo'n apparaat doen? Voorlopig bewaar ik het. Als Vizi terugkomt, kan hij het terugkrijgen. De geschatte waarde ervan bedraagt tweehonderd kronen. Als ik het hem teruggeef, kan hij weer zuigelingen en eerstgeborenen vereeuwigen. Herinnert u zich hem nog? Hij heeft de jongeheren indertijd ook gefotografeerd. Hij gaat achter het toestel staan, maakt een grappige beweging met zijn hand en zegt: "Even naar het vogeltje kijken!" Een komisch beroep. Moet u zich voorstellen, van mij is indertijd ook zo'n foto gemaakt. Ik lig naakt op een berenvacht en spartel met mijn gerimpelde beentjes. Wie zou geloven dat ik dat ben. Als ik nu naakt op een berenvacht ging liggen en met mijn beentjes spartelde... Vizi kan zijn fototoestel hier komen ophalen. Havas is geen kwaaie kerel.'

'U heeft hier een mooi pakhuisje, meneer Havas,' zei Tibor nadat hij zachtjes zijn keel had geschraapt.

Beleefd en geïnteresseerd lieten ze hun blik door de kamer dwalen, alsof ze alleen maar op bezoek waren gekomen om de schatten van een kunstverzamelaar te bekijken. In de kamer heerste een merkwaardige, bij de eerste aanblik moeilijk te doorgronden orde. Wie er binnenkwam zou misschien denken dat hij enkel met een hoop waardeloze rommel te doen had, maar als zijn ogen aan het schemerduister gewend waren en hij een beetje wegwijs was geworden in de chaos, zou hij zien dat elk voorwerp zich op de juiste plaats bevond. Op een Amerikaanse koffer stond een opgezette vos en aan de muur hing een vogelkooi. Ábels blik bleef op de kooi rusten. Het ding paste zo slecht bij Havas en de kamer dat hij vroeg: 'Houdt u van vogels, meneer Havas?'

De pandjesbaas was met de kontuszówka bezig. Hij rook aan de kruik.

'God mag weten of dit spul ook geen namaak is,' zei hij gemelijk. 'Het komt uit Polen, maar wordt waarschijnlijk ook daar al nagemaakt. De echte kontuszówka brandt in je keel... Vogels?' vroeg hij, zich tot Tibor wendend. 'Het is maar hoe je het bekijkt. Dat ding is indertijd door iemand beleend. Ik weet zelf niet eens meer waarom ik het heb geaccepteerd. Ik ben per slot van rekening geen dierenhandelaar. Er zat zo'n zangvogeltje in... een sijsje, als dat de heren wat zegt. Ik woon hier in mijn dooie eentje. Als ik 's morgens wakker werd, floot hij altijd. De heren zouden niet geloven dat een eenzaam mens als ik zo aan een diertje wennen kan. Het was alleen jammer dat hij geen vlees wilde eten. Hij heeft in totaal maar twee dagen gefloten.'

Met een droevige en nadenkende blik staarde hij voor zich uit. 'Ik dacht: waarom zou ik gierst en zaad voor hem kopen als ik zoveel vlees in huis heb? Zwaluwen eten per slot van rekening ook vlees. Waarom zou een sijs dat ook niet doen? De kast hier is altijd vol vlees. Ik heb hem kleine flintertjes van het lichtst verteerbare vlees gegeven, kalfsvlees, maar hij kon er niet aan wennen.'

Hij maakte een afwerende beweging met zijn hand. 'Ik kon hem niet lang in goede conditie houden. Nogmaals: ik ben geen dierenhandelaar. Het was een termijnzaak, als de heren begrijpen wat ik bedoel. Dieren neem ik überhaupt niet in pand, maar Havas is geen kwaaie kerel. Op een dag staat er een dame voor mijn neus, een wat sjofel geklede oudere dame, die me die kooi overhandigt. Huilend natuurlijk. Ik moest zo lachen dat ik pijn in mijn buik kreeg! "Wat denkt u wel, mevrouw?" zei ik. "Hoeveel is een sijs waard?" Ja, een mens maakt wat mee! En die mevrouw maar praten en huilen. Dat ze dit en dat zou doen en over drie dagen geld zou krijgen en dan die kooi weer zou komen ophalen. Ze zwoer dat bij alles wat haar dierbaar was – en die vogel was haar het allerdierbaarst. Goeie handel, dacht ik, maar ze ging niet weg en die vogel begon te fluiten. Goed dan, voor drie dagen, zei ik, want ik was in een goed humeur en ik ben niet de kwaadste. De jongeheren kunnen zich niet voorstellen waar de mensen allemaal mee komen aanzetten. Ook heel voorname mensen... De hele stad. Mijn mond is natuurlijk verzegeld. Maar die vogel floot. Ik dacht dat hij honger had, maar hij wilde geen vlees eten en daarna floot hij niet meer. Ik wist al bij voorbaat dat ik ermee zou blijven zitten. En wat moet een eenzame weduwnaar als ik met een vogel beginnen?'

Hij ondersteunde zijn voorhoofd met zijn hand en stak zijn sigaar in een sigarenpijpje. 'Moet u zich voorstellen: na twee dagen komt die dame terug. Ze staat voor de tralies en schuift het geld naar binnen. "Alstublieft, hier zijn vier kronen, goede, beste meneer Havas. Moge God u uw goedheid lonen. Mag ik mijn vogel terug?" "Wat voor vogel?" vraag ik. Ze begint te beven en te stotteren en zegt dan: "De vogel! Meneer Havas, mijn vogel, het sijsje dat u voor twee dagen in ontvangst heeft genomen, mijn lieve sijsje." Onder het spreken klampte ze zich aan de tralies vast. Ik kijk naar haar en denk: ik moet haar die vogel inderdaad teruggeven. Het vervelende was alleen dat hij toen al niet meer zong.'

Hij wees op de vuilnisbak bij de kachel, die vol etensresten en afgekloven botten zat. 'Gelukkig komt de werkster hier pas 's avonds. Ik sluit dus het traliehek, loop naar mijn woning en haal dat vogeltje uit de vuilnisbak. Hij was al een beetje stijf. Gelukkig dat hij er nog ligt, denk ik. Laat maar eens zien, Havas, dat in jouw bedrijf niets zoekraakt, dat we onze klanten fatsoenlijk bedienen. Ik pakte dat vogeltje en legde het overeenkomstig de voorschriften in een doosje, zoals bij in pand gegeven voorwerpen gebruikelijk is. Dat beestje was niet veel groter dan een zakhorloge. Om het doosje bond ik een touwtje en daarna verzegelde ik het, precies zoals voorgeschreven is ten aanzien van beleende goederen. Ik stak die dame het doosje door de tralies toe en wachtte af wat ze zou zeggen. "Wat is dit, meneer Havas?" vroeg ze, het doosje om en om kerend. "Wat is dit in vredesnaam?" O, u had die dame moeten zien, heren. Ze droeg van die gehaakte handschoenen die je handen slechts half bedekken, en op haar hoofd een klein, zwart strohoedje, dat me net iets te klein voor haar leek. "Een sijs – één exemplaar," antwoordde ik, en weer wachtte ik af. Ze verbrak de zegels, rukte het touwtje los en zag de sijs liggen. Ze nam hem uit het doosje, legde hem in haar handpalm en keek ernaar. Ik dacht dat ze zou gaan schreeuwen, maar dat deed ze niet, ze zei alleen maar: "O! O!" Moet u zich eens voorstellen!'

'Wat zei ze?' vroeg Ábel, zich naar voren buigend.

Havas keek hem aan. 'Ze zei: "O! O!"' herhaalde hij. 'Verder niets. Maar ze ging niet weg, ze stond daar maar, met die vogel in haar handpalm, terwijl de tranen over haar wangen liepen. Opeens werd ik nijdig, want er komt altijd narigheid van als je doet wat je hart je ingeeft. Ik zei tegen haar: "Waarom huilt u om die vogel, mevrouw. Hij wou geen vlees eten. Schaamt u zich niet zo'n drukte te maken over een vogel?" Ze vroeg: "Me schamen, meneer Havas?" Ik werd woedend, wat me altijd overkomt als ik heb gedaan wat mijn hart me ingaf en daarvan de consequenties moet dragen. "Weet u niet dat het oorlog is, mevrouw?" vroeg ik. "Schaamt u zich niet om een vogel te huilen terwijl er elke dag zoveel mensen omkomen? U moest u schamen," zei ik en ik klapte het traliehek dicht. Ik ben geen kwaaie kerel, maar zoiets is slecht voor mijn hart. Weet u wat ze antwoordde? Ze zei: "Om wie moet ik huilen, meneer?" Toen werd ik zo kwaad dat ik echt begon te schreeuwen. "Mormel dat je bent!" zei ik tegen haar. "Sijzenmadam! Er komen momenteel miljoenen mensen om, is daar niet één mens bij om wie je moet huilen?" Ze zei: "Nee, meneer." "Huil dan maar om die miljoenen," zei ik, niet meer wetend of ik boos was of moest lachen. Weet u wat ze antwoordde? "Die heb ik nooit gekend."'

Hij pakte de kruik, vulde een waterglas voor de helft met kontuszówka en nam gretig een slok. Daarna zei hij: 'Vogels is niets voor mij, dat kunnen de heren zich wel voorstellen.' Geheel onverwachts sloeg hij op de tafel. 'Neemt u me niet kwalijk, maar ik word altijd woedend als ik aan die ouwe tang met haar sijs terugdenk. Een mens móét niet doen wat zijn hart hem ingeeft. Ik accepteer alles, zilver, verrekijkers, zelfs kleding als die niet te oud is, maar vogels, nee, die moet ik niet.' Met een weerbarstige gelaatsuitdrukking gooide hij zijn hoofd achterover, blies een grote rookwolk uit en verspreidde die met een wuivende beweging van zijn hand. 'Nee, nee en nog eens nee!'

Het werd steeds donkerder in de kamer. In de straat joeg de wind het stof in grote wolken op. Als gevolg van de eerste duisternis van het op handen zijnde onweer viel er nog maar weinig licht door de ramen. Ábel kon de vliegensteken in zijn gezicht bijna niet meer verdragen en hij werd steeds misselijker van de benauwde lucht die in de kamer hing. Hij keek smekend naar Tibor. De pandjesbaas nam zo nu en dan een slok kontuszówka. Blijkbaar zat hij nog steeds aan de vogel te denken. De herinnering daaraan wond hem blijkbaar mateloos op, want hij trommelde met zijn vingers op de tafel en mompelde in zichzelf. De scherpe geur van naftaline overheerste de muffe lucht van stoffige voorwerpen en te lang bewaarde levensmiddelen.

'Wij zijn gekomen om met u over het zilver te praten, meneer Havas,' doorbrak Tibor de drukkende stilte.

Met ingehouden adem zwegen de drie mensen. De pandjesbaas liet zijn blik door de kamer dwalen, alsof hij ergens een steunpunt of een herkenningsteken zocht dat hem de betekenis kon verklaren van wat hij had gehoord.

'Het zilver?' vroeg hij. 'Welk zilver?'

Tibor haalde zijn portefeuille te voorschijn en overhandigde de pandjesbaas het lommerdbriefje.

'Het gaat om ons familiezilver, meneer Havas,' zei hij snel. 'Ik moet het u zeggen. Mijn vader is er erg aan gehecht. Daarom zijn we naar u toe gekomen.'

'Maar dit pandbewijs is allang verstreken, mijne heren,' zei de pandjesbaas. 'Er zijn nu eenmaal regels. U bent een maand te laat.'

'We dachten dat...' zei Tibor, maar daarna bleef hij steken. 'Heeft Amadé het er niet over gehad met u?'

Havas stond op en bleef met het lommerdbriefje in zijn hand staan.

'Amadé?' vroeg hij. 'Bedoelen de heren de balletmeester? Nee, die heeft niets gezegd. Hebben de heren het nog niet gehoord?'

'Wat?' vroeg Tibor. Hij stond ook op en deed een stap in de richting van Havas.

'O,' zei de pandjesbaas verbaasd. 'Ik dacht dat u het al wist. De balletmeester is om twaalf uur afgereisd. Om nooit meer terug te keren. Voor de middag is hij nog even hier geweest om afscheid te nemen.'

'Met acteurs gaat het meestal zo,' zei Havas hoofdschuddend. Hij ging naar het raam en las het briefje aandachtig. 'Ja, dit is helaas verstreken. Familiezilver? Toch geen kostbaar, antiek zilver? Wij geven doorgaans alleen de zilverwaarde, met de artistieke waarde houden we geen rekening. Het verbaast me overigens dat hij geen afscheid van u heeft genomen. Voor zover ik weet waren juist de heren... Was de vriendschap met de heren de onmiddellijke oorzaak van zijn gedwongen vertrek.'

Hij sloot zorgvuldig het raam.

'We krijgen storm, kijkt u maar. Als de wind tegen de avond bedaart, zal het een stuk koeler zijn. Nee, dit had ik nooit gedacht... De jongeheren hadden het toch zeker moeten vernemen.'

De twee jongens stonden zo gespannen als een veer tegenover hem. Ábel kon geen woord uitbrengen. De pandjesbaas ging weer aan de tafel zitten. De kamer werd van minuut tot minuut donkerder, zodat Ábel en Tibor elkaars gezicht niet meer goed konden zien in het schemerige licht.

De pandjesbaas zat als een donkere massa onbeweeglijk met zijn rug naar het raam.

'Ik verzoek de jongeheren weer te gaan zitten,' zei hij op beleefde maar gedecideerde toon. 'Laten we de zaak bespreken.'

Hij wachtte even en vervolgde toen langzaam en weloverwogen: 'Hij is hier vanmorgen geweest, met een rijtuig met al zijn koffers. Vanzelfsprekend kwam hij om geld vragen. Toneelspelers zijn eigenaardige mensen. Al zou je ze de schatten van Darius geven, dan hadden ze nog niet genoeg. Omdat ik nu eenmaal een sentimentele dwaas ben, vond ik dat ik hem wat moest geven, vooral toen hij me uitlegde waarom hij de stad moest verlaten. Ik kon het hem niet weigeren... Het was overduidelijk dat hij in groot gevaar verkeerde.'

Hij stootte moeizaam een holle lach uit.

'Wat zijn het toch een beweeglijke mensen, die toneelspelers!' zei hij met een waarderende klank in zijn stem. 'Voor hen is het een kleinigheidje om hun spullen in te pakken en in een paar uur naar elders te verhuizen. Iemand als ik zou nooit zo snel kunnen vertrekken. Kijkt u maar om u heen. En dan praat ik nog niet eens over het magazijn beneden, het echte, want wat hier staat zijn maar wat overgebleven spullen die lichtzinnige mensen bij me hebben achtergelaten. O, de mensen zijn zo makkelijk! Als ze in moeilijkheden komen, nemen ze iets onder hun arm en slepen het hiernaar toe, zilverwerk, een klok, oorhangers, alles gaat naar Havas. Zes maanden is een lange tijd, denken ze, maar de meesten hebben er geen idee van hoe hun situatie over zes maanden zal zijn. En dan, op een dag, staan ze opeens voor mijn neus en beginnen te jammeren.'

Hij bekeek het lommerdbriefje, dat hij ver van zich af hield om het met zijn bijziende ogen beter te kunnen lezen.

'Zeshonderd kronen. Een aardig sommetje. Velen moeten van zo'n bedrag een halfjaar leven. Tafelzilver voor vierentwintig personen...' Hij stond op, liep naar het bed, boog zich kreunend vooroverover en haalde er een vaalgroene koffer onder vandaan.

'Zat het hier soms in?'

Hij opende de koffer, waarin bleekglanzend het familiezilver van de Prockauers prijkte. Tibor greep Havas bij de arm.

'Ik wist wel dat u het nog zou hebben, meneer Havas... Het kon niet anders! U weet niet hoe verschrikkelijk het zou zijn geweest als... We zullen alles eerlijk afhandelen, meneer Havas. U krijgt een schuldbekentenis van ons.'

De pandjesbaas duwde Tibor zwijgend met zijn arm opzij, sloot de koffer weer en schoof hem met zijn voet onder het bed.

'De pandgever is niet verplicht om zijn naam te noemen,' zei hij. 'Wilt u er rekening mee houden dat ik niet kan weten van wie dit zilver afkomstig is. Dit bewijs' – hij ging weer aan de tafel zitten en bekeek het lommerdbriefje opnieuw aandachtig – 'dit bewijs is verstreken. De pandgever heeft verzuimd het tijdig te verlengen. Het pand is op een openbare verkoping geveild.'

'Wie heeft het gekocht?' wilde Tibor weten.

'Ik,' zei Havas bedaard. 'Ik was namelijk de hoogste bieder. De dagen waarop de veilingen plaatsvinden worden van tevoren publiek gemaakt.'

'Maar dan is toch alles in orde, meneer Havas. Dan is er geen enkel probleem. U geeft ons het zilver en wij geven u een schuldbekentenis waarin staat dat we ons verplichten u het geld binnen enkele dagen terug te betalen. U kent ons, u weet wie we zijn. U moet dit niet verkeerd begrijpen, meneer Havas, onze bedoeling was niet zo slecht. We hebben indertijd... Heeft Amadé dan niet met u over deze kwestie gesproken?'

'Of hij erover gesproken heeft of niet, doet er niet toe, mijne heren. Dit tafelzilver behoort u krachtens wet en recht niet meer toe.'

'Krachtens wet en recht, meneer Havas?' vroeg Tibor.

'Krachtens wet en recht. Ik houd me strikt aan de voorschriften. De jongeheren moeten daar begrip voor hebben. Ik heb een vertrouwenspositie en mag niemand naar zijn naam vragen.'

'Wij hebben gisteren eindexamen gedaan, meneer Havas,' zei Tibor geestdriftig. 'Begrijpt u ons goed, alstublieft. We zijn geen schooljongens meer. Wat geweest is, is voorbij. Toe, denkt u er nog eens over na. We zullen u het geld binnen de kortst mogelijke tijd terugbetalen. Is Amadé... is hij ook úw vriend geweest?'

'Vreemde mensen zijn het, die toneelspelers,' zei de pandjesbaas nadenkend en vriendelijk. 'Ze komen en gaan. Een man als ik verplaatst zich niet, die is even onbeweeglijk als een rots, maar die lui... Het is alsof ze innerlijk vleugels hebben en aan niets gebonden zijn. Maar dat hij geen afscheid van de heren heeft genomen...'

De wind rukte aan het raam.

'Daar heb je de storm,' zei de pandjesbaas rustig. 'Begrijpen de jongeheren het dan nog steeds niet? Hoe is het mogelijk? Vanmorgen was er een rechercheur naar hem op zoek.'

Hij gebaarde met zijn hand.

'Hij kreeg het advies... dit hebt u niet van mij gehoord... hij kreeg het advies om de stad onmiddellijk te verlaten. Anders zou hij zijn uitgewezen.'

Hij leunde zwaar op de tafel.

'Iemand heeft hem bij de politie aangegeven. Een pijnlijke zaak, mijne heren. De aangifte hield verband met het feit dat hij in bepaalde kringen opschudding veroorzaakte. Zelf denkt hij dat zijn collega's erachter zitten. Hoe het ook zij, die aangifte is een feit. Een zeer onaangename zaak, mijne heren.'

Ábel klampte zich aan de tafel vast. Hij vroeg met zo'n zachte stem dat de anderen hem ondanks de bijna volstrekte stilte nauwelijks verstonden: 'Wat heeft hij dan gedaan?'

'Men beweert dat hij zich aan jonge jongens heeft vergrepen. Zulke mensen heb je. Het is allemaal heel onaangenaam. Ook voor de carrière van die jonge mensen. De stad is maar klein.'

'Daar klopt niets van,' zei Tibor hees.

De pandjesbaas knikte.

'Ik weet het, ik weet het. Er zouden ook getuigen zijn. In de stad wordt veel geroddeld, mijne heren. In een kleine stad hebben de mensen daar de tijd voor. Een schandaaltje wordt gauw opgeblazen. Als zich straks ook nog getuigen melden, kunnen de gevolgen onvoorstelbaar zijn.'

'Getuigen, meneer Havas? Waarvan?'

'Van ontucht met jonge jongens. Gaat u maar na, de toneelspeler was, naar men zegt, een totaal verdorven kerel. De aanklacht komt erop neer dat hij zich aan jonge jongens heeft vergrepen. Hij zou orgieën hebben georganiseerd. Volgens de aangifte zou hij 's nachts jongens van goede families naar de

schouwburg hebben meegelokt om daar orgieën met hen aan te richten.'
'Dat is gelogen!' brulde Tibor hees.
'Zo luidt de aangifte,' zei de pandjesbaas onverstoorbaar. 'De jongeheren zijn ongetwijfeld beter op de hoogte. Toch moet er wel iets van waar zijn, anders was hij niet zo halsoverkop vertrokken. Hij had werkelijk ongelooflijk veel haast. Zulke mensen laten alleen rampspoed achter.'
Ábel liep naar de pandjesbaas toe.
'U was degene die in die loge zat, Havas. U en niemand anders... U heeft ons bespied. U heeft alles georganiseerd... U heeft de toneelspeler opdracht gegeven...'
Hij wankelde en zijn lippen waren krijtwit.
'Wat wilt u van ons?... Tibor, vraag het hem!... Wat is er aan de hand? Kom, laten we gaan!...'
'Helaas is het net begonnen te regenen,' zei Havas. 'Misschien doen de heren er beter aan hier te wachten tot het onweer voorbij is.'

Hij keek naar de storm die buiten woedde. De ruiten rinkelden door de donderslagen en het water liep golvend door de straat. Zachtmoedig schudde hij zijn hoofd. 'De jongeheren kennen het leven nog niet,' zei hij zachtjes en monotoon. 'Een mens leert maar heel langzaam. Het heeft bij mij ook lang geduurd voordat ik iets van het leven begreep. Weest u zo goed mij aan te horen. Het regent pijpenstelen, iets beters kunt u op dit moment toch niet doen. Ik ben maar van eenvoudige komaf, maar misschien kan ik de jongeheren toch iets bijbrengen. De dingen zijn niet zo eenvoudig als jonge mensen denken. Tot mijn veertigste snapte ik zelf ook nergens wat van. Je kunt niet zeggen: jij bent dit of dat, jij bent zus en zo. Denkt u daar eens over na. Ik heb een gezin gehad, een vrouw en een dochter. Ik ken het leven. Zelfs de eenvoudigste mensen weten niet wat de volgende dag hun zal brengen.'
Hij ademde moeilijk, bijna astmatisch.
'Ik mag graag veel eten en drinken, mijne heren, maar ik ben geen harteloze kerel. Niemand kan zeggen dat ik geen hart heb. Ik begrijp heel goed in wat voor netelige positie zich de

jongeheren bevinden. Wat ik kan doen, zal ik ook doen. Onder bepaalde voorwaarden, namelijk dat de jongeheren mij tijdig – laten we zeggen uiterlijk morgenavond – de kosten vergoeden en de rente betalen, ben ik bereid het verpande goed terug te geven. Hiertoe ben ik in geen enkel opzicht verplicht, maar Havas zegt tegen zichzelf: je moet die mensen helpen, want het zijn jongeheren van goeden huize, of beter gezegd, het zijn nog kinderen – eigenaardige kinderen, dat wel. Als je ze kunt helpen, moet je het doen. Havas doet wat zijn dwaze hart hem ingeeft en hij kan zwijgen als het graf.'

'Uiterlijk morgenavond?' vroeg Tibor. 'Het komt in orde, meneer Havas. Hoe, weet ik nog niet, maar het komt in orde. Uiterlijk morgenavond. Maar wat zegt u allemaal in godsnaam? Wat bedoelt u, als u zegt dat Amadé zich aan ons heeft vergrepen? Wat bedoelt u, als u zegt dat men ons heeft gezien? Voor ons was dit alleen maar een spel. Ik kon er niets aan doen... Ik kon nergens iets aan doen.' Hij begon te beven. 'Wat heeft die aangifte in godsnaam te betekenen, wat wordt er allemaal over ons gezegd, wat is er aan de hand?...'

'Ik verzoek de jongeheren mij geen vragen te stellen die ik niet kan beantwoorden. Staat u mij toe u de uitleg te geven die ik voor juist houd. Ik acht het juist u de situatie te verklaren voor zover die mij bekend is. Wat de toneelspeler heeft gedaan? Of de jongeheren schuld hebben aan wat er is gebeurd? Dat zijn vragen waarop ik geen antwoord kan geven. Zelfs als ze datgene gedaan hebben wat in de aangifte wordt beweerd, blijft het voor mij de vraag of ze schuldig zijn.'

Ze konden zijn gezicht nu niet meer zien. Uit de schemering drong alleen nog zijn stem tot hen door, die zwaar, slepend en dof klonk, soms ook als het onheilspellend dreigen van een in het nauw gebracht dier.

'Je kunt nooit weten waar en wanneer de duivel in een mens vaart. Staat u mij toe daarvan een voorbeeld te geven. De jongeheren zullen dit verhaal niet doorvertellen. Ze hebben alle reden om dat niet te doen. Ik geef dit voorbeeld met liefde omdat het u zal helpen het leven te begrijpen. Ik herhaal dat dat niet zo gemakkelijk is. Laten we een willekeurig persoon nemen. Hij is getrouwd, heeft een dochter en doet zaken. De man heeft een goed renderende bank van lening in de een of andere stad, maar de duivel vaart in hem. Hij is een onmatig eter en drinker en holt achter alles aan wat een rok draagt. Om zijn hobby's te kunnen betalen heeft hij geld nodig, en hij weet er ook aan te komen, want wat hij ook onderneemt, alles eindigt even succesvol. Het lijkt wel of hij door de duivel wordt geleid. Op een gegeven moment reist hij naar Lemberg, waar hij zeep levert aan het leger. Als de zaak al rond is, maakt hij een fout. In het zakenleven worden helaas dikwijls fouten gemaakt. Hij krijgt vier maanden. Hij ligt op zijn brits en eet in plaats van lekkernijen dieetvoedsel: twee broodjes en een liter melk per dag, en dat voor een man die dol op vlees is. Gevangene honderdzevenendertig – dat is zijn nummer – zit en ligt vier maanden in zijn cel en twist met de duivel, die hij niet begrijpt. Stelt u zich eens voor dat de emmer waarop de gevangenen hun behoefte doen, binnen in de cel staat! Maar ook al leeft hij alleen van melk en brood, hij voelt zich zo fit als een hoentje. Op zijn brits liggend piekert hij zich suf omdat hij maar niet kan begrijpen waarom hij als nummer honderdzevenendertig in de Lembergse gevangenis zit. En omdat hij een hartstochtelijk man is, wordt hij door bepaalde verlangens gekweld. Omdat zijn vrouw al gestorven is, leidt zijn dochter de zaak. Hij schrijft haar een brief: *Waarde dochter, zakelijke problemen verhinderen onverwachts mijn terugkeer naar huis. Pas goed op jezelf en schrijf me hoe het met je gaat. Het adres is 137, hoofdpostkantoor, poste restante, Lemberg.* Zoiets kan gebeuren.'

Hij haalde hijgend adem en stak zijn sigaar opnieuw aan. 'Naar ik heb vernomen, kennen de jongeheren het mannenleven nog niet. Deze inlichting heb ik van bevriende zijde gekregen. Het doet er overigens niet toe. Ik moet er de nadruk op leggen dat degene over wie ik het heb een zeer hartstochtelijk man was. Als hij een slok brandewijn op had, kon hij geen vrouw passeren zonder haar lastig te vallen. Vier maanden lang lag hij bijna verkrampt op zijn brits. Ik heb op een station eens een jachthond gezien die een dag te lang in een kist had gezeten doordat de vrachtbrief verkeerd was ingevuld. Omdat hij heel zindelijk was, had hij al die tijd niet zijn behoefte gedaan, zodat hij in een soort stuip lag. Na aankomst moesten ze hem uit die kist tillen en een arts heeft toen zijn water afgetapt. Welnu, die gevangene kun je met de hond vergelijken. Eindelijk komt hij vrij en mag hij weer de straat op. Het is eind oktober, in de namiddag. Hij loopt nog wat onzeker door de plotselinge overgang door de stad, houdt een rijtuig aan en zegt tegen de koetsier: "Breng me naar het beste huis van de stad, ik bedoel naar het dichtstbijzijnde, zo snel mogelijk." Hoewel het regent, neemt hij zijn hoed af en gaat blootshoofds in het rijtuig zitten, met zijn hoofd achterover om zoveel mogelijk regen in zijn gezicht te krijgen. Waarom regent het niet harder? denkt hij, de regen met zijn mond opvangend, ik hoop dat het gaat gieten. Nooit heeft hij geweten dat regen zo heerlijk smaakt. De koets hobbelt over de kasseien en ze passeren een vrouw die met een opgestoken paraplu op het trottoir staat, sedert vier maanden de eerste vrouw die hij ziet. Ze draagt bruine schoenen en zwarte kousen. Als hij haar aankijkt, begint ze te lachen. Begrijpen de jongeheren dit niet? Hij komt in een eersteklas huis terecht, met een salon met palmen. "Ja, madam," zegt hij, "een of twee, wat u maar in huis heeft." Het blijkt dat de meeste dames pas 's avonds komen. "Maar misschien neemt meneer genoegen met een knappe brunette?" De vrouw die voor hem wordt opgetrommeld is inderdaad een brunette. Ze heeft gouden tanden en een wrat op haar neus, maar ze is toch nog knap. Hij trekt zijn jas uit en merkt opeens dat de gevangenislucht in zijn poriën is blijven hangen. Op de spiegel heeft iemand met gouden letters *Glückliches Neujahr* geschreven.

Nu moet u zich eens voorstellen,' vervolgde hij, met een bezwerend gebaar de hand heffend, 'dat er na zo'n voorgeschiedenis uiteindelijk helemaal niets gebeurt. Ik weet niet of ik me duidelijk genoeg heb uitgedrukt. Als ik niets zeg, bedoel ik niets. Onze man kleedt zich langzaam weer aan. Zijn kleren zijn al bijna opgedroogd, ze ruiken naar lauw regenwater en de gevangenis. Wat is er met me aan de hand? denkt hij. Het meisje, dat in haar peignoir voor de spiegel een sigaret zit te roken, kijkt over haar schouder naar hem op. "Sorry," zegt ze, en: "Zoiets komt wel vaker voor als iemand net een lange reis achter de rug heeft. Een héél lange reis in uw geval. Tot de volgende keer, zullen we maar zeggen." Ze staat al in de deuropening. Wat een onzin, denkt hij. Ik ben pas tweeënveertig jaar, voor zoiets draai ik mijn hand toch niet om? Tot zes uur in de ochtend op het biljart dansen en intussen twee of drie flessen champie, een halve fles cognac, een halve meter gerookte worst en vier of vijf hardgekookte eieren naar binnen werken kan ik ook, dus waarom zou ik dit niet kunnen? Hij frummelt aan de rand van zijn hoed en begrijpt niet wat hem scheelt. Weggaan wil hij niet. Hij aarzelt en is niet in staat te vertrekken of te blijven, zodat hij vreest een woedeaanval te krijgen en iemand tegen de grond te slaan. De brunette loopt langzaam naar hem toe. Bij iedere stap wiegen haar heupen en als ze heel dicht bij hem is, kijkt ze hem ernstig aan, gooit haar sigaret weg en streelt met twee handen zijn hals. Ze gaat op haar tenen staan, sluit haar ogen en kust hem, niet hartstochtelijk maar heel teder. "Kom," zegt ze zachtjes. Ze gaan naar de kamer terug, waarbij het meisje haar hand in zijn nek laat rusten en zo naast hem loopt. Hij gaat zitten, kijkt verdwaasd om zich heen en begrijpt de situatie niet goed. Het meisje begint rustig allerlei dingen te doen. Ze loopt door de kamer, wrijft zich in met eau de cologne, schikt haar haar, bestrooit zich met poeder en werpt haar peignoir af. Ze draagt zwarte kousen met rode jarretelles. Het is nog een knap meisje. Hoewel haar gezicht sporen van overmatig alcoholgebruik vertoont, is ze toch aantrekkelijk. Ze heeft een gelige huidskleur en een koel, stevig lichaam. Eigenlijk is ze precies, zoals ik een vrouw graag zie, denkt hij, geen grammetje vet. Ze gaat voor hem staan en zegt: "Doe je ogen dicht." Hij doet wat ze gezegd heeft, waarop het meisje zich naar hem toe buigt en hem kust. Het lichaam is eigenlijk niet meer dan een machine en dit meisje weet hoe je die moet bedienen, denkt hij. Denk ergens aan, zegt hij tegen zichzelf. Denk aan iets waar je vrolijk van wordt. Adam, David, Salomo. Salomo had duizend vrouwen. Nee, daar word je toch niet vrolijk van, denkt hij. Hij steekt zijn hand uit om het meisje beet te pakken...'

De pandjesbaas stak zijn hand uit, zodat de jongens onwillekeurig achteruitweken. De hand beschreef een cirkel in de lucht.

'Het meisje werpt zich met haar volle gewicht op hem. Zo'n meisje was dat. Ze werpt zich op hem, zodat haar vlees op het zijne kletst. Hij omarmt en kust haar, grijpt zelfs haar hoofd en klemt dat als een waanzinnige tegen zich aan. Het lichaam van het meisje gaat schokkerig op en neer en uit haar mond komt de geur van mondwater en sigaretten, en ook een zuur luchtje. Kennelijk heeft ze die dag nog niets gegeten. Daaraan moet hij later steeds terugdenken. Het meisje kust zijn ogen, richt zich op en laat zich weer vallen. Zo verstrijkt er geruime tijd. Ten slotte pakt hij de handen van het meisje en maakt ze los van zijn nek. Hij heeft het gevoel dat hij stikt. Het meisje trekt zich langzaam van hem terug. Ze heeft lakschoenen, lakschoenen met hoge hakken. Nadat ze haar kousen heeft aangetrokken, blijft ze op de rand van het bed zitten en gaapt hem verbaasd aan. "Hoe lang kun je het al niet meer?" vraagt ze. Hij haalt zijn schouders op. Als iemand die in bed ligt zijn schouders ophaalt, is dat altijd een belachelijk gezicht. Ik weet niet of de heren dat wel eens hebben opgemerkt...'

Hij wachtte heel even op een antwoord, alsof hij daar zeer benieuwd naar was. 'Ik heb een fout gemaakt, denkt hij, maar wanneer en waar? Hij bedenkt opeens dat zijn moeder een zwart medaillon had, dat ze aan een zwart lint om haar hals droeg. Als ze zich over hem heen boog, begon dat medaillon te schommelen. Het is heel eigenaardig dat de mens op belangrijke ogenblikken in zijn leven vaak aan triviale dingen denkt, bijvoorbeeld aan het feit dat het eerste zondagse pak dat hij in zijn leven kreeg, van zijn vaders afgedankte zwarte overjas was gemaakt, en dat de mouwen van dat pak te lang waren. Het meisje kijkt nog steeds naar hem. Ja, zo'n meisje heeft ook haar eigen leven, denk hij. Ze zit in haar verkreukelde peignoir van rode zijde op de rand van het koperen ledikant en brengt langzaam haar lange sigarettenpijpje naar haar mond. Ze observeert ernstig al zijn bewegingen, maar zegt niets. Ze kijkt alleen maar, het hoofd iets voorovergebogen, zodat haar bruine haar over haar voorhoofd valt. "Waarom gaap je me zo aan?" vraagt hij. Het meisje geeft geen antwoord maar staart nog steeds naar hem. Ze leunt met haar armen op het opstaande gedeelte van het koperen ledikant en zegt: "Jij kan het niet met vrouwen!"

Hij springt op haar af en heft zijn hand, maar het meisje is hem te vlug af en staat al bij de deur. Opnieuw zegt ze luid en duidelijk, alsof ze een vonnis uitspreekt – stelt u zich deze situatie voor: "Jij kan het niet met vrouwen." Meteen daarop verdwijnt ze door de deuropening. Als hij weggaat, zegt de madam hem vriendelijk gedag, want het is werkelijk een eersteklas huis. "Misschien kunt u ons nog eens op een avond de eer aan doen, want dan heeft u de meeste keus," zegt ze. Hij loopt de trappen af en bedenkt dat hij dat advies zeker zal opvolgen. Buiten giet het van de regen. Lemberg is een mooie stad, maar misschien wat saai als men er langer verblijft. Hij gaat een cafeetje in en bestelt thee met brandewijn en een portie vleespannenkoeken. Omgeven door Poolse joden drinkt hij zijn thee en eet hij zijn pannenkoeken. 's Avonds gaat hij opnieuw naar het huis. Een week lang blijft hij in Lemberg plakken en elke avond bezoekt hij dat bordeel. Hij kiest steeds een ander meisje uit, maar ook nog een keer dat eerste. Op het laatst maken alle meisje zich vrolijk over hem. Als hij binnenkomt, verschijnen ze in hun hemd op de gang om hem met hun vinger aan te wijzen en te bespotten. Om de een of andere reden kan hij niet besluiten de stad te verlaten. In zijn wanhoop knarst hij met zijn tanden en beukt hij huilend met zijn hoofd op de vloer. Om het bordeel te kunnen betalen moet hij geld naar zich laten overmaken. Overdag loopt hij verdwaasd door de stad, kijkt om zich heen en praat hardop in zichzelf. Hij begrijpt niet wat er met hem aan de hand is. Het lijkt wel alsof hij plotseling, zonder enige oorzaak, zijn stem, zijn gezichtsvermogen of een arm heeft verloren. Ik verveel de jongeheren toch niet?'

De regen geselde de ruiten, die bij elke donderslag trilden. De pandjesbaas sprak luider dan tevoren, alsof hij het geluid van de storm wilde overstemmen. Hij zat nog steeds op dezelfde plaats.

'Lemberg is slecht voor mijn zenuwen, denkt hij. Op een avond sluipt hij naar het station. Ik heb ooit een thuis gehad, zegt hij tegen zichzelf. Mijn vrouw zaliger heeft veel gehuild, want ik was een losbol en een rokkenjager, maar ik had toch een thuis. Ik genoot een zeker aanzien en 's winters kwamen onze kennissen op visite. Ik had zelfs lid van de gemeenteraad kunnen worden. Nu ben ik niemand meer, voel ik me nog minder dan een wandluis. Waarom? Hij begrijpt het niet. Het liefst zou hij sterven, want wie sterft, rust in Abrahams schoot. Ik weet niet of de jongeheren de Schrift kennen. Als zijn trein vertrekt, regent het. Aan zijn voeten liggen twee naar knoflook en wodka stinkende Poolse boeren te slapen. Hij staart voor zich uit, schudt zijn hoofd alsof hij een beroerte heeft gehad en mompelt onophoudelijk in zichzelf. De mensen kijken hem verbaasd aan. Jammer genoeg heeft zijn enige dochter twee weken voor zijn thuiskomst het huis verlaten. De heren weten misschien nog niet dat een ongeluk zelden alleen komt. Narigheid roept altijd andere narigheid op. Ze is ervandoor gegaan met een invalide luitenant, een lansier. Hij verscheurt zijn kleren, maar spreekt met niemand over het geval. Je bent maar een mens, zegt hij tegen zichzelf, een wezen dat een poosje op deze aardbol wil leven. Nee, je bent een wandluis, zegt hij even later, een door God vertrapte nul. Wat had dat meisje in Lemberg ook alweer gezegd? Zodra hij daaraan denkt, beginnen zijn handen te beven en wordt hij duizelig. Hij ziet de meisjes weer in hun korte hemdjes op de trap van het bordeel zitten, lachend en met hun vinger naar hem wijzend. Maanden gaan zo voorbij. Hij leeft zijn leven en wisselt met niemand een woord, maar naar de meisjes gaat hij niet meer. Als hij aan dat meisje in Lemberg denkt, wordt het zwart voor zijn ogen, stijgt het bloed naar zijn hoofd en krijgt hij de neiging om alles om zich heen kapot te slaan. Het liefst zou hij de trein naar Lemberg nemen, haar opzoeken en met haar hoofd tegen de muur slaan. Als hij alleen is, bidt hij soms, maar meestal drinkt hij en vloekt. Hij is onherkenbaar veranderd. Schuldbewust zegt hij tegen zichzelf: Toen je vrouw nog leefde had je geen goed woord voor haar over. God heeft je in de cel gestraft door je je kracht te ontnemen. Als je blijft denken aan wat dat meisje heeft gezegd, zal de vloek der vaderen je treffen. Hij is niet meer de vrolijke man die hij vroeger was. Ten slotte gaat hij naar de rabbi, geeft hem wat geld en vertelt wat zijn probleem is. "Rabbi," zegt hij, "God heeft me gestraft, ik kan het niet meer." De rabbi kijkt hem aan. Wat weet een heilige man als hij van het leven. "Geduld, mijn zoon," zegt hij. "God stelt je op de proef vanwege je zonden, wacht geduldig af." "Genadige God, ik zal afwachten," belooft hij. "Je hebt er altijd maar op los geleefd en noch de religieuze feesten gevierd noch de wetten in acht genomen," zegt de rabbi. "Je hebt je medemensen bedrogen, vrouwen lastig gevallen en gedronken als een tempelier. Je bent je leven lang een zuiplap en een schuinsmarcheerder geweest, wat wil een man als jij van God? Alles heeft zijn tijd in het leven. Nu eens gaat het een mens voor de wind, dan weer heeft hij met tegenspoed te kampen. Rijkdom en armoede wisselen elkaar af. Dacht je soms dat de heilige regels en voorschriften er voor niets waren? Ga naar de synagoge om te bidden." De man doet wat de rabbi heeft gezegd en gaat naar de synagoge. Hij voelt zich zo ellendig dat hij niemand durft aan te kijken en achter een zuil gaat staan, als een melaatse. Het gebed dat hij opzegt, begrijpt hij niet eens. Hij staat daar maar te buigen en woorden te mompelen, maar tot huilen of jammeren is hij niet in staat. Al zijn inspanningen zijn tevergeefs. Een jaar lang leeft hij zo. In dat jaar spreekt hij met niemand, maar loopt hij doelloos door de stad. Als hij de straat op gaat, vreest hij dat hij opeens zal gaan hollen en de eerste de beste die hem tegemoet komt tegen de grond zal slaan. Hij zegt niets, zwijgt, klemt zijn tanden op elkaar en zo verstrijkt de tijd.'

De pandjesbaas zweeg, knikte en omklemde met beide handen de rand van de tafel. 'Die laatste inslag was heel dichtbij,' zei hij waarderend, maar zonder zijn hoofd naar het raam te wenden.

'De heren moeten weten dat het leven niet zo eenvoudig is,' zei hij langzaam maar met luide stem. 'Onze man krijgt op een gegeven moment genoeg van het dwalen door de stad. Hij heeft zo'n reusachtige woede in zich opgekropt dat het is alsof hij een helse machine in zijn borstkas met zich meevoert. Hij is bang dat hij dood en verderf in de stad zal zaaien omdat de bom elk ogenblik kan ontploffen. Zijn woede en haat zijn zo groot dat hij in staat is de stad af te branden en de plek waar ze gestaan heeft met zout te bestrooien en om te ploegen. Het Lembergse meisje, denkt hij. Het Lembergse meisje heeft de waarheid gezegd. Hoe kon een meisje als zij weten wat ik kort geleden zelf niet eens wist? Zouden mensen als ik soms een bepaald uiterlijk kenmerk vertonen, iets wat iedereen kan zien? O, mijn God, zo kun je niet leven, denkt hij. Als hij op straat loopt, richt hij zijn blik naar beneden omdat hij geen jonge meisjes en jonge kerels durft aan te kijken. Hij haat alle jonge kerels die fris en gezond naar de meisjes kunnen gaan. Ik krijg ze nog wel eens te pakken! denkt hij. Hij jammert als een oude vrouw en maakt zichzelf allerlei verwijten. Je kunt niet enkel genot najagen en alles doen waar je zin in hebt, denkt hij. Onze voorvaderen, die strenge wetten maakten, hadden gelijk, maar jij hebt lak aan die wetten gehad en bent een rokkenjager, een zuiplap en een holle bolle Gijs geweest. Bovendien heb je je medemensen tekortgedaan. Daarom word je nu gestraft door de Heer. Zo praat hij in zichzelf. Zo kun je niet leven, denkt hij. De Heer heeft op Sodom en Gomorra zwavel en vuur laten regenen, die het vlees en de beenderen hebben verbrand. Wij zijn allen zondig, denkt hij, de Heer heeft ook op jou zwavel en vuur laten regenen vanwege je zonden.'

De pandjesbaas pakte de fles, zette hem aan de mond en dronk luid klokkend en met vlugge slikbewegingen. 'Op een dag zit onze man in zijn kantoor als er een kreupele kerel binnenkomt met een soort carnavalsbaard. Hij heeft een koekoeksklok bij zich, die hij wil belenen. Als hij hem de deur wijst, strompelt de zonderling ogende man langzaam naar de deur, maar voordat hij naar buiten gaat, blijft hij staan en zegt: "Wij zijn allen zondaren." Dat heb ik een minuut geleden ook tegen mezelf gezegd, denkt hij. Hij roept hem na dat hij moet terugkomen, waarop de man met de baard voor de tralies gaat staan en begint te preken. "Alleen wie zondigt, zal worden gelouterd," zegt hij en hij mompelt iets over een koperen slang. Onze man hoort hem aan. Eindelijk een gek na al die verstandige mensen. "Juffrouw, schrijft u even op: één koekoeksklok," zegt hij tegen zijn secretaresse, en intussen denkt hij: weer een vogel, dat belooft weinig goeds. De man met de baard gaat weg, maar eerst verzoekt hij de bankdirecteur om wat financiële hulp en hij laat zijn adres achter. Als het om geld gaat, is hij niet zo geschift als hij eruitziet. De man leeft door, maar het leven heeft voor hem geen waarde meer. Zelfs de drank smaakt hem niet meer en af en toe begint alles voor zijn ogen te draaien. Als hij een vrouw ziet, wendt hij zich af en laat het hoofd hangen. De hand van de Heer drukt je neer, denkt hij. Op een middag, als hij opeens aan die gek in de Visserssteeg moet denken, neemt hij een paar oude schoenen onder zijn arm en begeeft zich naar diens werkplaats. Bij zijn binnenkomst staat de schoenmaker meteen van zijn krukje op, strompelt naar hem toe en begint een verhaal over de uittocht van de Israëlieten uit Egypte en de vleespotten. Hoe weet die kerel dat ik thuis potten met vlees heb? De schoenmaker gaat weer op zijn driepoot zitten en steekt een hele tirade af. Onze man vermaakt zich uitstekend maar raakt er ook een beetje van in de war. In de hoek zit een jongetje bij een kaars te lezen zonder zich iets van zijn omgeving aan te trekken. "Dat is mijn zoon, die eens lid van de heersende klasse zal zijn," zegt de schoenmaker. "Sta op, Ernő, en geef meneer een hand."'

De pandjesbaas ging met zijn bovenlichaam op de tafel liggen en leunde op zijn ellebogen. De man was nu zo dichtbij dat de jongens zijn ogen ondanks de duisternis vaag konden zien. Hij sprak zachter dan eerst, met een bijna verstikte stem en soms hijgend. Ábel ging verder achterover zitten en omklemde met elke hand een poot van zijn stoel. Hij verroerde zich niet.

'Een heel intelligent jongetje,' zei hij zachtjes, bijna fluisterend. 'Een tenger gebouwd, mager scharminkeltje, maar met een scherp verstand. De volgende dag bezorgt dat jongetje mij de schoenen terug. Je kunt heel interessante gesprekken met hem voeren. Hij komt hier dikwijls, meestal om deze tijd, na de lunch, en dan praten we heel wat af. Hij is overal van op de hoogte en kan ook vol begrip luisteren als je met hem over serieuze zaken spreekt. Het is iemand met wie een ernstig persoon alles kan bespreken wat hem bezighoudt en bezwaart. Een heel arme jongen, maar met een ongelooflijke eerzucht. Hij heeft grote plannen. Wil naar het buitenland reizen. Het is een genot om hem te helpen. Hij loopt er zo sjofel bij dat een goed mens al snel medelijden met hem krijgt. Het is zijn plan later rijk, geleerd en machtig te worden en zich dan in deze stad te vestigen, waar hij vroeger arm is geweest en de boeken van zijn rijke schoolkameraden moest dragen. Waar hij bijles moest geven aan zijn rijke vriendjes om op school de maaltijden te kunnen betalen. Soms moest hij zelfs hun schoenen poetsen. Die rijke medeleerlingen hebben vaak medelijden met hem en geven hem schoenen mee om ze door zijn vader te laten verzolen. Op die manier proberen ze hem en zijn familie te steunen. Die jongen moet vlijtig studeren omdat hij uit een arm gezin komt en geen schoolgeld hoeft te betalen. Bij al deze moeilijkheden komt nog dat hij lichamelijk nogal misdeeld is door de Heer. Hij is even tenger gebouwd als zijn vader. Vergeleken bij zijn welgeschapen, rijke vrienden maakt hij een onooglijke indruk. Zoals gezegd, hij is zeer eerzuchtig. Gedurende enige tijd komt hij hier elke middag eten. De vleespotten van een eenzame weduwnaar zijn hem niet te min. Voor zijn vader neemt hij cadeautjes mee van hier. Zijn vader komt hier ook weleens op bezoek, maar alleen als zijn zoon er niet is. Hij groet omslachtig, maakt een paar beleefde buigingen en zegt daarna: "Alleen wie gezondigd heeft, kan gelouterd worden. Ik dank u voor de weldaden die u mijn zoon bewijst." Het jongetje komt elke dag. Zo'n jongen heeft van alles nodig, kleren, boeken, ondergoed en nog veel meer. Hij wil in het buitenland gaan studeren en neemt een spaarbankboekje bij de post, waar hij het geld op zet dat hij nu en dan krijgt. Hij vertelt over van alles, vooral over zijn kameraden. Hij zegt dat hij drie vrienden heeft, eigenlijk vier, maar die vierde zit niet meer op school. Toch is die vierde jongen onafscheidelijk van hen.'

Het was alsof de storm tijdelijk bedaarde. In de onverwachts ingetreden windstilte straalden de in de kamer aanwezige voorwerpen en mensen plotseling een verlammende roerloosheid uit. Opeens rukte de wind het raam open, zodat er een hevige luchtstroom ontstond die voorwerpen omvergooide en de regen naar binnen zoog. De pandjesbaas stond echter niet op om het raam te sluiten. Het was alsof hij op dat ogenblik niets hoorde en zag.

'De man en de jongen hebben veel gemeenschappelijke interesses die tot gesprekken aanleiding geven. Op een dag zegt de jongen: "Wat een fijne heertjes zijn mijn vrienden. Alles is bij hen anders dan bij ons, zelfs nu nog, hoewel hun vaders niet meer thuis zijn. De manier waarop ze elkaar groeten en bejegenen is anders dan de onze, veel ongedwongener. Ze spreken namelijk op een zeer ongedwongen toon met elkaar." Daarna vertelt hij de spelletjes die ze met elkaar spelen. "Ze liegen tegenwoordig," zegt hij. Wat later vertelt hij dat ze stelen. Weer wat later: "Vandaag hebben we met de toneelspeler kennisgemaakt." Op een gegeven moment vertelt hij dat ze zoveel geld nodig hebben dat ze binnenkort wel hiernaar toe zullen komen. De toneelspeler is een heel boeiende man. Al vrij snel na de kennismaking voel je dat hij een verwante ziel is. Er moet iets heel verdrietigs in zijn leven zijn gebeurd. Ook hij vertelt zo nu en dan in deze kamer dat hij met zulke interessante, welopgevoede jongens heeft kennisgemaakt. "Ze zijn allemaal even opstandig," zegt hij. "Om de een of andere reden zijn ze in opstand gekomen." Na verloop van tijd komt de jeugdige Ernő hier niet meer op bezoek. Hij vertoeft enkel nog in het gezelschap van de drie jongeheren. Er moet iets met hem gebeurd zijn, want hij loopt een van de jongeheren voortdurend achterna. De toneelspeler zegt: "Dit is het goede ogenblik. Hoe zou je het vinden als ik een besloten voorstelling met de jongens gaf? Een zeer besloten voorstelling. Jij gaat in een van de loges zitten als enige toeschouwer, zonder dat iemand het weet. Uiteraard kost je dat wat geld. Ik zal alles organiseren."'

Hij ging naar het opengeklapte raam en sloot het met enige moeite. Op de vloer had zich al een grote plas water gevormd.

'Wat een orkaan!' zei hij hoofdschuddend. 'Ik ben bang dat het lentefeest van de jongeheren vanavond volledig in het water zal vallen.'

Hij keek naar de lege kruik, schoof die lusteloos van zich af en liep om de tafel heen naar de jongens toe. Hij ging vlak voor hen staan en kruiste zijn armen over zijn borst.

'Helaas is de toneelspeler in opspraak geraakt,' zei hij. 'Iemand gaat zijn gangen na, misschien een medewerker van het toneelgezelschap, misschien iemand anders. Er wordt aangifte tegen hem gedaan en de jongeheren zijn verloren als er een ooggetuige mocht blijken te zijn van de besloten voorstelling. De jongeheren zijn nog steeds aan het gezag van hun ouders en meerderen onderworpen. Een ooggetuige, iemand die weet wat ze allemaal hebben uitgehaald, zou hen in de grootst mogelijke verlegenheid kunnen brengen. De jongeheren zouden hun dierbare ouders en familieleden niet meer onder ogen kunnen komen.'

Tibor week langzaam achteruit in de richting van de deur. Gedurende het relaas van de pandjesbaas had hij geen kik gegeven, maar nu vroeg hij met verstikte, hese stem: 'Waar bent u op uit?'

Er kwam geen antwoord.

'Ábel!'

Hij sprong op zijn vriend toe en schudde hem door elkaar. 'Zeg nou wat!... Wat heeft dit te betekenen?... Wat wil die kerel?...'

Ábel bracht zijn bleke hand naar zijn keel, alsof zijn boord te strak zat en hij die los wilde maken voordat hij antwoord gaf.

De pandjesbaas zei glimlachend: 'Havas is geen kwaaie kerel. De jongeheren weten nu precies hoe de zaken zijn gesteld. Havas dacht dat het een goed idee zou zijn als twee zulke voorname jongens hem eens in zijn hok kwamen opzoeken, dan zou hij ze naar vermogen amuseren. En nu zijn ze hier.'

Hij glimlachte opnieuw, nam hen van top tot teen op en zei: 'Havas wil de jongeheren graag van dienst zijn. Laten we zeggen uiterlijk morgenavond. Misschien doet de heer Prockauer er goed aan het pandbewijs betreffende het familiezilver weer in zijn zak te steken. Morgen, laten we zeggen om deze tijd, zal ik de heren graag ontvangen, met of zonder het geld. Ik zou de voor vanavond georganiseerde feestelijkheden niet graag verstoren. Denkt u er nog eens rustig over na en handel dan naar goeddunken. Havas verdwijnt niet onverwachts uit de stad, Havas laat zich niet meeslepen, Havas is even onwrikbaar als een rots. Zijn vermogenssituatie en zijn lichamelijke conditie binden hem aan deze plaats. Een van de kameraden van de jongeheren kan uit eigen ervaring bevestigen dat Havas altijd vriendelijk en vrijgevig is. Ook heeft hij uitstekende contacten in alle geledingen van de maatschappij. De heren zijn echter geheel vrij in hun beslissing en moeten naar goeddunken handelen. Havas houdt niet van duistere zaakjes en hij zegt alles ronduit. Het is aan de jongeheren om te beslissen.'

Hij keek om zich heen. 'Ik geloof dat we de ergste regen hebben gehad. Als de jongeheren nu zouden willen gaan...' Hij opende de deur. 'Ik wens u vanavond veel plezier. Morgen omstreeks deze tijd.'

Hij liet hen hoffelijk voorgaan en maakte moeizaam een buiging. Toen ze de trap afliepen, hoorden ze hem de sleutel in het slot omdraaien.

Het lentefeest

Op het Kerkplein namen ze een rijtuig om zich naar hotel Boschlust te laten brengen. Ze sloten de kap van het voertuig, dat naar muizen rook, en gingen zo ver mogelijk van elkaar af zitten. Het regende nog maar nauwelijks en de schaarse druppels kwamen met zachte plofjes op de leren kap neer. Ábel bedacht opeens dat hij zich al een etmaal lang verwaarloosd had: de afgelopen vierentwintig uur had hij zich niet fatsoenlijk gewassen, geen schoon ondergoed aangetrokken en zelfs niet warm gegeten. Hij zat ietwat rillerig in een hoekje van het rijtuig, dat hobbelend en schuddend over de slecht geplaveide weg reed. Bij elke grotere oneffenheid van het wegdek opende hij zijn ogen en zag hij een huismuur, een hoop stenen, de stam van een populier of een schutting.

Ze passeerden juist de muur van het verbeteringsgesticht, toen hij Tibors hand op de zijne voelde.

'Geloof jij het?' vroeg Tibor.

In plaats van te antwoorden stelde hij met een beweging van zijn lippen een tegenvraag: 'Wat?' Hij was rillerig en had het afwisselend koud en warm, zijn tanden klapperden en hij voelde zich koortsig.

'Wat hij over Ernő heeft gezegd. Zou dat waar zijn?'

Ábel was niet in staat te antwoorden en sloot zijn ogen.

Nog voordat ze bij hotel Boschlust waren aangekomen, lieten ze het rijtuig stoppen om te voet verder te gaan over modderige, met regenwater doordrenkte akkers. Overal zagen ze door de storm beschadigde fruitbomen. In de pas geploegde voren glinsterde hier en daar ijs. Met bemodderde voeten ploeterden ze door de landerijen. Toen ze bij de schutting waren gekomen, slopen ze, de tuin mijdend, door een achteringang naar de verdieping waar hun kamer was.

De kamer was nog precies zoals Ábel haar had achtergelaten. Met onzekere passen liep hij naar het raam, sloot voorzichtig de luiken en plofte op het bed neer. Tibor ging aan de tafel zitten. In de tuin was niemand te zien en de lampionnen, die in kleurige papieren lorren waren veranderd, hingen slap en verregend aan de over de tuin gespannen draden. De tafels in de tuin waren door de wind omvergeworpen en over de met sparren begroeide berghelling kropen nevelslierten langzaam omlaag. Toch was het feest in volle gang, want vanuit de zaal op de begane grond drongen door de houten vloer het geluid van menselijke stemmen en het gerinkel van glazen tot hun kamer door. Kennelijk waren de genodigden voor het lentefeest al gearriveerd en hadden ze zich, door de weersomstandigheden gedwongen, in de schemerige eetzaal teruggetrokken. Een vochtige mist zweefde over het landschap en het begon al donker te worden. Tibor wierp een blik op zijn polshorloge en zag dat het half zeven was. Ze waren meer dan vier uur bij Havas geweest.

'Nu moet je me werkelijk antwoord geven, Ábel,' zei Tibor. Hij zat voorovergebogen op zijn stoel en leunde met zijn ellebogen op zijn knieën. 'Wat wist jij hiervan? Wat is er allemaal gebeurd? Wist jij dat Havas en de toneelspeler en Ernő?...'

Ábel hoorde de vraag, die van heel ver scheen te komen, met gesloten ogen en gespreide ledematen aan. Met veel inspanning ging hij rechtop zitten, betastte met zijn hand het bovenblad van het nachtkastje en stak een stompje kaars aan, dat nog van de vorige nacht was overgebleven. Het was al donker in de kamer. 'Ik wist het absoluut niet,' zei hij langzaam en met een zware tong, alsof hij nog half in slaap was. Hierna zweeg hij een tijdje. Wat onzekerder en levendiger vervolgde hij: 'Is het je nooit opgevallen dat Ernő altijd anders sprak dan wij? Het is moeilijk uit te leggen. Wanneer ik bijvoorbeeld avond, pen of mens zei en hij die woorden herhaalde, klonken ze toch anders dan toen ik ze uitsprak. Diezelfde ervaring heb ik dikwijls als ik met vreemden praat. Met jou heb ik dat nooit, zelfs niet als je niet begrijpt wat ik zeg, maar met Ernő voortdurend. Er was iets dat hem van ons scheidde.'

De kolonelszoon pakte zijn tabaksdoos, die op de tafel lag,

rolde met nerveuze vingers een sigaret en boog zich naar de kaars toe, waarvan hij de vlam als aansteker gebruikte.

'Dus je wist het niet?' vroeg hij droog.

'Nee, absoluut niet.'

'En wat je me vanmiddag hebt gezegd?'

Ábel richtte zich op en ondersteunde zijn bovenlichaam met zijn elleboog. Geheel onbevangen en opgelucht, bijna vrolijk zelfs zei hij: 'Jij gaat morgen het leger in, maar ik wil me niet naar hun regels voegen. Ik moet die wereld van Havas, Kikinday en je vader niet... Ik ga nog liever dood. Wij geloofden niet in hun wetten, daarom hebben we al die vreemde dingen gedaan. Daarom hebben we dat spel van ons gespeeld, hebben we gelogen en gestolen en deze kamer in Boschlust gehuurd. We moesten een veilige plaats hebben, waar we ons op hen konden wreken, daarom hadden we de kamer nodig. Maar een van ons is niet eerlijk geweest, en dat heeft alles bedorven. Ben jij daar ook zo kotsmisselijk van?'

Hij boog zijn hoofd over de rand van het bed, alsof hij moest braken. Opeens werd de deur zonder kloppen opengedaan en kwamen Ernő en Béla binnen, die na hun entree de deur met een haastige beweging vergrendelden. Béla had al een beetje de hoogte.

'Als gevolg van de regen zijn onze docenten al vroeg in de avond beschonken geraakt,' zei hij met een zware tong.

Ernő leunde tegen de vergrendelde deur. 'Zijn jullie bij Havas geweest?' vroeg hij. Hij had zijn bril niet op en hield zijn handen in zijn zakken. Zijn stem klonk scherp en agressief, bijna krijsend. Tibor deed een stap in zijn richting.

'Blijf daar!' zei Ernő gebiedend, zijn arm uitstekend alsof hij Tibor wilde tegenhouden. 'En jij ook!' zei hij tegen Béla, die besluiteloos om zich heen keek. 'Kom niet van dat bed af!' snauwde hij tegen Ábel. 'Nou vooruit, zeg op! Wat heeft hij verteld? Alles?' Toen Tibor zich verroerde, bitste hij: 'Ik heb gezegd dat je moest blijven waar je bent. Als jullie me aanvallen, zal ik me teweerstellen. Ik heb al te veel slaag in mijn leven gehad. Eens moest het gebeuren. Ik wacht er al een jaar op. Ik heb genoeg van dat superieure airtje van je, Prockauer.'

Hij haalde zijn hand gedeeltelijk uit zijn broekzak, maar stak hem er daarna weer haastig in. 'Nou, vooruit Prockauer, komt er nog wat van?'

Zijn stem klonk vreemd, alsof hij niet zelf sprak, maar iemand anders.

'Ben je gek geworden?' vroeg Tibor zachtjes, die geheel verstijfd leek van verbazing.

'Op zulke vragen geef ik geen antwoord,' zei Ernő. 'Voor de draad ermee! Heeft hij alles verteld?' Zijn blik flitste heen en weer en hij keek de jongens een voor een uitdagend aan. 'Zijn jullie eindelijk in zijn smerige hok beland? Was het interessant, Prockauer?' Toen hij geen antwoord kreeg, zei hij: 'Ik maak jullie erop attent dat dit alles mij volkomen koud laat. Of je nu schreeuwt of me in mijn gezicht spuugt, mij laat alles op deze wereld volkomen koud.'

Hun zwijgen bracht hem in verwarring. Onzekerder dan eerst vervolgde hij: 'Ik ben vanochtend bij hem geweest om hem te smeken zijn mond te houden en ermee op te houden... Geloven jullie me niet? Het was alleen vergeefse moeite, want die kerel is geen mens...'

Hij dacht even na en opeens was het alsof al zijn energie wegvloeide. 'Ik weet het eigenlijk niet... Er zijn nu eenmaal zulke mensen... Het is het noodlot als je die tegenkomt.'

Onmiddellijk hierop herstelde hij zich echter. 'Ik laat me door niemand slaan. Ik waarschuw jullie. Ook als hij alles mocht hebben verteld, zal ik me teweerstellen, al gaan jullie me met z'n drieën te lijf, al roepen jullie de hele bende te hulp, of desnoods het stadsbestuur of het leger. Wat jullie ook doen, ik zal me verdedigen. Als jullie mij niet sparen, ken ik ook geen genade, dan vertel ik alles wat jullie hebben gedaan aan de politie. Ik heb het nodige van Havas geleerd. Hij is niet zo geïsoleerd als jullie denken, hij heeft een heleboel mensen achter zich en kan doen en laten wat hij wil. Als hij op iemand de pik heeft, is de betrokkene verloren. Waarschijnlijk heeft hij jullie wat voorgelogen. Hij heeft zeker een sentimenteel verhaaltje verteld, nietwaar? En wat heeft hij allemaal... Wat heeft hij over mij gezegd?'

In zijn woedende ongeduld stampte hij op de vloer om daarna met doffe stem uit te roepen: 'Waarom zeg je nu niets?'

'Is het waar?' vroeg Tibor.

Het hoofd van de schoenmakerszoon ging met een ruk omhoog.

'Het hangt ervan af wat hij heeft gezegd.'

'Dat jij en Havas en de toneelspeler...'

'Wat?'

Tibor ging aan de tafel zitten en verborg zijn gezicht in zijn handen. Met zachte stem zei hij: 'Als ik hier om me heen kijk, is het alsof iemand me een tijdje onder narcose heeft gehouden. Hebben jullie dat gevoel ook?'

Niemand antwoordde.

Hij wendde zich rustig tot Ernő en zei: 'Havas beweert dat je hem meermalen hebt bezocht.'

'Op die vraag geef ik geen antwoord,' zei de schoenmakerszoon.

'Het is toch een heel belangrijke vraag,' vervolgde Tibor rustig maar levendig. 'Maar als je geen antwoord wilt geven... Uiteindelijk is het jouw zaak. Wat ons interesseert is de vraag of je ons verraden hebt. Is het waar dat je Havas van ons doen en laten op de hoogte hebt gehouden? Is het waar dat je hem al onze ideeën en plannen hebt overgebriefd, alle details van ons geheime leven, waar niemand iets van wist?'

'Ja, het is waar,' antwoordde Ernő scherp.

Tibor knikte. 'Mooi. En klopt het dat jij en de toneelspeler dat jullie in opdracht van Havas tegen ons hebben samengespannen?'

'Kletskoek,' zei Ernő minachtend. 'De toneelspeler is een ijdele kwast. Wat wist die nou? Hij was van Havas afhankelijk, maar op een heel andere manier dan ik. De toneelspeler werkte voor eigen rekening...'

'Je hebt ons dus in je eentje erin geluisd.'

'Inderdaad.'

'Waarom heb je dat gedaan? Met welke bedoeling? Wat had je er bij te winnen dat wij in de problemen zouden komen? Welk belang had je daarbij? Waren we dan niet je vrienden?'

'Nee,' zei Ernő zeer luid.

Ze zwegen en keken elkaar oplettend aan.

'Hoorde je niet bij ons?' vroeg Tibor zachter.
'Nee,' herhaalde Ernő.
Opeens begon hij zachtjes en snel maar duidelijk articulerend te spreken, alsof hij zich op dit moment zorgvuldig had voorbereid, sterker nog, alsof hij een toespraak hield, waarvan hij de inhoud al lang geleden had bedacht. 'Nee, Prockauer, je bent nooit mijn vriend geweest. En jij ook niet, rijkeluiszoontje Ruzsák. En jij evenmin, fijn meneertje,' zei hij met een geringschattende hoofdbeweging in de richting van Ábel. 'Ja, ik verkeerde graag in je gezelschap, Prockauer, en ik zou ook graag je vriend zijn geweest, evenals de anderen hier. Ik wil je iets zeggen wat ik zelf ook nog maar pas weet. Ik wil je zeggen dat je iets in je hebt wat je nog veel moeilijkheden in je leven zal bezorgen... iets waar je niets aan kunt doen en waardoor je de mensen aantrekt. Vooral een bepaald soort mensen. Ik kon je vriend niet zijn omdat jij was wie je was en ik de zoon van mijn vader was en niet uit mijn huid kon kruipen. Ik was graag je vriend geweest, maar je goedhartige moeder gaf me – o, dit is al jaren geleden gebeurd, op een middag toen ik voor de eerste keer bij je thuis was – een paar schoenen mee, die ik aan mijn vader moest geven, zodat hij ze kon repareren. Op die manier wilde ze de arme, zieke stakker helpen. Ik kreeg ook koffie van je ouders en van Béla's vader brood en kaas, en Ábels tante stopte me, als ik wegging, een pot ingemaakte vruchten toe. Jullie kregen nooit iets toegestopt als je ergens op bezoek was. Moet ik doorgaan? In de jaren dat ik met jullie omging is er geen dag, ja geen minuut voorbijgegaan zonder dat jullie me op de een of andere manier hebben gekwetst. Ja, ik weet het, jullie kunnen er niets aan doen. Niemand kan er ooit iets aan doen. Jullie waren de tact en de vriendelijkheid zelf.' Hij spuugde op de grond. 'Ik haatte die tact. Ik haatte die vriendelijkheid. Ik haatte jullie wanneer ik in jullie aanwezigheid met mes of vork moest eten of wanneer jullie iemand groetten. Of glimlachten. Of iemand voor een cadeautje of een attentie bedankten... Ook jullie bewegingen heb ik gehaat, jullie manier van kijken, de manier waarop jullie opstonden en gingen zitten. Het is niet waar dat je dit alles kunt leren. Ik ben erachter gekomen dat er geen geld, macht, kracht of kennis is waar-

mee je een dergelijke achterstand kunt inhalen. Al zou ik honderd jaar leven en miljonair worden en jullie allang in je crypten liggen te rotten – want zelfs na jullie dood wonen jullie in prachtige paleizen en niet zoals wij, honden, in vochtige kelders, en dat al bij ons leven! – dan nog zou ik ongelukkig zijn omdat ik me zou herinneren hoe Tibor Prockauer zich met een hoofs gebaar en een glimlach placht te verontschuldigen als hij iemand in het voorbijgaan per ongeluk had aangestoten. Als ik daaraan dacht, kreunde ik 's nachts in mijn slaap en brulde ik je naam, riep ik: "Tibor". Het gebeurde zelfs wel dat ik wakker werd en mijn vader, die aan het voeteneinde van mijn bed sliep, rechtop zag zitten. Hij knikte dan en zei: "Je hebt verdriet vanwege de jongeheer, mijn zoon. Je moet worden gelouterd. Dat is het enige wat je kan helpen." Ik kan niet worden gelouterd, maar ik voel me een stuk schoner als ik eraan denk dat jullie nu ook in de stront zitten, dat jullie ook zullen creperen. Ik ben een arme drommel en kom uit een andere wereld, en er is geen weg die mijn wereld met die van jullie verbindt. Die is er nooit geweest en zal er ook nooit zijn. Nooit! Een sprinkhaan wordt nooit een beer, zegt mijn vader altijd. Ik haat jullie. Jullie zullen creperen, maar eerst zal ik je nog door het slijk halen. Ik zal je door het slijk halen van de wereld die belangrijk is voor jullie, al verloochen je haar ook. Ik heb jullie bedrogen, belogen en verraden. Ook tijdens het kaarten ben ik oneerlijk geweest, bij alles wat ik deed en zei.'

Hij trok een stapeltje vettige speelkaarten uit zijn broekzak en gooide het op de tafel. 'Morgen ga je naar Havas, Prockauer, of je wilt of niet. De strik zit stevig om je nek en is heel sterk. Ik zou niet te veel tegenspartelen, als ik jou was. God zij je genadig.'

Zijn stem stokte en hij keek met een intens droevig gezicht om zich heen. Op een heel andere toon, bijna hulpeloos, vervolgde hij: 'Ja, ik was graag je vriend geweest, Prockauer, maar ik was altijd bang dat je iets op mijn tafelmanieren zou hebben aan te merken. Je hebt me ooit berispt. Omdat ik mijn vork of mijn mes niet goed vasthield.'

'Maar dat kun je toch leren!' wierp Béla verontwaardigd tegen.

Het was de eerste keer dat hij iets zei. Iedereen staarde hem aan, wat hem zo verlegen maakte dat hij zijn ogen neersloeg. De kaars was nu bijna helemaal opgebrand en gaf nog slechts een vaag licht. In de duisternis zagen ze alleen nog elkaars contouren.

Tibor stond geruisloos op. 'Als de zaken er zo voorstaan, kunnen we misschien beter gaan,' zei hij met een stem die onzekerheid en radeloosheid verried. 'Waarom zouden we hier nog langer blijven zitten? We weten nu immers alles.' Alsof het een belangrijk argument was, voegde hij er nog aan toe: 'De kaars is ook opgebrand.'

'Gaan jullie maar vooruit,' zei Ernő hees. 'Allemaal. Ik wil niemand achter me hebben.'

Met zijn hand in zijn broekzak maakte hij de weg naar de deur vrij. Tibor nam het kaarsstompje op en liet het licht daarvan op Ernő's gezicht vallen. Hij slaakte een onderdrukte kreet. Ernő's gezicht was zo verwrongen dat het leek alsof hij door een vreselijke pijn werd gekweld.

Verbijsterd deed Tibor een paar stappen achteruit totdat hij in de deuropening stond. 'We moeten de boel hier natuurlijk opruimen,' zei hij onzeker. 'Voordat we weggaan moet iedereen zijn spullen meenemen. Deze troep' – hij wees op de wanordelijke stapel verkleedkleren – 'kunnen we desnoods hier laten liggen. Ik denk niet dat iemand die nog wil gebruiken. Het spel is voorgoed afgelopen.'

'Wat jammer, Tibor,' zei Ábel, die tot dan toe als versteend had gezwegen, op hartstochtelijke toon. 'Kijk nog eens achterom. Dit komt nooit meer terug.'

Ze slopen op hun tenen de trap af. Ernő sloot de rij. Met onbegrijpelijke lafhartigheid, alsof hij in groot gevaar, misschien zelfs in levensgevaar verkeerde, bleef hij op weg naar de eetzaal van het hotel achter de andere jongens lopen. Hij hield zijn ellebogen tegen zijn lichaam gedrukt en haalde zijn handen niet uit zijn zakken. Noch tijdens die korte tocht, noch in de latere uren van de nacht zei een van de drie jongens nog een woord tegen hem. Ze waren bijzonder verrast toen hij later verdwenen bleek te zijn en ze hem moesten gaan zoeken.

In de langwerpige, naar bier ruikende eetzaal van het hotel, die voor het feest opnieuw was gewit, troffen ze een voor het nog vroege uur verrassend levendig en rumoerig gezelschap aan.

Aan het bovenste, smalste gedeelte van de in hoefijzervorm opgestelde tafel zaten de docenten Moravecz en Gurka en de rector van het gymnasium. Tot hun verrassing zagen ze dat Kikinday rechts van de directeur zat. Tussen de gymnastiekleraar en de tekenleraar zat de notaris en tegenover hem zijn zoon, die een klasgenoot van hen was. De jongen zat onder het wakend oog van zijn vader zwijgend en nors op zijn stoel te draaien. Van tijd tot tijd ging hij naar de bar van het hotel om daar staande een groot glas brandewijn achterover te slaan. Tot grote verbazing van zijn vader, die zijn zoon de hele avond niet met een glas in zijn handen had gezien, zakte hij tegen middernacht, alle symptomen van een alcoholvergiftiging vertonend, in elkaar. In de algehele verwarring die hierdoor ontstond gaf iemand het sein om op te breken. De jongen werd op een houten draagbaar gelegd en het merendeel van de feestgangers droop af.

Degenen die achterbleven – Kikinday, Moravecz en de tirannieke Gurka, die zelfs in deze ongedwongen sfeer met veel waardigheid de afstand tot zijn voormalige leerlingen wist te bewaren – schoven aan het bovenste gedeelte van de tafel hun stoelen wat meer bijeen en stonden genadiglijk toe dat de leerlingen die op dat late uur nog aanwezig waren, bij hen kwamen zitten. Ernő had de hele avond zwijgend naast de introverte Gurka gezeten. Toen de bendeleden en een paar van hun klasgenoten die maar niet genoeg van het feesten konden krijgen, aarzelend gevolg gaven aan de uitnodiging van Moravecz en zich bij het benevelde gezelschap voegden, stond hij op en verliet de eetzaal.

Over dit lentefeest zouden niet alleen de ongeschreven kronieken van het gymnasium nog vele jaren lang van alles te berichten hebben, maar het bleef ook nog heel lang als een gedenkwaardige gebeurtenis bewaard in het geheugen van de stadsbewoners. Algemeen was men van mening dat het als een van de meest geslaagde eindexamenfeesten van de eerbiedwaardige onderwijsinstelling moest worden gekwalificeerd.

De docenten waren wegens de grote hitte in de stad al vroeg in de middag naar het hotel getogen om daar met hun voormalige pupillen verpozing te zoeken in de met lampionnen versierde, schaduwrijke tuin. De wolkbreuk die hen daar overviel, joeg hen de eetzaal van het hotel in. In de bedompte, naar schimmel ruikende eetzaal slaagden ook de tot matigheid geneigde leden van het gezelschap er in verbazend korte tijd in zichzelf dermate met alcoholische dranken te benevelen dat het eigenlijke banket met zijn traditionele welkomstredes, elkaar afwisselende gangen en heildronken in de verwarring en de algemene vrolijkheid praktisch geheel achterwege bleef. Zoals bekend heeft alcohol bij heet weer een sterk remmende werking op de geestelijke vermogens. Kikinday, die zich tijdens het feest opperbest voelde en alle potentiële rekruten onder de abituriënten bij zich liet komen om hun spieren te betasten en de jongens met aanmoedigende woorden op het bestaan van de verkorte militaire opleiding te wijzen, wilde met alle geweld de eenarmige complimenteren met het idee van het lentefeest.

'Die eenarmige zoon van Prockauer heeft het bedacht,' zei hij met koppige volharding steeds weer opnieuw. 'Waar hangt hij in vredesnaam uit?'

De tweearmige Prockauer – Tibor – probeerde hem een paar keer beleefd aan zijn verstand te brengen dat zijn broer waarschijnlijk aan het ziekbed van zijn moeder zat. Toen bleek dat deze informatie door de alcoholdampen in het brein van de rechter steeds weer spoorloos uit zijn geheugen werd gewist – na enkele minuten begon hij namelijk opnieuw, met luider stem, de aanwezigheid van de eenarmige Prockauer te verlangen – zweeg Tibor. Onder elkaar uitten de jongens het vermoeden dat Lajos waarschijnlijk vanwege het slechte weer niet was komen opdagen. Bij onweer placht hij zich op zijn bed te laten vallen en zijn hoofd onder zijn kussen te begraven.

'Er kan ook iets anders met hem aan de hand zijn,' zei Ábel ongerust.

Tibor deed alsof hij deze opmerking van zijn vriend niet had gehoord. Pas na middernacht, toen de feestgangers al bijna allemaal vertrokken waren, begonnen de bendeleden flink te hijsen, hoewel ze geen van allen ervaren drinkers waren. Ábel, die hoge koorts had, gedroeg zich tegen zijn gewoonte bijzonder luidruchtig, sloeg op de tafel en stond erop dat er naar hem werd geluisterd. Tibor zweeg verbeten. Af en toe keek hij met een onheilspellende blik om zich heen, alsof hij iemand zocht, om zich daarna weer over zijn glas te buigen. Béla, die tegenover Gurka zat, treiterde zijn oud-docent. Hij boog zich af en toe naar hem over om loensend en op de onderdanige toon van een leerling die zijn huiswerk niet heeft gemaakt, fragmenten uit het werk van Tacitus te citeren en daarover ingewikkelde vragen te stellen. Ábel stond op en begon met zijn glas in zijn hand langzaam gedichten voor te dragen, waar niemand naar luisterde.

Omstreeks drie uur in de ochtend verlieten de jongens de eetzaal om een luchtje te scheppen in de tuin van het hotel. Bij de toegangspoort zagen ze een donkere gestalte, die in zijn ene hand een lantaarn had en in zijn andere een herdersstaf, nog langer dan hijzelf. De onbekende stond zachtjes met de exploitant van het hotel te praten. Toen hij hen zag, liep de man langzaam met opgeheven lantaarn naar hen toe, waarbij hij zijn kolossale stok bij elke stap met een zwierige boog van de grond lichtte.

'Daar zijn de jongeheren,' zei hij, zijn pas inhoudend en met zijn lantaarn hun gezichten beschijnend. 'Ik was naar u op zoek. Mijn medefrontsoldaat en strijdmakker, de jongeheer Prockauer, heeft mij naar u toegezonden, vandaar dat ik deze nachtelijke tocht moest maken.'

Pas nu herkenden ze de man, wiens plotselinge aanwezigheid hen zo schokte dat ze verbijsterd achteruitdeinsden. Het was de schoenmaker.

'Ik ben eigenlijk naar de jongeheer Prockauer op zoek, maar als ik de boodschap die ik aan hem moet overbrengen goed versta, is zij eigenlijk ook voor de overige jongeheren bestemd,' zei de schoenmaker onverstoorbaar. Ondanks de vreemde situatie sprak hij met dezelfde eigenaardige nadruk als gewoonlijk.

Tibor trad naar voren.

'Wat is er met moeder aan de hand, meneer Zakarka?'

De schoenmaker, die de lantaarn en de stok nog steeds in zijn handen had, draaide zich langzaam om en knikte op een manier alsof iemand hem een attentie had bewezen.

'Gezien de omstandigheden gaat het mevrouw redelijk wel,' zei hij tevreden. 'In de avonduren is haar toestand aanmerkelijk verbeterd. In de loop van de middag leek ze zwakker te worden. Zozeer zelfs dat de jongeheer Prockauer mij, zijn oude frontkameraad, tegen vijven naar het huis van de jongeheren liet komen opdat ik ter plaatse zou zijn als hij mij nodig mocht hebben. Ik moet nog opmerken dat de jongeheer Prockauer zijn moeder de hele dag lang met de grootste opofferingsgezindheid heeft verzorgd. Hij is letterlijk geen stap van haar zijde geweken en heeft zijn blik geen ogenblik van haar afgewend. In de middaguren zag het ernaaruit dat mevrouws hart het zou begeven. Op een gegeven moment kwam de jongeheer Prockauer naar de kamer waar ik mij gereedhield, bracht zijn wijsvinger naar zijn lippen om mij tot stilte te manen en gaf met een gebaar te kennen dat de droevige gebeurtenis elk ogenblik te verwachten was. Gelukkig heeft een heuglijke gebeurtenis die zich in de avonduren voordeed mevrouw zichtbaar haar levenskracht teruggegeven.' Hij wachtte even en zei toen: 'De Here zij dank hiervoor.'

Pas nu zette hij de lantaarn op de grond om met twee handen op zijn stok te leunen.

'De nacht is zeer aangenaam. Het lopen valt me helaas zwaar, maar de jongeheer Prockauer vroeg me zo dringend deze tocht te maken dat ik zijn verzoek bezwaarlijk kon negeren. Hij stond erop dat ik op zijn kosten een rijtuig zou nemen, maar ik wilde liever te voet gaan omdat dat meer bij mijn bescheiden positie past. Ook de apostelen hebben altijd te voet gereisd. Weliswaar bereikt de boodschap u hierdoor een paar minuten later, maar wat zijn een paar minuten bezien in het licht van de eeuwigheid?'

'Wat voor boodschap, meneer Zakarka?' vroeg Tibor huiverend. 'Laat ons niet langer in onzekerheid.'

'Tot uw dienst, meneer,' zei de schoenmaker met de traagheid van een machine die niet door menselijke kracht in haar loop te beïnvloeden is. 'Het betreft een heuglijke gebeurtenis. Ik kan u mededelen dat het uur van de loutering nabij is, met name voor de jongeheren. Mijn weldoener, meneer de kolonel, is van het front teruggekeerd.'

'De kolonel?' vroeg Tibor, onwillekeurig in de lucht grijpend. 'Welke kolonel? Mijn vader?'

De schoenmaker knikte bevestigend. 'Hij is mij ook nu weer genadig geweest,' zei hij tevreden. 'Toen hij, nog in volledig gevechtstenue en vergezeld door zijn oppasser, de kamer binnenkwam, verwaardigde hij zich enkele woorden tot mij te spreken. "Zo, oude beul! Wat voer jij hier uit?" zei hij. Dit waren de woorden die hij zich verwaardigde tot mij te richten. Meneer de kolonel doelde daarmee op mijn loutering. De jongeheren gelieven te begrijpen dat het van de kant van meneer de kolonel al een grote gunst is dat hij überhaupt iets zegt tegen mensen van mijn soort. Wat hij zegt doet er niet veel toe. De vreugde van het weerzien heeft mevrouw als het ware aan de armen van de dood ontrukt. Ik was in de gelegenheid het gesprek te horen dat zich na meneers thuiskomst tussen mevrouw en meneer ontspon. Na enige bewogen begroetingswoorden stelde mevrouw meneer de kolonel een vraag. Ze vroeg: "Waar heb je je gouden armbandhorloge gelaten?" Meneer de kolonel gaf hierop een uitvoerig antwoord, dat ik echter niet geschikt acht om in het bijzijn van de jongeheren, in het bijzonder van de jongeheer Tibor, te herhalen. De jongeheer Lajos kwam dadelijk naar het vertrek waar ik me bevond en verzocht me met veel aandrang het goede nieuws aan de jongeheren mee te delen. Hij bond me ook op het hart de jongeheer Tibor aan het zadel te herinneren.'

Tibor barstte in lachen uit, stak zijn beide armen in de lucht en deed een paar passen. 'Mijn vader is thuisgekomen! Ábel, mijn vader is thuisgekomen!' riep hij. Hij bleef staan en wreef over zijn voorhoofd. 'Het is afgelopen! Hoor je me, Ábel?'

De schoenmaker keek oplettend om zich heen. 'Mijn zoon Ernő,' sprak hij dof, 'vertoeft waarschijnlijk in de kring van zijn leraren.' Béla wees naar de bovenverdieping van het hotel. In een van de vensteropeningen was het vage schijnsel van een kaars zichtbaar. Tibor liep naar de schoenmaker toe en zei zachtjes: 'Uw zoon Ernő is een verrader. Past u goed op hem. Weet u wat het loon van verraders is?'

'Jawel,' antwoordde de schoenmaker zachtjes en hij knikte. 'De kogel.'

'Het zadel!' riep Béla. 'De globe! Wat we maar kunnen dragen!'

Beneden in het dal begon het al vaag te dagen. De schoenmaker nam zijn lantaarn van de grond op en liep met vaste tred voor hen uit naar het hotel. Hij ging de trap op alsof hij de weg in het gebouw goed kende. De treden kraakten en kreunden onder zijn gewicht. Toen hij boven was gekomen, liep hij zonder aarzeling naar de goede kamer, zette zijn lantaarn zorgvuldig op de vloer en zijn herdersstaf tegen de muur en opende de deur. De schoenmakerszoon zat op een stoel aan de tafel en lag met zijn bovenlichaam voorover op het tafelblad. Zijn hoofd rustte op zijn armen. Hij droeg zijn gele rokkostuum en op zijn hoofd de vuurrode pruik die hij van de toneelspeler had gekregen. De pruik was over zijn voorhoofd gezakt. De schoenmaker bleef heel even doodstil staan, maar toen strompelde hij vastberaden de kamer in, bukte zich en raapte het pistool van de vloer op. Hij bekeek het oplettend en gooide het op de tafel. Met een verrassend gemak tilde hij het lichaam van zijn zoon op, nam het horizontaal in zijn armen, boog zich naar Ernő's gezicht en fluisterde met een vertrouwelijk, verontschuldigend glimlachje: 'Hij speelt toneel. Ziet u wel?'

Hij bekeek nogmaals het gezicht en schudde zijn hoofd.

'Zo was hij als kind al. Hij speelde dolgraag toneel.'

Hij droeg het lichaam naar het bed, legde het er languit op neer en sloot, schalks glimlachend alsof hij een goede grap niet wilde bederven, met twee vingers de ogen van de jongen.

Ábel begon uit alle macht te schreeuwen. De schoenmaker strompelde naar hem toe en drukte zijn hand tegen zijn mond om hem het schreeuwen te beletten. Met uitzonderlijke lichaamskracht dwong hij de krampachtig schokkende jongen op een stoel te gaan zitten en hij fluisterde tegen hem: 'Laten we hem niet wekken. Denk erom dat u het zadel niet vergeet. Het is wenselijk dat we nog voor het aanbreken van de dag in de stad terug zijn.'

De schoenmaker nam het zadel en wierp het over Tibors schouder. Hij keek nog even om zich heen en reikte Béla toen de globe aan. Daarna overhandigde hij Ábel zijn lantaarn en zijn stok. Op overredende toon fluisterde hij: 'Als u zo goed wilt zijn voor ons uit te lopen. Het wordt wel lichter, maar de weg is vol kuilen.'

Hij nam Ernő's lichaam in zijn armen en daalde daarmee langzaam de trappen af. Bij de schemerige ingang van het hotel stonden, met bleke gezichten, de exploitant en het personeel van het hotel. Toen ze de schoenmaker met het lichaam zagen naderen, trokken ze zich haastig terug. De schoenmaker fronste afkeurend zijn wenkbrauwen.

'Pst!' fluisterde hij knipogend. 'Opzij allemaal!'

Ongehinderd liep hij door de tuin van het hotel, gevolgd door Tibor, die het zadel droeg. Béla torste met twee handen de wereldbol en Ábel strompelde helemaal achteraan, met de lantaarn van de schoenmaker in de ene hand en diens herdersstaf, die bijna twee keer zo lang was als hijzelf, in de andere. De schoenmaker tilde het lichaam met zijn stevige armen zo hoog mogelijk op en droeg het, strompelend maar zonder zijn evenwicht te verliezen, met bijna gestrekte armen voor zich uit. Hij liep zo snel dat de anderen hem maar met moeite konden bijhouden. Béla's hysterische gehuil ging in krampachtig gehik over. Aan de rand van de tuin, waar het pad een bocht maakte, konden ze de nog verlichte ramen van de hotelbar zien. Het gejoel en gelal dat door de vensters naar buiten drong verstoorde de koele nachtelijke stilte. Ábel herkende Kikindays stem.

Toen de weg begon te dalen, ging Ábel haastig naast de schoenmaker lopen om hem met de lantaarn bij te lichten. Het werd nu elke minuut lichter. Beneden in het dal doemde de stad met haar torens en huisdaken al schemerig op. Bij een steile bocht bleven ze heel even staan. De schoenmaker, wiens lange, piekerige haar alle kanten uitstak, praatte zachtjes in zichzelf en de jongens luisterden klappertandend naar hem. Opeens boog hij zich over het gezicht van zijn zoon en begon zo zacht tegen de last in zijn armen te spreken dat ze geen woord meer van zijn gemompel verstonden. Na een poosje richtte hij zich weer op en spoedde zich met snelle passen in de richting van de stad.

Naarmate ze lager en lager kwamen onthulden zich steeds meer details van de stad. Het was alsof ze op een podium stonden, dat een onzichtbare toneelmeester steeds verder liet zakken. Ten slotte waren ze zo diep in het dal gekomen dat ze de stad niet meer konden overzien. Een paar minuten later liepen ze al door een straat en werden de onregelmatige voetstappen van de schoenmaker door de muren van de huizen weerkaatst. Behalve Béla's ritmische gesnik en de op het plaveisel klepperende sandalen van de schoenmaker hoorden ze op hun weg door de stad geen enkel geluid.

Inhoud

Twee hartenazen 7
Oerwoud en broeikas 13
De koperen slang 23
De toneelspeler 35
De stad 58
De opslagplaats 62
Ouverture 76
Vriendschap 100
Het geheim 113
Voorspel 121
De tekstrepetitie 140
Muziek 162
Argwaan 168
De mandarijn 185
De pandjesbaas 194
Het lentefeest 223